新儿女英雄续传

孔厥◎著

中国言实出版社

图书在版编目(CIP)数据

新儿女英雄续传 / 孔厥著 . -- 北京：中国言实出
版社,2022.6
ISBN 978-7-5171-4135-8

Ⅰ.①新… Ⅱ.①孔… Ⅲ.①长篇小说 – 中国 – 当代
Ⅳ.①I247.5

中国版本图书馆 CIP 数据核字（2022）第 091596 号

新儿女英雄续传

责任编辑：史会美
责任校对：王建玲

出版发行：中国言实出版社
    地 址：北京市朝阳区北苑路180号加利大厦5号楼105室
    邮 编：100101
    编辑部：北京市海淀区花园路6号院B座6层
    邮 编：100088
    电 话：010-64924853（总编室） 010-64924716（发行部）
    网 址：www.zgyscbs.cn 电子邮箱：zgyscbs@263.net

经 销：新华书店
印 刷：北京温林源印刷有限公司
版 次：2023年1月第1版 2023年1月第1次印刷
规 格：710毫米×1000毫米 1/16 15.75印张
字 数：210千字

定 价：56.00元
书 号：ISBN 978-7-5171-4135-8

目 录

卷 二

卷　一

第一章　新任务

党指向哪里，

我们奔向哪里。

——新谚

1

抗日战争胜利了。

牛大水、杨小梅受了伤，在白洋淀疗养。

后来伤好了，他俩被调到阜平山区，在晋察冀边区党校学习了半年。由于蒋介石发动全国大内战，形势很紧张，他俩又奉命回到冀中，准备接受新任务。

那时候，一九四六年七月，中共冀中区党委，驻在这大平原的滹沱河以北，靠近某城的大村庄里。大水、小梅找到这村时，天色已经黑了，只依稀看得见临时支起来的几条电话线通进村去，村口有两个黑影（挂着盒子枪）在放哨。其中的一位打亮手电，看了他俩的证件，就领他俩转弯抹角，来到组织部的宅院。

进了大门洞，里面是宽阔的院落。高大的北屋射出微弱的灯光，隐约照见院子里有两匹毛色光亮、身材剽悍的马儿，不安静地拴在一棵大树上（其中一匹高高的大洋马，显然是当年从日寇手里缴获的胜利品）。来到西跨院，四面整整齐齐的房屋全亮着灯光，那些新糊的窗纸都显得特别白净和明亮。院子里放着十几辆自行车，看得见北屋有许多人围着长桌正在开会，门口还站着一个青年警卫员。南屋有人用较低的声音在收听新闻。东屋有人在打电话。他俩一直被领到悄没声儿的西屋。

呵，真是意外的会见：从灯下抬起头来的原来是陈大姐。当年她和程平同志在大水他们县上办过抗日训练班；鬼子"大扫荡"的时候，她还同小梅一起钻过青纱帐呢。这位憔悴的、沉静的，但又坚强的、精明的大姐，看起来仿佛还跟从前一样，可是大水和小梅却改变得多了。在陈大姐面前，已经不是八九年前那个傻乎乎的光头小伙子，和那个羞答答的大髻儿小媳妇了。如今，他俩都已经是屡经锻炼的党员干部了。在大姐的亲切接待下，他俩很大方地并排坐在长凳上，两个人都笑嘻嘻地脱下带舌的制服帽扇着凉儿。看起来，宽肩厚背的牛大水比从前瘦了；他留了头发，却还不能完全盖住头上的一条长长的刀痕，这条日本鬼子留给他的伤疤一直斜到前额上，破坏了他的相貌；但是，他那略略皱蹙的粗黑眉毛，他那定定看人的明亮眼睛，却带着一种比从前更为刚毅、更为机警的新精神。杨小梅也有点瘦了，脸上的血色不如从前；可是她头发剪得齐齐的，两只美丽的眼睛还是那么灵动、有神，带着许多冀中妇女所共有的热情、强悍神气，而且显然比从前沉着、老练得多了。

"你俩到得真巧！"大姐高兴地说，"今天程平、黑老蔡都来了，就在北屋参加会议，这个会议很重要。我马上开个条儿，你们快去吃晚饭。如果不太累，吃罢饭就去旁听一下。错过这机会是很可惜的，这会议和你们今后的工作可有关系哩！"

大水、小梅不约而同地站了起来，都说晚饭已经在路上吃过了，也不累，愿意马上就去旁听。陈大姐坦率地笑道：

"也好，等开完了会你们加倍休息吧！"说完就领他俩往北屋去。

片刻以后，这两位远道归来、就要投入新的战斗的同志，已经靠墙坐定，列席会议了。看得见屋顶挂了一盏中型玻璃泡子的汽灯，耀眼的青白光亮加重了这会议的严肃气氛。在这灯光下面，长长的方桌蒙了白布，散放着几套白瓷的茶具。桌子周围坐满穿蓝色或灰色制服的同志；也有穿便衣的，那黑老蔡就是一个。他坐在长桌西边、靠近北边那一头的位子，敞开了粗布短褂的两襟，露出深褐色健壮的胸脯。包在他头上的白手巾，由于擦汗已经扯了下来搭在肩上。这位铁匠出身的老革命，两眼闪烁，连鬓胡子又黑又亮，看起来比以前更精神了。在他左边，坐着质朴而有些斯文的程平。再过去，在长桌那一头，就在北墙毛主席像的下面，坐着主持会议的张部长。张部长旁边，还坐着一位光头的、身材精干的中年人，穿着洗得发白的灰布军装，也解开了扣子。他的身体略略侧转，左胳膊搁在桌边上，右手拿个大蒲扇轻轻地在腿上赶蚊子。在会议进行中，他似乎在深思，又似乎在专心地倾听。

刚才，陈大姐领大水他俩到台阶上，自己先进来向张部长和程平小声报告时，旁边那位光头的中年人马上听清了，立刻转过脸来，望着站在门外的大水和小梅，脸上顿时现出欢迎的微笑，显然他事先就已知道这两位同志。当时他迅速和张部长交换了一个眼色，就对陈大姐点点头，还对大水他俩做了个"请进来坐"的手势。程平、黑老蔡也都笑着向他俩招手。可是，那位陌生的同志是谁呀？

"是不是林书记？"坐定以后，大水的眼睛盯着那中年人，悄悄问小梅。

"不是他还会是谁！"小梅笑着瞅大水一眼，也低声地说，"他不是兼着军区政委嘛！"

会议的内容，在大水、小梅听来，是不太明了的。每一个原则问题都结合着许多具体情况，乍一听来既琐碎，又混乱，找不出头绪。可是听得时间长了，慢慢地也就听出个脉络来了。原来他们是在讨论十分区的工作，并且对该分区一部分干部的右倾思想展开了激烈的批评。

十分区，这是大水、小梅早就听说过的地区；这是在冀中的北部，在北平、天津、保定这三个城市之间的一块广大的三角区；这是永定河和大清河的流水所滋养的肥沃平原，是号称"中国的乌克兰"的著名产麦区；这是人民流了许多鲜血，才从日本强盗手下解放的地区。

但是，这半年以来，从北平，从天津，开来了由美国武器装备，由美国飞机和美国军舰运送到华北的蒋介石反动派军队，配合着当地有名的"小老蒋"、最恶毒的"地头蛇"宋占魁等的队伍，重新蹂躏了那儿大部分土地。依大水、小梅估计，这十分区，也就是他俩即将被派去工作的地区。

他俩看见，在会上，受到最严厉批判的是十分区的一位县委书记，名字叫作李玉的。大水他俩都记得，抗战胜利的前一年，从九分区调出过一批干部和民兵，其中有一个从前跟过张金龙，后来又跟过大水的王圈儿，就是调给李玉当通讯员，改名王小龙，一块儿派往十分区的。而李玉，这美男子，这北大毕业生，这抗战初期参加革命的干部，谁想他如今却成为右倾机会主义的典型，被提交会议讨论。他仿佛有些惊慌和委屈，白嫩的脸皮儿涨得通红；又像有些抬不起头来似的，一个劲儿在小本子上记录着，汗把漂亮的白衬衫和蓝制服都湿透了。

很显然，李玉的错误是严重的。在抗日胜利以后，他强调国内和平，擅自把县、区的人民武装大量裁减，甚至每个区只剩下七名警察；又强调国共合作，对地方上反动势力低头作揖，却把农民的切身利益丢在脑后；还片面强调宽大政策，将群众捉住的反动地主、匪军、特务，一个个开门释放。并且，仿佛是革命已经到头，他不适当地强调改善生活，不但自己享受，还领着头儿铺张浪费，例如，过年的时候他们竟三次宴请抗属，每次都开几十桌酒席，还连唱了半个月大戏庆祝和平。在这样的麻痹大意下，突然被宋占魁的匪军打了个措手不及，于是只好步步退让。最后，李玉所领导的那片地区就全部落到宋匪的手里了。当时各村的惨案连续不断地发生，心毒手黑的宋占魁及其大肚子还乡队，流了干部和群众的无数鲜血，以致烈士们的家属都扑到死尸身上痛哭"宽大政策"。呵，右倾思想的危害是多么大呀！

是的，血的事实狠狠地教训了李玉。但李玉，似乎对自己的错误并没有足够的认识。他虽然也表示要痛心地检讨，却还口口声声"拉客观"，为自己辩护。

"实在是，和平把我闹昏了！"他羞愧地说，用一支花杆儿钢笔敲敲额头。一只蚂蚱儿突然飞落在他的肩膀上，他吓了一跳，慌忙用钢笔去拨，蚂蚱儿又飞去了。

他定了定神，继续申辩着。在他的整个发言中，他反复提到毛主席飞重庆，国共双十协定，以及后来的停战协定和政协协议，甚至还提到杜鲁门的声明、马歇尔的调停，仿佛这一切都可以开脱他的罪责。末了，他痛苦而抱怨地说：

"谁料想得到，美蒋竟会这样背信弃义呢！"

这样可笑的说法，连旁听的大水、小梅都忍不住嗤之以鼻了。在黑老蔡他们气愤地加以驳斥后，那位光头的中年人（他果然是冀中区党委的林书记）略带嘲讽地说：

"是啊，我们有些同志，就是爱把一只眼睛闭起来，用一只眼睛看问题；这一只眼睛也只看事情的表面，不看事情的本质。"

他停了一停，又接着说：

"毛主席飞重庆，自然是一件伟大的事情。这件事情，集中地、突出地表现了全国人民对反革命内战的厌恶，以及对国内和平统一的愿望。可是，蒋介石怎样呢？他一只手被迫签订了'坚决避免内战'的协定，一只手却偷偷发布了坚决进行内战的密令。事实难道能瞒得过人吗？亏得我们共产党、解放军，并没有闭起眼睛挨揍，相反地倒是时刻警惕着，时刻准备着。结果，上党战役，歼灭了进犯的蒋军三万；邯郸战役，又歼灭了进犯的蒋军七万……几个胜仗一打，才暂时地制止了内战。这还是去年秋后的事，谁又不知道呢？那时毛主席告诫我们：没有人民的军队，就没有人民的一切。我们的同志可以想想，我们连丝毫麻痹大意都不敢，难道竟可以放下武器吗？"

说到这里，他的口气仍然是温和的，但他的眼光却锐利地、责问地望着李玉。李玉不敢看他，早就满脸通红地低下头了。

"当时，"林书记又说，"蒋介石被迫在停战协定上签了字，又通过了政协决议；可是我们仍然不能躺在这些协议上，做和平的美梦。党中央明白地指出：如果没有人民的强大力量，没有人民的坚决斗争，那么，这些协议仍然是不可能实现的；历史早就证明，大地主大资产阶级的政治代表蒋介石，决不会老老实实地遵守协议。果然，他假和平、真备战，很快重新布置了兵力，进行更大规模的内战。对于蒋介石这反革命的两手，我们必须坚决用革命的两手去对付他。这不是毛主席早就指示过的吗？"

他又停了一下，对李玉略带讽刺地看了一眼："什么杜鲁门，什么马歇尔？我说，也要看他是什么人，看他是代表谁在说话。而且，不仅要听他说的话，更重要的，是看他做的事。事实是，从去年九月到现在，美帝国主义用新式武器装备的蒋军，已经有五十七个师了，而且全部用来打我们。我们的同志要是没有睡大觉，那么不会不知道，就在咱们河北省，就在咱们十分区的东边和北边，现在还驻扎着美国海军陆战队，一共九万多人，强占着北平、天津、唐山、秦皇岛……做蒋介石、宋占魁这些人的后盾。难道说，刺刀还插在我们的胸膛上，我们就忘了痛吗？同志，不行呵，对帝国主义，对反动派，你太善良了！你忘了列宁的教训，对敌人的仁慈，就是对人民的残忍！……"

接着，林书记谈到农民问题，他引述了毛主席《论联合政府》中有名的几段关于农民的话，并且重新阐发了不久前在干部会议上所传达的，党中央关于土地问题的"五四指示"的精神，尖锐地批判了那种忽视农民利益，不依靠广大农民群众的严重错误。他特别强调指出，在目前，土地革命是一切问题的根本。没有土地革命，就不会有工人阶级与农民之间的巩固联合，更不会有工人阶级与其他阶级之间的联合；没有土地革命，就不会有封建剥削制度的消灭，更不会有帝国主义侵略势力和国民党反动统治的消灭。因此，封建剥削制度的保存，是帝国主义侵略势力和国民党反动统治得以存在的基础；封建剥削制度的消灭，是人民革命得以发展、得以胜利的基础。

最后，林书记把中国革命的特点，概括为这样的两句话：

"以武装斗争为主要形式；以土地革命为主要内容。"

呵，林书记的话是多么明确，多么简短有力啊！

经过详细的讨论，李玉是开除党籍；对其他几个犯轻微错误的同志，则主要是进行教育。会散了，林书记和张部长留下十分区党委书记程平和准备调到十分区去工作的黑老蔡，研究该分区今后的工作，叫大水他俩先等一等，一会儿听候指示。

于是，大水、小梅就出来了。

2

陈大姐领大水、小梅到对面招待所去，让他们歇息一下。可是他俩一听说王小龙——王圈儿受了点轻伤，也从十分区回来了，跟李玉他们一起住在隔壁，就马上要去看看他。于是，大姐又领他俩到隔壁去。

那儿，人们还没有睡，乱嚷嚷的，原来李玉那美男子正在闹自杀。几个同志和一位老乡使劲抓住他的胳膊，他还拼命挣扎，蹿着，跳着，喊着。他头发散乱，面孔苍白，看见大水他们进来，忽然停止了动作，对他们愣了一下，就垂下头痛哭起来。人们七嘴八舌地劝着，把他放到炕上去了。

"真不害臊！"小梅气愤地想。

"这样，影响多不好！"大水也皱了眉，憎恶地望着李玉。

他们寻找王小龙，可是小龙没有在。后来他们在东屋找到了他，陈大姐就回去了。

东屋只亮着暗淡的灯光，别人都不在，只王小龙一个人冷冷清清地坐在炕沿上，低着头，带着痛苦、烦恼的神气抽烟卷儿呢。他看见"老上级"来了，虽然觉得很意外，可并不像对方那样兴奋，只是默默地走过来，轻轻地握手，脸上浮起疑问的、勉强的笑容。呵，小龙越长越高了，身段竟像姑娘一样苗条，脸儿也白净、俊俏，还透着点儿文雅，边分的头发也梳得相当漂亮。他穿着同李玉身上一样新的白衬衫和蓝制服，看不见他的伤在哪儿。

三个人在炕上坐定。小龙有些不好意思地掏出一盒上等纸烟，弹出了一支，送到大水面前。大水用双手推辞了，他好奇地看着小龙，笑起来说：

"怎么样，抽上瘾头了吗？"

小龙只含糊地一笑，没回答，随手把一盒纸烟插到胸前的小口袋里，和一支漂亮的花杆儿钢笔放在一起。

"你俩调回来了吗？"他问。

"可不！"大水高兴地说，"说不定咱们又要在一块儿工作啦。"

"小龙，"小梅关心地问，"听说你带彩了，伤在哪儿？"

"没有什么，好了。"小龙只略略地抬了抬左腿。

"瞧，两年不见啦，小龙，你在十分区的情形怎样？"

小龙吸了一口烟，慢慢喷出来，有点儿没精打采地回答：

"还好，县青会主任的工作，反正也不清闲。"

大水和小梅暗暗诧异：原来李玉已经把他那么快地提升了呀！

"小龙，你怎么啦？"小梅疑心地望着他，微笑地问，"你好像发生了什么事儿似的，该不是在闹情绪吧？"

"没有什么。"他头也不抬，连连地吸烟。

小梅闪动眼睛，猜测着，试探性地问：

"秀女儿和你还有联系吗？"

小龙点点头。

"李小珠呢？"

不知为什么，小龙的脸儿红了，又像点头，又像摇头。

"哼，靠不住！"大水也笑道，"不闹情绪，怎么一个人躲在这儿呢？刚才李玉在那边闹自杀，你也不去劝劝他？"

"不，他的手枪还是我夺下来的，可是我后来跑了！"小龙说着，俊秀的脸上露出了痛苦的表情，"这叫我怎么说呢，我就是不能看见他，我一看见他，我的心就像刺刀扎着一样难受。唉，我不知道，我也想不通：组织上这样对待他，是不是太过分了！"

"哦！那是为什么？"

"你们不知道，李政委人很不错，"因为李玉兼县大队的政委，所以小龙按照一般的习惯，这样称呼他，"不管李政委有多少缺点，我觉得，他总是个好同志……"

他们没有再谈下去，陈大姐把大水、小梅叫走了。

3

组织部的会议室里，汽灯早已熄灭了。只有长桌那头一盏小小的油灯，照着林书记、张部长、程平、黑老蔡四个人，还在那儿研究工作。大水、小梅走进去时，他们都站了起来，和他俩握手、问好。黑老蔡还打趣地说：

"瞧，这一对'战斗伴侣'，又要接受新的战斗任务啦。"

连程平都记得这"战斗伴侣"四个字，原是大水、小梅结婚的时候，黑老蔡送的一副对联的横额，这美妙的称号当时竟传为佳话呢。

"对啊，革命是不断进行的，应该永远战斗！"林书记也微笑着附和，愉快地看着这一对年轻的夫妻。

大家都高兴地笑着，坐下来。虽然灯光较暗，却因为坐得近了，大水他俩清楚地看见，原来林书记——这位参加过二万五千里长征的老干部——头发楂儿已经花白，眼角上也有了细密的皱纹；可是他眼光敏锐，精神健旺，所以看起来显得比较年轻。这时林书记小声向张部长吩咐了什么，张部长出去了。林书记又从进来的通讯员手里接了一沓电报，但没有翻阅，却转脸对大水、小梅看着，眼睛里流露出幽默的笑意，问道：

"你们听说过多情的狮子吗？"

"没有听说过。"大水笑着回答。

"什么，多情的狮子？"小梅好笑地问，也不明白他是什么意思。

"是的，一只多情的狮子，很多情！"林书记故作正经地说，"它爱上一只狐狸，就想跟狐狸结婚。那只狐狸呢，并不拒绝，只是说：'狮子老兄，结婚嘛，欢迎欢迎。只是有一桩：你必须把牙齿拔掉，爪子砍去，因为这两样东西，对我有点儿不太方便。'这位狮子老兄听了，非常高兴，马上拔了牙，砍了爪子，就准备结婚。可不料狐狸就扑了过来，一口把这位多情的老兄咬死了！"

"哈哈，你说的是李玉！"小梅立刻笑着说。大水也认同地笑起来了。

"这是我们敬爱的领袖讲的一个故事，"林书记微笑着说明，"据说，这种多情的狮子，从前和现在都有，甚至将来还会有呢！"

在大家的笑声里，林书记对程平摆摆手，意思是说"好，你们谈吧"，自己就埋下头去，开始敏捷地翻阅电文。

"关于你们两位的工作问题，我们附带地讨论了一下，"程平慢条斯理地说，"讨论的结果是这样的：我们想派杨小梅同志到十分区宋匪的占领区，当区委书记，去进行开辟地区和恢复政权的工作。这个区没有一定的界线，也不必受限制。我们希望你的是，随着工作的开展，掌握更多的地区，直到整个区县都掌握起来。对于组织上的这个分配，不知道小梅同志可有什么意见？"

小梅由于兴奋，微笑的脸儿红了起来。

"行！"她干脆地回答，"我没有意见，我完全同意组织上的分配！"这样说了，她心里又马上想到，谁们和自己一块儿去呢？就不知不觉地瞥了大水一眼。

黑老蔡瞧着小梅，举起一个手指，警告地笑着说：

"你这位区政委，"他也依照当地的习惯，把区委书记叫作政委，"可不要打算，我们会给你成套的干部。不，我们现在不给，将来也未必给的。你记着：干部主要靠你自己培养。不过我们打算给你一个小小的助手，而且这小小的助手一定包你满意。她也是原先九分区的干部，你猜是谁？"

"准是秀女儿！"

黑老蔡大笑，有意思地望望程平。

程平也笑着说：

"不。秀女儿倒是老蔡首先提出的，可是讨论的结果，目前分区党委还需要她，因此我们准备给你李小珠。"

"李小珠？那太好了！"

"至于你，牛大水同志，"程平又文质彬彬地说，"那儿也有一个重要的任务，在等着你哩。"

大水沉静地问：

"哪儿？"

程平缓慢而清楚地答：

"宋占魁那儿。"

大水不明白地瞧瞧程平，又瞧瞧黑老蔡。老蔡严肃地说：

"这是一个非常重要的任务。组织上想派你到宋占魁手下去工作，就好像孙猴子钻到牛魔王的肚子里，去挖他的心，揪他的肠子。"

"那好！"大水活跃起来，颇有信心地笑道，"我非揪死了他不可！"

"好！"林书记刚把电报看完，站起来，走到大水他俩身边，"照我看，这两个任务，其实是二而一、一而二，都比较艰巨。可是我们相信，不论会遇到多少困难，你俩都是能够完成任务的。为什么呢？这是因为，只要是党的最忠实的儿女，就能够完成党交给的最艰巨的任务——这是千万次事实所证明了的真理！"

大水他俩受到莫大的鼓舞，站起来说：

"林书记，我们用党员的名义担保：一定完成任务！"

林书记热烈地、亲切地和他俩握手。

张部长进来，跟林书记在一边低声说话。这儿程平又对大水、小梅说：

"你俩放心地干吧，我和老蔡时刻做你们的后盾。老蔡还要组织武工队，由他亲自领导，那活动范围可广哩。你俩虽然一个在城市、一个在农村，可是老蔡会想办法，给你俩建立密切的联系。"

接着他谈道，小梅可以先回白洋淀她姥姥家，去看一次自己的孩子，然后到大淀口与李小珠会齐，一同过大清河，到胜芳镇找十分区党委，再设法突进宋占魁占领的地区去；大水却必须经过冀中区党委城市工作部的关系，先秘密送到保定，然后通过国民党内部线索，介绍到宋占魁那儿去。组织上的考虑非常周到，还叫大水他俩都改个名字。于是，牛大水改名牛刚，杨小梅则改名杨英。

"怎么样？"黑老蔡忽然笑着插进来说，"牛刚先生，你就不向我们要人吗？"

"我倒是想要，可不知道能不能带。"大水考虑着说。

"怎么不能？你是官儿，可以带个马弁嘛。你不要吗？"

"当然要啊，"大水连忙改口说，"没有马弁，我这官儿就成光杆儿啦！"

大家都笑了。

"组织上准备派谁跟他去呢？"小梅问。

黑老蔡含意深长地笑着，不回答。

程平说：

"刚才老蔡很慷慨，为了大水的工作，他愿意把自己部下的小英雄牛小水拨给他，你们两位觉得怎样？"

"啊呀，那太好啦！"

"组织上想得真周到！"

大水他俩喜出望外地说，多少压制着内心的兴奋。

"我可没有答应啊！"黑老蔡急忙声明，暗里对程平眯眯眼。

忽然一位同志跑进来，说："李玉趁人不防备，把自己的胳膊刺破了，给你们写了一封血书，你们看！"说着，就把一张血书递给他们。

林书记皱了眉，连忙叫这位同志赶快送李玉到医务所去。黑老蔡把油灯端起来照着，几个人一起看血书。上面血迹斑斑地这样写着：

李书记、张部长：

　　我不埋怨党，只是深深地恨自己，恨不得把自己一枪打死！但同志们提醒我：死，会造成更大的罪恶。因此，我只好留下这条命，将功折罪吧。我坚决请求组织，批准我回到十分区，去向宋占魁讨还血债，讨还血债！！！

李玉上书

看完以后，张部长显出不信任的、为难的神气，用请示眼神望着林书记。林书记已经扣好军装的扣子，又思索着束好皮带、戴上军帽，冷静地说道：

"再考虑考虑吧，中心问题是教育和改造。"

虽然夜深了，林书记却还是精神饱满，两个大拇指扣在皮带上，用军人的姿态挺了挺矮小精干的身体，然后拿起桌上那沓经他批过的电文，交给张部长。

"好，就这样吧。"他愉快地微笑着，对大家说。显然他是准备回军区司令部了，但还站在那里，转脸对大水、小梅看了几秒钟，终于说道：

"你俩可得小心啊！那宋占魁，的确是一条狠毒的地头蛇；俗语不是说嘛，'强龙难压地头蛇'啊！"他停了一停，又说，"不过我们呢，"他用两个手掌向下一按，"强龙偏压地头蛇！"

"对，强龙偏压地头蛇！"大家都笑起来，响应着。

一伙人跟着林书记，说说笑笑，走到大门外。警卫员早已把马牵来，那金属镶制的马鞍闪闪地耀着星光。林书记一只脚尖踩住踏镫，矫健地纵身上马，跟那大洋马一起打了个转，顺势对大水、小梅扬手说："好，祝你们胜利！"说完，他就弯起左臂，一勒马缰，马儿不驯服地往后退着，前蹄举了起来。林书记两腿只一夹，马儿就腾空跃起，波浪形地向前蹿去。后面警卫员的马儿也撒开四蹄，很快都消失在青色的夜雾里了。

第二章　夜渡大清河

我们回来了，

带着忠诚的心，

复仇的剑。

——魏巍

1

杨英和李小珠，乔装成老百姓，由十分区党委打发熟悉这一带地理的王小龙、唐黑虎便衣护送。黑夜，偷过了宋匪军的封锁区，来到一条宽阔的清水河边。

这条河，从北平城西流来，自北而南，弯弯曲曲地流过十分区的西部，到白洋淀附近拐弯向东，又曲曲弯弯向渤海流去。

这一条平静而美丽的河流，上游叫小清河，下游叫大清河。当时同志们在口头上，在自己画的地图上，都整个地称它为大清河。

半夜了，杨英他们来到大清河东岸。只见夜雾茫茫，笼罩着幽暗的河面，河边芦苇很密，连一只小船也没有。依照预定的计划，王小龙和黑虎又领着她俩，沿堤根往北走了一阵，来到东渡口。黑虎爬到堤上警戒。王小龙掇了枪，向黑乎乎的对岸打了三声呼哨；等了几分钟，却听不见对岸有什么动静。

"恐怕不行吧？"李小珠低声说。

"别着急，"王小龙温柔地小声说，"焦老冲的耳朵、眼睛都灵着呢。他准能听见；嗨，他还能看得清这里站着几个人呢。"

果然，不一会儿，那边传来了轻轻的打桨声。渐渐地从夜雾里出现了一只小船儿的黑影，在微微发亮的水面上，依稀望得见两个桨儿像翅膀似的轻轻扑打着。

"瞧，焦老冲准是望见人少，就来了一只小划子。"王小龙低声说。

小划子飞快地来到岸边，停下了。船尾上的人影儿却是一个十六七岁的姑娘模样，脑袋两边垂着两条小辫子。她仰着脸儿在望他们，那大黑眼睛在黑暗里发亮，像暗夜的两颗星星。

"呀，是五妮！"小龙轻轻地叫道。

"怎么你们回来了？"五妮也放低了声音，惊奇地问。

"嗯……"王小龙含糊地回答。

一伙人上了船。小船灵巧地掉过头来，向对岸悄没声地、飞快地蹿去。杨英——杨小梅虽然也是划船的能手，却不由得暗暗地佩服这位姑娘划船的本领。只听见黑虎小声问五妮：

"老冲怎么没有来？"

"爹给打伤了。"

"谁打的？"

"还不是老狐狸手下那帮人！"五妮的声音里透着气愤。

杨英他们都知道，"老狐狸"就是宋占魁的绰号。

到了西渡口，这儿离宋占魁占领的城市就只有十几里路了。在杨英的吩咐下，王小龙先跑到堤上去，探身到那独立小屋里看了看，跟焦老冲接了个头。然后，黑虎爬到屋旁那棵大树上放哨；五妮在门外凉棚下从灶旁的水瓮里给他们舀水喝了；王小龙就留在外面警戒；杨英和李小珠悄悄钻进小屋去。

黑暗里，听得见炕上焦老冲那低沉的声音在兴奋地招呼着。杨英预先已经了解：这位焦老冲，摆渡一辈子了。由于贫穷和疾病这两个相连的原因，孩子们和老伴陆续去世，只剩下五妮和他靠着两条旧船孤苦地生活。老人家脾气很刚，见了坏人从不理睬，谁要惹了他，他就抢上去跟人打架；可是对革命同志倒很亲热、很忠实。以前的区委张健曾把他当作培养和发展党员的对象，后来环境变化，才搁下了。此刻焦老冲已经坐了起来，一面在黑暗里看他们，一面打火吸烟。烟斗的一亮一亮的火光，照见他乱蓬蓬的胡须和酱红的脸。

"大伯，听说你挨打了？"杨英关心地问，站在门里，一面机警地倾听着外边的动静。

"可不！是城里的杨花脸，带队伍过河，上船的时候，他的马不小心，后蹄落到水里，马一惊，胡踢乱跳，把船板踩坏了。狗日的杨花脸，还指着我狠狠地骂，说我船头太高，把他的马儿毁了。我说，你别耍军阀，老子不怕你！就打起架来。他叫几个兵，把我吊起，就吊在外面这棵大树上，打了个半死！"

老头儿吸着烟，仇恨地沉默了。靠门框站着的五妮，小声地插嘴说：

"第二天，宋占魁一伙人从龙虎岗过来，要到河东去，龙虎岗的联保主任毛二送他过河。看见我一个人使大船，宋占魁就问：'老人家哪儿去了？'我哼了一声，没睬他。毛二把缘由说了。哼，那老狐狸倒挺会装佯哩，狠狠地骂杨花脸，还说自己没工夫上老人家那儿道歉，请毛二爷回头给老人家送上一斗米，也算是道歉的意思。后响，米真送来了，我爹可没有收，只一推，差点儿把米全撒在地上了。"说到这里，五妮天真地笑了。

"干得好！"李小珠轻轻一拍手说。

"哼，"杨英冷笑道，"总有一天，把这帮家伙全拾掇了！"

她又安慰老人家几句，说以后有困难一定想办法帮助，叫他安心静养。然后，杨英问起这一带敌人活动的情况。父女俩在渡口消息灵通，把知道的一一说了。

"你们这次来了，还走不走？"焦老冲忽然问。

"不走了！"杨英肯定地、坚决地回答。

"我们都不走了，就跟你们在一块儿，看他们又能把咱们怎么的！"李小珠愤愤地说。

"这就好啦！"五妮松心地笑了。

焦老冲也放下心，舒了一口气。

"环境是不易，"他沉思地在炕沿上敲着烟灰，"可是日本鬼子咱们怎么打的？"

从老人家的话里，可以听出斗争的决心和胜利的信心。

杨英抓紧时间，简单扼要地嘱咐父女俩：主要搜集哪几种情报，以及怎样记住重要的数字。最后，研究了秘密联系的方法，她们就告辞走了。

在堤上，杨英不知不觉地望了望西边：呵，宋占魁占领的城市就在那儿；此刻这城市被吞没在黑暗里，可不知牛刚——牛大水他俩到了那儿没有。

四个人下了堤，王小龙在前，杨英和李小珠跟着，黑虎在后，都提了手枪，悄悄地沿着田间小路，朝西北方向，往龙虎岗急匆匆地走去。

2

龙虎岗离渡口只有五里地，名义上叫岗，实际上连一块高地也没有。杨英早已知道，这是一个四百多户的大村子，西头大多是地主富农的宅院，高大的砖房占了小半个村子；东头却是农民的住家，几百间矮小的土屋和草房歪歪斜斜地拥挤在一起。而宋氏一大家（宋占魁的本家）则正是龙虎岗首屈一指的大户。要不是这村有一个最靠得住的堡垒户——贫农高老墨家可以落脚，那么杨英他们也许不会首先突进这封建反动势力最大的村子。

他们已经从焦老冲那儿听说：河西这一带大小村庄，反而没有敌人的队伍驻防。现在，他们就抄小路，直接摸到高老墨家。老墨家就在村东头的南边，秫秸做的篱笆门，轻轻伸进手去一抽就开了。在两间小北屋的廊檐下，王小龙凑到破窗洞口，轻轻把老墨叔叫醒了。

高老墨是多么惊异呀，他简直不相信自己的耳朵。及至听真切了，他还是好像在梦里。老墨婶一听是王小龙的声音，倒先一骨碌爬起来，一面小声地催老墨叔快去开门，一面就赶紧拿一条破棉被把窗户遮上。她又下了炕摸摸索索地点起灯来，由于情绪激动，发抖的手差一点把灯油都泼翻了。

当小龙、杨英、李小珠跟老墨走进里间以后，老墨婶虽然不认识杨英，但一听说这是共产党派来的新的政委，就扑过来拉住杨英的两手，眼睛打量着她，嘴唇翕动着一时竟说不出话来。

"政委，"她终于低声叫道，"我的亲人啊，你们到底，到底又来啦！"说着激动地抱住杨英，呜呜地哭起来了。

杨英知道，这一次宋占魁还乡，老百姓是受了多么大的灾害呵。老墨婶的大儿子石漏，就是许多被惨杀的人之一。他被宋占魁大卸八块，扔到大清河里，连尸骨也捞不着了。杨英正想安慰安慰大婶，可是话没有说出口，就吃惊地叫了一声，急忙把大婶抱住，不让她倒下——原来大婶过分伤心，竟气厥过去了。

几个人慌了手脚，急忙把她放到炕上。杨英把她上半身抱在怀里，着急地掐住她的人中。只见她脸色惨白，眼珠上翻，喉咙里咕噜咕噜地响，憋得浑身都抽搐，却还是回不过气来。李小珠站在炕上，按照老墨叔教给她的土法子使劲拉着大婶头发，看见她半晌还不醒转，急得哭了。

这时候，高老墨得到杨英的赞同，一面叫王小龙到外面去放哨，一面极为机密地通知了睡在西边土坯屋的二儿子高良子，以及睡在东边土坯屋的石漏媳妇和良子的妹妹俊儿。他们一个个悄悄密密地来到北屋。大家也顾不得招呼，伺候着老墨婶苏醒以后，才围着炕桌，在桌上一盏高脚小油灯的暗淡光线里，坐的坐，蹲的蹲，站的站，低声谈起话来。

老墨婶捧着脸，竭力抑制着悲泣。但那身材矮小、黑黄脸儿的石漏媳妇，却是睁大了泪眼，恨恨地说：

"杨同志，这不是有天没日头了嘛！他宋占魁杀的人，把大清河都染红了！这算什么世道！你们再不来，我们没法斗倒他，反正活不成，真恨不得早早死了好！"

"哼，"那瘦长的青年高良子不服气地说，"这一向我就盘算着，反正活不成，倒不如瞅个机会，豁出我这一百多斤跟他拼了！"

"他就是傻！"长得很苗条的高俊儿姑娘不满意地瞟了他一眼，伶牙俐齿地对杨英说，"他老说拼，拼，拼！我跟他说，哼，你拼吧，死不死活该，就是牺牲了不也是白搭！你有种给大哥报仇，不会找八路去？"

"不用找，我们就来了！"十七岁的李小珠，红着圆圆的脸蛋儿，却俨然像一个老八路似的说。

"是的，共产党不会忘了你们的！我们这一次来了，不管环境怎样困难，永远也不走了！"杨英闪着热情的眼光，一面安慰他们，一面拿下蓝色的包头布，不住地扇着凉儿。

她的话，使一家人都睁大眼睛望着她，仿佛还有些不相信的神气。连老墨婶都紧紧地瞅着她，问：

"说真的，你们不走了？"

"大婶，我向你发誓！"杨英严肃地说。

"亲人啊！"老墨婶抱住杨英，又哭起来。

"可不是！'蛇无头不行'嘛！"高老墨感慨地说。他一直较远地坐在靠墙的阴影里，摸着上唇黑黑的梳形胡须，一言不发地沉默着。他现在忽然活跃起来，高条儿身子站到地上，把刚才小龙递给他的一支纸烟拿出来，凑到灯上吸着了，对杨英说：

"杨政委，以前张健同志领导我们折腾了一个多月，挖了那么些秘密地道，可一次还没用上哩！"

"是啊，我正要问你，这些地道都暴露了没有？"

"没有。当时是张健亲自掌握，由最可靠的干部和民兵分头挖的。大家除了自己参加挖的一条，谁也不知道别的几条都挖在哪儿。"

"你们的一条挖得怎么样，现在还好着吗？"

"我们挖的是家庭地道，"老墨微笑说，"当时我们一家六口黑间白日轮班干，从石漏他东屋的炕底下，一直挖到村外二里远的高粱地里……"

"嗨，挖得可棒哩！"高良子眉飞色舞地说，"保证三年五年也垮不了！"

"当时石漏要钻了地道就好啦！"老墨婶念叨。

"妈又唠叨了！"俊儿姑娘埋怨地白了她一眼，"当时李政委不是说和平和平不打了嘛！"

"那时候的麻痹劲儿可不用提啦！"石漏媳妇一撇嘴说。

"赶明儿杨政委再多方面了解了解，准把村里的地道都摸清了。"老墨说。

"地道还得整顿一下，"杨英考虑道，"如果暴露了，就得赶快搬。"

"地道还能搬？"石漏媳妇很诧异。

杨英笑道：

"不一定整条搬，只要搬两头就行啦。"

"怎么搬法？"石漏媳妇还是不明白。

"那还不容易？"俊儿的眼光对她一闪，"只要拿里边新挖的土，堵住两头，另外开两个口子，不就得啦！"

"对了，"良子说，"就把开新口的土，堵上旧口。"

"废话！"俊儿说。

"别瞎吵吵啦！"老墨吩咐，"你俩还是到外面听着点，让黑虎和小龙也进来歇歇吧。"

杨英正要反对，可是兄妹俩已经悄悄密密地跑出去了。

老墨婶想给杨英他们煮些吃的，却怕烟筒里冒烟，被发现。况且，即使能煮，又有什么可煮呢？没奈何，只好把吃剩的糠菜窝窝，放在一个破木盘里端上来。

"政委啊，你们走那么远，准饿了，就拿这个充充饥吧！唉，那帮人一来，真是弄得刀刮水洗，啥都完啦！"

杨英她俩看着这光景，哪里吃得下去。可是为了使大婶高兴，每人都拿起一块糠窝窝来啃，还喝着清凉的水，似乎都吃得很香甜。

杨英趁这时间，了解了一下这村干部和民兵的情况。

呵，就跟她听说过的一样：村干和民兵，死的死，逃的逃；最惨的是村支书（黑虎的伯父），全家七口，连刚生下四个月的婴孩，都被杀害了。当时，真像老墨婶说的，就是铁心人看了也掉泪啊！没有被杀害的两个村干部，一个是老村长贺家富，一个是武委会主任兼民兵队长丁少山；他俩跟区委张健同志，一同被押在城里。宋占魁留下他三个，显然是另有企图。现在，村里的干部只剩下文教主任——小学教员宋卯，副治安员——油坊工人宋旺；这两个虽然也是共产党员，却都是宋占魁的远房弟兄。此外，还有粮秣主任——红眼狄廉臣，自称是"只管粮秣，不问政治"的，如今就在联保办事处当差。至于民兵，则一个也不剩了。

一阵轻微的脚步声，俊儿姑娘进来了，王小龙跟在后面。

"黑虎不肯来，"俊儿说，"他想念他伯父一家子，悄悄地哭呢，还说：'别叫我，我不离开自己的岗位！'"

从黑虎的伯父，他们又谈到黑虎的母亲。她年轻时原是宋家地主的丫头，叫碧桃，长得娇小玲珑，又黑又俏，谁承想给当时的二少爷——宋占魁奸污了。她生过一个私孩子，被二少爷抛在城郊，生死有谁知道呢！而碧桃也终被抛弃，嫁给了本村的木匠，不久就生下了黑虎。黑虎才一岁的时候，木匠给宋家大院修炮楼，跌死了。宋家说有权收回碧桃，又把她卖到天津。几年以前还有信来，据说得了什么难治的病；以后再去信，就没回音了。小黑虎是跟穷困的伯父长大的。他长得矮小结实，脸色淡黑，很像他的妈妈；从小很老实，很沉默。这苦孩子，幸亏参加了革命，在分区当通讯员，才避免了春天那一场灾祸……

3

老墨叔领杨英和李小珠去看地道。

那地道倒有三尺宽、四尺高，的确挖得又整齐，又结实。杨英她们在地道里用手电仔细照看，地道果然还没有崩塌现象，就是掉土也不多，而且每隔一段都利用外面适当的地形留了气孔，看得出这一家人是费了不少心机的。出乎杨英意料的是，这地道竟还比较干燥；也有些地段太潮湿，可是，他们弯腰走了一阵，在手电光里，还很少发现有严重渗水的现象。

"你们的路线选得不错！而且这样弯弯曲曲，也适宜于战斗。"杨英赞美地说，照着手电往回走，准备明天再一直检查到出口去。

跟在她后面的李小珠，也俨然见多识广的老干部，评论说：

"嗯，这样的地道很少见过！"说着，回头看见老墨叔个儿太高，那么大弯腰地走着，还用两手捧着头顶怕碰撞，她不由得又孩子气地轻轻发笑。

"这地道，张健和石漏可没少操心呵！"老墨怀念地说。

大概是接受了老墨婶的吩咐，良子、俊儿、石漏媳妇抱着秫秸捆、破被褥，提着杨英她俩的两个小背包，下来了。他们把端来的一盏点亮的油灯放在壁洞里，一面铺秫秸，一面望着走近的杨英她们，放声说笑起来。仿佛在地洞里面大家倒反而自由了，那年轻的说笑声招来瓮声瓮气的回音。

"杨英姐，"石漏媳妇说，"赶明儿我给你们找些麦秸来铺上，让你俩睡个软和。"

"对了，赶明儿我找两块木板来垫上，上面再铺上麦衣儿，让你俩睡个舒服。"良子说。

"瞧你！"俊儿又刺打他，"有木板不会支上两个床铺，让她俩睡得跟政府里一样？"

"谢谢你们！"杨英笑着说，"瞧，我们就在这儿安家啦。"

"好，"俊儿马上说，"我给你到'毛二狗'那边报户口去。"

杨英笑着在地铺上坐下来，虽然很累了，精神却很兴奋，拍拍地铺说："来，都坐下，咱们开个小会。"

于是，她跟他们研究，怎样把这地道的入口改得更隐蔽、更机密，因为从炕洞下地道，已经太平常了；此外，还需要检查气孔，开辟支线和增加出口。这些，老墨他们都非常赞成。

杨英还仔细地询问了千家营、甜水井、一溜鱼池等村子的情形，准备最近就去开辟堡垒户。等几个立足点稳固了，人也有了回旋的余地，然后再深入开展各村的工作。

外面，天快亮了。王小龙和黑虎也抱着秫秸捆和一些破棉衣，下来了。老墨他们上去后，这儿的人们就准备休息。

可是，王小龙还坐在地铺上，吸着烟卷儿，似乎在想什么心事。他忽然抬起头来，对杨英说：

"政委，我也留在这儿工作吧。"

"为什么？"

"你看，这儿多么需要人呀。"

"吓，"杨英笑起来，"要依我，最好连黑虎也留下呢，一龙一虎，不更齐全吗？可分区的工作还需要你们啊！"

"我也是从工作出发，"小龙偷眼望一下李小珠，微红着脸，似乎不好意思地说，"事实是，这一带我比你们熟悉，对你们总会有不少帮助哩。再说，咱们从前原是在一块儿工作的……我也有点不放心……"

机灵的杨英，眼睛只飞快地一瞥，就已经看见李小珠羞得满脸通红，露出尴尬的、不满的神色转身铺被子，还生气地咕噜着什么话。

杨英假装没听见，只是对小龙诚恳地说道：

"不，小龙，组织上的决定还是不要违背，赶快抓紧时间休息，等晚上就回分区吧。"

地道里很阴凉。杨英和李小珠合铺；王小龙和黑虎也挤在一块儿。

大家都睡下了，杨英还热情地说：

"小龙，你看我们在这儿很安全，你也别不放心吧。若是大家都顺着感情走，那么我就要求跟大水一块儿去啦。可是，我相信，组织的考虑总是从更大的利益出发，总是比我们考虑得更全面、更周到的。所以我们必须把一切个人打算抛开，把一切个人感情克制下去，真正从心眼儿里愉快地、坚决地服从组织，你说对不对？"

杨英停下来，期待王小龙的回答，哪怕是一言半语也好。可是好一会儿过去了，终究听不见小龙的声音。旁边李小珠轻轻叹了一口气，而黑虎已经发出鼾声了。

壁洞里，被拨小了的灯火发出青幽幽的光。

第三章　闯虎穴

明知山有虎，

偏向虎山行。

——民谚

1

牛刚兄弟俩，穿了反动派军官和马弁的服装，坐吉普车从保定——伪河北省保安处出发，到宋占魁所占领的城市去。这吉普车原是送一位国民党省党部的特派员黄人杰到宋占魁那儿去上任的，同时把牛刚他俩也带了去。

这天，毒日当空，天气闷热。吉普车沿铁路往北走了很远，然后向东南拐。田野里，庄稼都晒得垂头丧气，沟里的水都干涸了，真是天干地燥。汽车过处，狭窄的公路扬起了弥天的灰尘。车上的人们，身上也落满了尘土。那黄人杰，油光的背头，黄黄的瘦脸，宽边的墨镜，也都蒙上了灰尘；连汗带土，把一块雪白的手绢儿都擦黑了。起初他还和牛刚攀谈，后来只顾骂"鬼天气"和"破车子"，向他的护兵和汽车司机发脾气了。

牛刚严肃地坐着，心里可说不上是一种什么滋味。"新"的生活开始了，那是什么样的生活呀！光是身边这位党老爷，就引起他甚至是生理上的厌恶。但他只得忍着，还不得不装腔作势地和他周旋。今后就要在他们中间厮混，倒真是一段奇妙的生活哩。

坐在他侧面的牛小水，已经改姓柳，穿着新的草绿色军装，倒显得英气勃勃。牛刚看得出，他故意装着一副老实而安静的神气，装得倒非常自然；有时他赔着笑脸给黄人杰答话，也答得挺合乎身份；他还不时地转过脸去，望望车行的前方，仿佛很感兴趣地期待着，期待那城市的到临。

终于，远远地望见那城市了。这是冀中平原上仍旧保留着古老城墙的极少数城市之一；由于各种特殊的原因，这城市，在抗日战争时期并未解放过。牛刚知道，在日本宣布投降以后，活动在四乡的民兵和县、区人民武装，曾经围攻这城市。当时“敌伪合流”，原来是汉奸的宋占魁接受了蒋介石的命令，摇身一变成了“国军”，率领全部伪军进行顽抗。终于城内遭了大饥馑，而宋匪还坚决不投降，为了照顾城里的老百姓，我们的队伍暂时撤退了。第二次围攻，眼看宋匪军已经支持不住，但正巧蒋介石发出了“和平”的诺言，宋占魁就打紧急电报，从北平请来了调处执行组。当国、共、美三方代表组成的执行组坐着小汽车来到的时候，四乡的老百姓纷纷围上来，足有一万多人，控诉汉奸宋占魁的罪行。可恨那美国人表面上露出同情的笑脸连连点头，叫翻译人员宣布说，美方代表也同意：汉奸应该消灭。可是汽车进城以后，美、蒋代表都不承认宋占魁是汉奸。当时为顾全大局，我方代表抱着忍让的精神允许了该城的解围，同时美、蒋代表也被迫签订了以下的条约：离城五里以外全部属于解放区，不得侵犯。然而不久以后，宋占魁在美、蒋的大力支援下，趁李玉他们麻痹不防备，突然大举进攻；而宋占魁这老狐狸的魔爪，竟一直伸到大清河以东……

吉普车驶进了城的西北门；看样子，这城门是日本人占领期间新开的。大路通向东南，成为一条宽阔的斜街，两旁尽是日本式的红砖小洋房或二层大楼；现在，不少大门的旁边，都挂着有青天白日圆徽的党政机关的牌子。

宋匪军的"司令部"也在路南，代替大门口岗亭的，是两边两座碉堡。吉普车在门前停下，只见铁制的大门敞开着，两个站岗的兵士向他们敬礼。从门房里马上跑出来一个副官模样的人，笑着招呼他们，说是宋司令接了保定的电话，就派他在这儿候驾的。他立刻坐到司机的旁边，领他们到宋司令的公馆去。

车子经过一条热闹的古老的石子街，又转了两个弯，就沿着黑色的高墙向南行驶，一直驶到一个小门前停下。据说，这就到了宋司令的府上了。

他们下了车，走进小门，原来这还是在战乱时期外加的墙和门。门里是一大片空地，长着几株高大的槐树；三面都是高墙，北边才是正式的威武显赫的大门楼，两边有两只张开大口的石狮子。他们走上五级台阶，进大门，过前院，又进二门，才来到正院。看得见富丽堂皇的大厅和东西两厢房，全是画栋雕梁，朱红的廊柱，白石的柱座。大厅两边都有月亮门，通后院。小水和张福生两个护兵，早留在前院警卫排住的厢房里了。黄人杰和牛刚被领进后院。后院有美丽的花坛，有古式的大金鱼缸；房屋都同样富丽，有走廊，有栏杆，有更精致、更玲珑的装饰图案。

"莫怪人们叫他土皇上！"牛刚在心里感慨地说。

宋占魁在北屋西间接待他们。这好像是他的书房，可并没有一本书。房里摆设着各式各样雕镂得很精美的硬木家具；案头和架上都陈列着稀奇的古玩。宋占魁似乎午睡刚起来，穿着白绸的裤褂，趿着绣花的拖鞋，却摇着一把大蒲扇。牛刚真没想到，他是一个样子非常古怪的人：瘦高个儿，背和腿都有些弯，站着略显三曲形；秃脑门儿，小眼睛，嘴两边长着几茎稀疏的胡须。这模样立刻使牛刚想起了他的绰号——老狐狸。

老狐狸的第一句话就是：

"哈哈，有缘千里来相会！"口气特别亲热，"兄弟，辛苦啦，辛苦啦。"

他叫人伺候他俩洗过脸，便安排他俩休息。这时牛刚把伪保安处的公事递给他，宋占魁故意看也不看，把它随便放在桌子上，一面对他俩说：

"天气太热了，兄弟，还是歇歇晌吧。"

"倒不累，这道儿挺平稳的。"黄人杰客气地笑着，虚伪地说，一面收起了墨晶眼镜，抽出一把象牙的小梳子梳头发。

"不累，不累，"牛刚也说，"不用休息。"

"那也好，"宋占魁爽快地说，"咱们到后面凉快凉快。"说过，他又叫人去请时参谋、八爷和常队长。

宋占魁领他俩先来到后花园。这本来是有名的"王家花园"，"胜利"后大汉奸王士斋到南京去做官，全家都迁走了，留下这宅第给他大女儿王美孀和女婿宋占魁占用着。

现在，宋占魁用蒲扇遮着炎热的太阳，和黄人杰、牛刚随便地说说笑笑，走过花卉中间鹅卵石的小径，走过荷花池上面曲曲弯弯的石桥，然后登上假山，来到"冷月亭"里坐下。一会儿，所谓的时参谋、八爷、常队长都来了。宋占魁只简单地介绍了几句，称黄人杰为"委员"，称牛刚为"队长"。大家随便地招呼着，随便地在这凉亭里的石鼓凳上坐下来。几个穿小兵服装的人早已跑上跑下，把两听"绿炮台"，四大盆小吃，几十瓶啤酒、汽水，和宋占魁吩咐摘的一大盘新鲜的桃儿都拿来，放在青石的圆桌上。圆桌上放满了，瓶儿什么的就叮叮当当往地上放。

牛刚觉得奇怪的是，他们并不寒暄，更不谈工作，只是吃吃喝喝，随便瞎扯。那个时参谋，本来是参谋处长，但人都称他为时参谋；他原名时来运，又瘦又小，贼溜溜的眼珠老在冷眼偷看黄人杰和牛刚。所谓八爷，名田八，却也是个大队长，体格魁梧，看起来愣头愣脑的，露出凶暴、残酷的相貌。唯有那大队长常恩，年纪很轻，身材颀长，长相俊美，宋占魁老亲热地称他为"恩儿"的，坐在一边不大说话。

"最近这一带共匪的活动怎样？"黄人杰停止了吃喝，用打火机点燃了一支烟，忽然正经地问。

"共匪！操鸡巴蛋！"田八瞪了一眼黄人杰，粗声粗气地说，"还活动，哼，他死的死，跑的跑，咱们这一带可没他的份儿了！”

"现在是要防他卷土重来。"时参谋说。

"来吧，"宋占魁笑着说，一面拿黄人杰的一支新式美制手枪反复地鉴赏着，"说实话，我倒是欢迎他们来，不打仗怪闷得慌的。"

"我们可得以攻为守呵！"黄人杰不以为然地瞧瞧大家，带着些教训的口气说，"我来的时候，上峰给我们的指示是这样的：戡乱战争全面展开了，我们得配合整个形势，首先把平、津、保这三角地带的共匪全部肃清！"

时来运听了他的话，笑嘻嘻地望着宋占魁。只见老狐狸弓着背，正在桌上把手枪局部拆开，察看它内部的构造，这时也抬起秃脑门儿来，对黄人杰笑着看了一眼，同意似的点了点头。

时参谋不免流露出一些夸耀的神气，对黄人杰说道："委员，不是咱吹牛，过些时候，你就会知道我们宋司令的深谋远虑了。"

宋占魁假装没听见，拿着手枪问黄人杰：

"哦！真是无声的吗？"

"要有一点声音，十块钱卖给你！"黄人杰笑着说。

"我不信！"田八嚷起来，"咱们试试！"

"试试！试试！"牛刚也笑着附和。

宋占魁已经重新把枪装好，右手缩在袖口里，用绸子的衣袖轻轻地擦拭着这小巧玲珑的银白色手枪，一面侧转脸去，两只小眼睛朝东北角上一片桃树林望着。众人都兴奋地站了起来，连伺候他们的几个护兵，都一起围在宋占魁的背后看他试枪。这时，牛刚才望见，原来在桃林前面，大概离这凉亭一百米远，打横排列着十来个人形靶，每隔两三米一个，分明是他们经常练习打靶用的。仔细看时，牛刚的脸上不由得发起烧来，原来每个人形靶的身上，都有几个脸盆大的字，如"共匪李玉""共匪张健"，等等，本来是红色的大字，久被日晒雨淋，又描上黑色了。

"我打李玉吧，"宋占魁一笑说，眯起一只眼，刚瞄准，只听见哧的一声，那边的活动靶"李玉"就倒下了，又前后晃悠着竖起来。

"好像放了一声气。"

"真妙！"

"一点声音也没有！"

"吹牛！还是有声音啊！"田八却对黄人杰瞪了一眼。

"这算什么枪声！"黄人杰狡猾地辩解道，"要有一点枪声，就不算'大老美'了！"

"来，咱们今天大伙儿比试比试！"时来运心里对黄人杰有些不服气，故意笑着提议，暗里还对宋占魁眯眯眼，要他同意。

"好嘛，"宋占魁也有意试试黄人杰和牛刚的本领，笑着点头说，"咱哥儿几个相见恨晚，今天大家露一手，痛快痛快吧。"

没想到黄人杰并不示弱，竟跃跃欲试地问时来运：

"怎么比法？"

"这样比：我们每个人对这十个靶子打十枪，看谁打得准，打得快，请司令给我们做裁判。"

"咦，老宋为什么不参加？"黄人杰故意这样称呼宋司令，扬着眉毛，挑战地问。

"他也参加，那么谁当裁判？"

"别废话了！谁先打？"宋占魁从口袋里取出一盒雪茄，捻了一支叼到嘴里，侧过身去在他的护兵小乐子划的洋火上点吸着。

"公平交易：抓牌！"时来运随身掏出一副纸牌，递给宋占魁。

宋占魁嘴里叼着雪茄，和了一下牌——就在和牌的时候做了个鬼，这明明是做给时来运看的，也只有时来运看在眼里——然后把一沓纸牌张成扇形，送到黄人杰面前。

"吓，"黄人杰奸笑说，"还是我有优先权啊！"戴着两个金戒指的手轻轻一抽，是一张鹅牌，幺三。

"我抽！"时来运早瞅准目标，假痴假呆地抽了一张天牌，十二点。接着田八抽了个小三猴，三点；牛刚抽了个老虎头，十一点；常恩抽了一张人牌，八点。

"好，瞧我的！"点数最少的田八傻里傻气地说。他把军衣连衬衫脱下来一扔，露出野兽似的生着长毛的胸脯，拔出自己的手枪，瞄准打了十枪，却只有半数靶子倒下去，气得他喊着运气不好，要重来。

"去你的吧！"时来运推开他说，"快看咱们黄委员的！"

黄人杰把西装衬衫上那条漂亮的花领带松了松，又取出一副金丝边眼镜戴上，拿了枪，先做了个立正姿势。然后他把左脚伸出半步，左胳膊弯起来平放在鼻子前面，右手将那银亮的小手枪搁在左腕上，歪着头闭了一只眼，屏息静气地瞄准半天，可还没有放。

"怎么不放？"田八不耐烦地问。

"诸位别见笑！"黄人杰说。咻的一声，无声子弹可不知打到哪儿去了。

时来运在后面轻蔑地撇撇嘴，对宋占魁做了个鬼脸儿。

"大概还没放吧？"护兵小乐子恶毒地说，逗得大家都忍不住笑了。

"不，刚才一说话就动了。"黄人杰装出毫不介意的神气说，重新站好，右腿略弯，更稳当、更仔细地瞄准着。但不知为什么，枪头子总有些发抖，他竭力克服着这个弱点，又打了一枪，第二个靶子还是纹丝没动。

大家忍着笑，面面相觑。

黄人杰原想露一手，不料丢了丑，搭讪着说：

"今天不能打了！"他一面看着枪，不满地皱着眉，好像这美丽的小玩意儿临时出了什么毛病似的，然后严肃地把枪插进皮套里，说，"改日再试吧。"牛刚看见，他额上都沁出了一粒粒的汗珠儿。

"可能从高往下打不习惯。"宋占魁假装着安慰他的神情说。

"不，今天那倒霉的车子……我这胳膊还有点不舒服！"黄人杰老着脸皮说，收起眼镜，甩了甩手腕儿。

"常恩，你来！"时来运兴高采烈地说。

"算了吧，天怪热的！"老狐狸假意说，可是他那望着常恩的眼光却显然是在鼓励他。

"比吧，别他妈装蒜了！"田八说。

常恩还有些犹豫，可不知谁在他背后推了一把，他就说："好吧，我也试一下。"随手拔出了他的枪。

"既然想试，就用双枪吧！"宋占魁又爽快地说，转脸给黄人杰和牛刚介绍道，"他是咱们有名的'双枪常恩'。八爷是有名的'大刀田八'，别看他枪头子不行，耍起刀来可真是，唰唰，只见刀光不见人！"

常恩已经站到前面，把两支手枪举起来，突然双枪齐发，十个靶子从中间往两边一个接一个地倒下去。

人们怪声叫好。

"五秒钟。"看着表的老狐狸微笑说。"该牛队长啦！"时来运的贼眼溜着牛刚。

牛刚推辞地微笑，摇摇手。他一直是克制着厌恶的情绪在看这幕戏，尤其是拿共产党员做枪靶子，对他简直是不可忍受的侮辱。然而他态度冷静，只是谦虚地笑道：

"这样，"他拿起了满满的酒杯，"我连饮三杯，好不好？"

可是牛刚越不想参加比赛，人们越不肯放过他，连黄人杰都跟着起哄，不怀好意地笑着，故意打量他说：

"哦，在哥儿们面前想藏一手吗？"

牛刚就霍地站起来，拔出了他的手枪，胸有成竹地说道：

"我打不好，就打下五个桃儿，回敬司令吧。"说完，立刻连打五枪，枪声几乎响成一个点。早有两个护兵跑过去看，很惊奇地捧来了整整五个鲜桃。

大家都惊呆了，接着爆发出一阵赞美的声音。

宋占魁又惊又喜：

"真是神手！"忙走过来跟牛刚和黄人杰干杯，说，"'千金易得，一将难求'啊！你俩一文一武，今后可要多借重二位啦！"

"为党国的荣耀，为戡乱的胜利，大家干杯！"黄人杰举杯喊着。

宋占魁有意不让时来运出丑，叫人斟酒添菜。大家又坐下来吃喝谈笑，不再追究。

忽然有人来向宋占魁报告：龙虎岗毛二爷来了，在前面书房里等他，有要紧事跟他商量。宋占魁就离了石桌，吩咐人们给新来的长官安排住处，又对黄人杰、牛刚拱手说了声少陪，就带着时参谋下了假山，从曲桥匆匆走去，勤务兵小乐子也颠着屁股跟在后面。

黄人杰显然有些不高兴，坐了一会儿，大家就到前面去了。

2

牛刚被领进正院的西厢房。西厢房五间，牛刚被安置在北边的两间里。像这样富丽堂皇的房间和家具陈设，牛刚连见也没见过。小水正在里间给他铺床，看见他进来，就笑嘻嘻地告诉他：

"这里原是第三大队队长常恩住着，现在常队长挪到南边的两间里去了。你们俩只隔一间客室，倒变成近邻啦。"

"黄委员住在哪儿？"

"嗨，大客厅东边那两间特为给他腾出来啦。客厅西边两间是时参谋和他的家眷住着。东边原是第一大队队长杨花脸的房间，杨队长不在，东西都被搬到东厢房，就在这对面；瞧，"他站到丝绒长窗帘旁边，通过厚厚的花玻璃窗指给他看，"第二大队队长田八爷挪到东厢房的南两间去了。"

"这小家伙，消息真灵通！"牛刚微笑着望着他，心里满意地想。

小水虽然长大了，却还是比较矮小，看外表只有十八九岁的样子，但身材匀称，面貌英俊，浑身上下都透着一股子机灵劲儿。只要是熟识他的人都会想到，派他做这样的工作，真是最适合不过的了。

前些日子，在冀中区党委城工部，牛刚兄弟俩曾受过一个月突击性的专门训练，那训练的内容是异常广泛、复杂的。后来，在保定与伪河北省保安处秘书长接上秘密关系，那是连牛刚都不知道的。而另外有一位老练的地下工作同志，看样子也是在保安处工作的，似乎很熟悉宋匪内部的情况，对牛刚他俩的工作，提了许多宝贵的意见。末了还给牛刚介绍了一个关系，那是宋匪司令部的一个女译电员，名叫周家珍。牛刚准备有机会时再跟她接头。

"小水，刚才龙虎岗什么人来了，你知道吗？"

"是龙虎岗的联保主任，他们都叫他毛二爷的来了，还不知道是什么事情。"小水也放低了声音。

"你快收拾好东西，出去瞧瞧吧。"

"好，我这就去。"

小水带上门，出去了。

3

晚上，宋司令又正式欢宴黄委员和牛队长。

大客厅里，五盏白瓷壳的大吊灯发出明亮而柔和的光线，照着三四十位大小军官坐在五只大圆桌周围喝酒猜拳，乱笑乱闹；正中的一桌还有四位女客陪伴着，那热闹更不必说了。

宋司令的大太太王美孃，是一个有名的丑八怪，大粗个儿，高颧骨，三角眼，非常泼悍，二锅头烧酒大碗大碗地和人干杯，那嚷嚷的嗓音竟就像男人一样。她旁边坐着一位千金，名字就叫小美孃，今年二十八岁还没出嫁，那模样刚好是老美孃活忒忒地脱了个相儿，却还不住地撒娇作态，仿佛她是天下第一号美人儿一样。宋司令的小太太更是妖里妖气，也不知是什么乱七八糟的出身，外号竟叫野玫瑰，穿着透明薄纱的奇装异服，几乎跟裸体差不多，在席间跑来跑去，一会儿歪到这个人肩上耳语，一会儿又把香烟喷到那个人脸上，后来还在宋司令的二胡伴奏下，唱了几个小曲儿。只有时来运的年轻美貌的太太不大说话，可是那两只不正经的眼睛尽往黄人杰的脸上偷偷地瞟着。总之，这种场合处处都使牛刚非常小心。

"真是，一窝狐子不嫌臊！"他在心里骂着。

牛刚特别注意那尚未回去的毛二爷。宋占魁当面称他为"老嘎子"，而他听了竟受之无愧，巴儿狗似的脸一直嘻着嘴笑，笑得口涎都流下来。还有一个士绅模样的人，据说名叫贯道一，总是默不作声地拈着胡须，冷眼地观察别人。

牛刚真没想到，堂堂的"司令"和"委员"，竟在大庭广众之下一拉一唱地表演起来了。那委员唱的还是青衣花旦，一面逼尖了嗓音娇滴滴地唱着，一面用雪白的手绢代替"水袖"做出种种手势，喝酒喝红了的脸上也做出各种相应的媚态，引起了啧啧赞赏和怪声叫好的声音。

正热闹间，外面响起了大皮靴带马刺的脚步声，一个满脸大黑麻子的高个儿军官走进来。京胡的声音戛然而止，宋占魁高兴地说：

"正巧！杨队长回来了。"

杨花脸大踏步走来，把军帽往桌上一扔，气喘吁吁地坐到别人让出来的椅子里，向后一靠，还没开口，就看见了牛刚。他奇怪地注视着他，终于说：

"哦，是你！"

在他走进来的时候，牛刚一眼就看出了这是谁。原来在日寇"大扫荡"时期，他俩曾见过一面。那时候牛大水被日本人抓去，由群众贿赂了一位伪队长，才把他放出来；那位伪队长，就正是这个杨花脸。

现在，牛刚皱眉望着他，显出了"我不明白你说的什么"的莫名其妙的表情。

宋占魁问杨花脸：

"你认识他吗？"

杨花脸还在端详着牛刚，说：

"只是名字我记不起了。"

牛刚略显诧异地微笑：

"怎么我不认识你？"

"哦，"杨花脸忽然想起说，"你不是叫王树根吗？"

满座的人哄的一声笑了起来，特别是野玫瑰的笑声，最尖，最响亮。

牛刚也露出了忍不住好笑的神气，并未作答，只是饶有兴味地望着杨花脸；心里可马上记起了，当时他确曾借用过"王树根"这名字，不料这名字到今天还有掩护他的作用。

杨花脸已经有点不敢肯定，可是他还问：

"那一回你不是在白洋淀的东渔村，给日本人押起来，经我的手释放的吗？"

"你是说王树根，还是说我？"牛刚的两道眼光里，闪射着玩笑的神气。

大家又笑了。

"哈哈，"黄人杰拍拍牛刚的肩膀，"咱们这位赞皇县的皇协军特务队长，跑到白洋淀去坐日本人的监牢啦，哈哈哈，哈哈哈！"他笑得那么厉害——委员是有些醉了。

杨花脸粒粒麻子通红，冷冷地射了一眼黄人杰，不好意思地解嘲说：

"吓，粗粗一看，倒真像；仔细瞧瞧，可越来越不是那个模样儿啦。"

牛刚很感兴趣地微笑着，对他同意地点头。实在，这几年来他的相貌可改变得多了。那时候的"王树根"，胖得脸发圆，脑袋剃得光光的，完全是一副庄稼小子的戆直相，还被日本人打得鼻青眼肿，满脸都是血痕；而现在的"牛队长"，脸儿瘦了，留着长发，眉目之间透露出军人的精明和豪爽，额上还斜着一条深深的伤疤。要没有特殊的眼力，杨花脸还压根儿看不出来呢。

"哎,你们看,牛队长这刀伤可不轻啊!"没想到久不说话的贯道一,这时候别有用心地指着说,"瞧,这是东洋马刀砍的吧?"

"嘿嘿,"牛刚冷笑了一声,不胜感慨地指指额头,"共产党的恩赐!"

"诸位不知道,在敌人的法庭上,牛队长可是个威武不屈的好汉哩!"黄人杰醉醺醺地,重复着保安处秘书长的话。

宋司令和时参谋,早看过省保安处的公事,公事里还附着一封盖有处长私戳的推荐信,那是对牛刚倍加赞许的;而且事先他们还接到秘书长的电话,说牛刚也是国民党员——他的党证还是民国二十八年的,很可以重用。不过宋占魁跟牛刚究竟尚无深切的交情,所以暂时不敢给他太大的实权,与时参谋商量的结果,决定先请他"委屈一下",给八爷当队副,等四大队成立时再相机变动。因此宋占魁对牛刚的问题早已心中有数,这时候就不耐烦地说道:

"别打岔了!看杨队长跑得喘吁吁的,该不是有急事吧!"

"可不!"杨花脸气愤地说,"我正要报告你。他妈的,共匪猛不乍地来了个闪电战,我的二中队足有一半给损失了!"

"怎么!"老奸巨猾的宋占魁也紧张起来,忙问,"是他们分区部队来了吗?"

"嗨,我们也以为是大部队来了,可是事后了解,他们人数并不多,大概只有几百人吧。我也说不准,或许只几十人。唉,真见鬼!"

"谁带队?"

"听说带队的是个黑脸大胡子,谁知道呢,他妈的侦察兵一个也不顶屑用!"

"什么时候打响的?"

"天刚擦黑的时候,他们给了我们一下子,后来可连影儿也没有了!"

"怎么不来电话?"时参谋问。

"电话？我嗓子都喊哑了！见他娘的鬼，哪里打得通？"杨花脸满腹牢骚，愤懑地说。

"兄弟，今天这事儿不怨你，只怪我宋占魁太大意了，叫你兄弟吃亏！"老狐狸装出自恨的神气说着，斟满了一大杯酒，站起来双手捧给杨花脸，"兄弟，喝了我这杯酒，消消气吧，与你报仇的日子就在后面！"

"这怨不着司令！"杨花脸接过杯来，痛快地说，立刻一仰脸儿干了杯，就拿起筷子，大口大口地吃起菜来。

"共匪真又来啦？"野玫瑰不安地问。

"来吧！"宋占魁坐下，露出凶残的脸相，冷笑说，"他杀我一个兄弟，我要他赔十个！"

他环视寂静无声的众人，又说：

"哥儿兄弟们可要小心，共匪不光在河东有武装活动，最近连河西龙虎岗、千家营，好几个地方，都发现有他们的地下活动。万恶的共匪是永远不会甘心的，除非彻底把他们斩尽杀绝！！！"

"对，斩尽杀绝，这正是党国给我们的荣耀的任务！"黄人杰说，手里拿一杯酒，有些摇晃地站起来。"先生们！女士们！"他喊着，"神圣的戡乱战争全面展开了！在东北，我们，打到了松花江；南边，我们，正在围攻中原，并且在八百里战线上，向苏皖匪区进攻！我们亲爱的友邦，美利坚合众国政府，援助我们的物资，已经达到七亿八千万美元，从飞机、坦克、大炮，直到我身上的无声手枪，都是最新式的武器，大量地装备我们！如今，我们要消灭共匪，就像，踩死蚂蚁一样！"他的舌头不灵便了，酒从杯子里泼洒出来也不知道，"先生们！女士们！……全面战争……胜利！……我们不能躺下来挨打，必须进攻，进攻，进攻！"他摇摇晃晃地举杯高呼："党国万岁！！！蒋委员长万岁！！！"

全体肃立，干杯……

第四章　星儿闪闪

看满园果子，

数哪几个红。

　　　　　　——民谚

1

杨英接到黑老蔡的信，知道他今天晚上到河西来，他的队伍也准备伺机过河，配合她们的政治攻势。呵，杨英是多么欢喜，多么兴奋呀。

信是焦五妮交给高俊儿，俊儿姑娘送到地道里来的。信里还有一张王小龙写给李小珠的字条，笔迹倒还清秀，文句也很通顺。杨英看出，这两三年来，小龙在文化方面倒确是有了不小的进步。不过这字条仅仅是告诉小珠，他参加了黑老蔡的武工队，今晚又要到河西来，非常高兴，并且向杨政委问好。杨英觉得，在秘密信件里夹带一张无关紧要的私人字条，让别人冒着生命的危险辗转递送，是多么荒谬呀。她不满意地皱了皱眉，就把字条递给刚刚睡醒的李小珠。

小珠接了字条，不知是什么事，赶忙坐起来，擦擦眼，凑到油灯光里细看。看完，她就把它揉成一团，不高兴地鼓起了嘴：

"来就来嘛，谁要他给我发通知呢！"

"怎么，你不喜欢他来吗？"杨英笑着问。

"在工作上，当然欢迎他来！"

"在私人关系上，可就不欢迎吗？"

"小梅姐，说实在话，我一跟他在一块儿，就觉得怪别扭的。"

"那是为什么？"

"他本来跟秀女儿很好。今年春节他回去，可不知道为什么，又跟我纠缠。哼，谁理他咧！"

"怎么，他跟秀女儿闹翻了吗？"杨英觉得有些奇怪。

"人家又没通知我，我怎么知道呢！"小珠笑着说，披上袄，一转身两脚着地，就要来帮助杨英工作。

原来杨英中午就起了身，一直坐在这矮铺的边沿，上身伏在一条长板凳上，给各村的保长和地主老财们写警告信。这时，挂在板凳前面土壁上的油灯，差点被小珠的袄扇灭。杨英用手挡着风，侧转脸儿望着她，带笑地问：

"说真的，小珠，你喜欢王小龙吗？"

"去你的！"小珠挤过来，"有什么要我抄的没有？"

"你写这个吧，后儿个集上要用的。我看你好像有些不喜欢他，是不是？"

小珠故意装作专心的神气看了看底稿，就用大毛笔蘸了墨汁，在有光纸上郑重其事地写了起来。

"这小鬼！你倒是喜欢谁？"

"小梅姐，我这字怎么老写不好呀？"

"你不用假模假式！对我你还保密？"

"你说什么？"

"还装蒜！你到底有对象了没有？"

"对象？有有有！那么大的一个，就在这城里呢！"小珠调皮地说。杨英并没有了解这句话的巧妙，反而被她说得不好意思，就没有再问下去。

两个人不停不歇地工作着。

小珠经常写错，乱涂，伸伸舌头怕杨英发现。但杨英终究发现了。

"哎呀，这鬼，你又在糟蹋纸张啦！"

"唉，字是黑狗，越描越丑！"

"你别描嘛！"

"这儿又太细啦。"

"你慢慢儿写，忙什么！"

"不是忙，是我笨！"

"你再说笨，我打你的嘴！什么笨不笨的，你就是不好好儿学。"

"我就是学不会！"

"俗话不是说嘛，不怕学不会，只怕不肯钻。功夫到了，自然熟能生巧，巧能生妙啦。"

小珠尖起嘴巴，用心地写着……

外面，天早黑了。老墨婶送来了几个窝窝头，两块咸萝卜，一壶热开水。她俩说说笑笑地吃了喝了，就去会黑老蔡。

2

呀，又是个繁星之夜。

幽幽的星光，洒落在大清河面，随着清澈的流水，皱成了无数笑纹。晚风，像看不见的手，轻轻地、温柔地抚摩着河边芦苇的丛顶。小小的飞萤，带着绿色的灯，三三两两地、忽明忽暗地在苇丛间出没。

一声蝉叫，几声蛙鸣。哪里有极轻微、极轻微的打桨声。一只受惊的水鸟，突然从苇丛蹿出，上下一飞，又箭似的向远方射去。

呵，夜的大清河，是柔和的、恬静的、朦胧而且神秘的。

现在，焦老冲手里的木桨，完全不动了。载着四位同志的小划子，渐渐地停下来，停在芦苇的最深处。坐在船头上的黑老蔡，正在倾听靠在船边的杨英轻声地汇报工作（对于已经在最近被吸收入党的焦老冲，他们并无顾忌）。不知怎的，老蔡特别热，时不时用手巾擦一擦脸上或胸膛上的汗。他想抽烟，又怕划洋火火光太大，所以等待着。果然，不一会儿，焦老冲轻声地打起火石来了。

"对个火吧，老爹。"

"来！"

于是，一个在船头，一个在船尾，两个人弓起身，两只小烟袋，对起火儿来。

不到半小时的工夫，杨英的汇报完了。本来，她最近给分区党委送过了书面的工作报告，她知道老蔡已经看过，所以她现在不过是在口头上补充一下。然而，老蔡要知道得更多、更详细。于是，在黑老蔡的仔细询问下，杨英又低声地谈到，关于残存的共产党员，以及各阶层群众的具体情况。

"那天晚上，在龙虎岗东边的白杨林里，我跟宋卯会面了。"她像讲故事一样，叙述着，"宋卯穿着夜一样黑的长衫，像个鬼魂似的出现了。"听得出杨英的声音里，带着轻微的嘲笑，"我说：'是宋老师吗？'他一面小心地东张西望，一面回答说：'是是是啊。你是谁？'我说：'我是共产党派来的区政委。'他在黑暗里竭力打量我：'你？'——不自觉地，流露出怀疑的口气。我问他：'前两封信你没看到吗？'他解释：'看是看到了。同志，坏人多啊，谁知是真的还是假的呢？万一要是个圈套，不就糟了吗？''是啊，小心为上，'我笑着说，'那么，你还准备跟党发生关系吗？'他又闪着白白的瘦脸儿，东张西望了一会儿，然后小声地问我：'同志，你贵姓？''我姓杨。''你从哪儿来？''我不是告诉你了吗？党派我到这儿来，具体点说，就是十分区党委，派我到这儿来。''你现在住在哪儿？''我哪儿都可以住，这倒不用操心。宋老师，我是问你，你还准备跟党发生关系吗？'他犹豫地说：'当然啦，当然啦。可是，杨同志，这样的环境，咱们的人还能活动吗？'我嘿了一声，说：'为什么不能？我们准备打开局面。''哦！好主意，好主意！你们这次来，一共有多少人？''人嘛，到处有的是，就看咱们怎样发动，怎样领导啦。''哦，当然啦，当然啦。我只是担心，您对我们地方上的情况，似乎还不怎么了解。''是啊，宋老师，就请你给我说说吧。'他又摇头，又叹气：'唉，也难怪，远客生地两眼黑嘛。恕我直言，杨同志，在这样的环境里，别说是您，就是程书记来，也难哪。唉唉，难——难——难啊！'……"

杨英这么学说着，说得大家都笑了。坐在杨英对面的王小龙，却忍不住插言道：

"可能是他不了解你，也可能是他太小心了。从前我们在的时候，这位宋老师，工作上倒挺能干呢。"

"是啊，"杨英微笑着说，"这位能干的老师，第二天就向老校长请了假，上保定去'看病'，到今天还没回来！"

"这宋卯，跟咱们队上的宋辰是不是一家子？"老蔡忽然想起了，问小龙。

"是一家，"小龙忙答道，"他们弟兄三个，宋丑、宋卯、宋辰，也叫丑生、卯生、辰生。只有老大在家务农；老二老三早都参加了党，一个在村里当文教主任，一个原在分区警备团当排长，现在调到咱队上当小队长了。宋辰的未婚妻就是本村高老墨家的俊儿姑娘，都是好成分。"

"要说宋卯家的成分，还不敢确定，"杨英说，"有人说是中农，也有人说是富农。究竟是什么，还需要彻底调查。"

"着！"焦老冲忽然插嘴道，"看树看皮，看人可得看底嘛，还是从底根子上摸摸清吧！"

靠在船边的李小珠，刚才从河里捞了些野菱，一个个剥光了，此刻嘻嘻地笑着，分给大家吃。

"也是在晚上，"杨英抱着一个膝头，继续静静地说，"在龙虎岗西北的梨树林里，在看林人老赵的小屋里，我跟宋旺见面了——他是老赵去叫来的。人家称他'油葫芦'，真不错：他在油坊做工，浑身上下的破衣服，加上一条发了黑的破围裙，都很油腻；个儿又大，束着腰，就像个葫芦。呵，这个红脸人儿，倒挺直爽，挺热情，一见我就掉下了眼泪，说：'政委，你们不来，我们真是没娘的孩儿呀！他宋占魁，老狐狸，实在太欺人！'我说：'那老狐狸，对你不是还好吗？''吓，你政委，说的什么话！'宋旺低声地嚷起来，'穷人跟穷人，是一娘生的孩子，咱们多少人给他砍了，崩了，活埋了！俗话说得好：打在一只牛角上，只只牛儿都痛咧。政委，你别看他跟我沾亲带故，对我发什么假慈悲。哼，我不感他的恩，我也不受他的骗！你们来得正好，咱们一定给穷哥儿们报仇！''报仇？'我笑着问，'在目前这样的情况下，能成吗？''吓，你政委，不了解情况！'宋旺又嚷嚷，'我们这地方呀，灰堆里满藏着火星呢！'……"

"哦，他这样说的？"老蔡很高兴。

"他就是这样说的。这一时期，他还做了不少工作。宋家大院的长工周天贵，就是他联络的，还有……"

"可就是，"王小龙又迟疑地插言，"这宋旺，已经开除党籍了。"

"为什么？"老蔡很诧异。

"是这样，"杨英了然地说明着，"以前区委张健同志，先吸收他为党员；后来，县委机关驻在这村，据说李玉因为他是宋占魁的当家子，他老爹又在宋匪司令部里工作，就命令把他的党籍停止了。"

"是这样吗？"老蔡问小龙。

"对，事情就是这样。不过李政委根据的也是事实。"

"事实？"杨英说，"宋旺他老爹七十多了，在司令部不过扫扫园子，管管花草树木。早先他在宋家大院的后园管果木，村里谁不知道，这老头儿是最穷苦、最耿直的人。至于说当家子，其实也是前八辈子的事儿了，比宋卯跟老狐狸的亲属关系要远得多。况且，问题也不在这里……"

小龙又想说什么，但不知怎的，却把话儿咽下去了。

后来，当杨英谈到丁少山的勇敢，贺家富的谨慎，张健的富于原则性，谈到高老墨的忠贞，红眼狄廉臣的丧失立场，等等，小龙几乎都有意见。他不明白为什么，杨英对于许多人的看法，多少有些偏差。但他竭力抑制着，并没有开口。然而，当杨英谈到金梅阁的不可靠时，小龙再也忍不住，反驳道：

"这金梅阁，倒真是个很进步的女青年！不是我故意为她辩护，她的历史摆在那儿。过去她是我们县青会的宣传部部长，还负责搞剧团。她人聪明极了，口才特别好，开大会只要她一上台讲话，就是成千上万的群众也会唰地静下来，再没有一个人咳嗽、出粗气儿。她的理论又高，干工作真有一套。虽说她是宋占魁的老弟宋占元的小姨子，可宋占元号称宋笑仙，本来是个开明士绅。以前宋占魁跟他老哥宋占鳌，全家都逃亡到城里，唯有宋笑仙夫妻没有跑，还鼓励梅阁给我们做工作。梅阁本人在小学低年级当教员，家庭成分不过是中农，自从父母被日本鬼子杀害以后，她就是个孤苦伶仃的苦孩子了……"

"看你！把个地主家女儿捧到天上去了！"李小珠愤愤地说，"难道她真那样好吗？"

王小龙没防备这突然的袭击，一时有些慌乱，但他立刻镇静了自己，对小珠温和地笑道：

"嗨，你怎么说她是地主家女儿呢？你还不怎么了解她。"

"哼，你了解她，你怎么不说说她跟姐夫，还有跟李玉的丑事呢！"

"那不过是谣言！"小龙的声音也变了，不屑地哼了一声说。

黑老蔡制止了他俩的争论，请焦老冲对于谈到的这些人发表点意见。

不料，老冲只淡淡地说：

"嘿，满天星，一星一个光；全村人嘛，一人一个样。你们慢慢地品吧！"

然而，从他的口气，从他在船舷上磕烟锅的声音听来，显然他是对谁生气了。

而小龙偏还不服气，咕噜着：

"我们已经品了两年多……"

"你两年也好，三年也好，要说那笑面虎是个开明士绅，我死也不同意！"老冲终于发作道。他那压抑的声音，愤怒地颤抖。

空中，一只野鸭伸长了脖子，怪笑着，扑动翅膀飞过。

3

夜深了。不知是河上的水汽呢，还是别处来的云雾，渐渐地淤漫在河的上空。仰望云天，星星也似乎远远地退去，虽然有一部分还隐约可见——呵，河上的夜色，是越来越浓了。

这时候，蝉不叫，蛙也不鸣；但风声，水声，渐渐地大起来。即使在苇丛里，小船儿也微微地摇晃着。

"好机会啊！"黑老蔡兴高采烈地轻声儿叫。

"听，"焦老冲说，"他们来了。"

但是，别人听不到什么。

然而，河对岸，分队长魏大猛率领武工队的第一分队（其中有黑虎），下了大船，由焦五妮摇橹，静悄悄的，果然在进行偷渡了。

"你对我们的工作还有什么指示？"杨英问老蔡。

黑老蔡沉思了一下。

"分区党委看了你的工作报告，很满意，认为你这一时期的工作方针是正确的。在这地区，不论是开辟堡垒户，掌握基本群众，集结旧有力量，整顿和改造地道，还是扩大党的影响，提高群众信心的宣传工作方面，都是有成绩的。分区党委认为，今后你必须继续贯彻阶级路线；在进一步扩大宣传和深入组织群众的基础上，着重发展武装，削弱敌人实力，变反动政权为两面政权，再尽量使它一面倒；并且可以选择条件成熟的村子，发动群众展开反奸清算斗争，为土地改革打下基础。"

老蔡忽然发觉，杨英拿个小本儿放在膝头上，正在摸黑记笔记，就停了一会儿，然后，又一句句慢慢地说道：

"总之，我们一定要贯彻党中央最近的指示：为了粉碎蒋介石的进攻，必须与人民群众亲密合作，必须争取一切可能争取的人。在农村，紧紧依靠雇农、贫农，团结中农；在城市，依靠工人阶级，团结小资产阶级及一切进步分子，争取一切中间分子，孤立反动派；在军队里……而最根本的问题，则是实行土地革命……"

老蔡还简单地讲了一下国际和国内的形势，谈到各战场胜利歼敌的消息，尤其是最近在石家庄外围，我晋察冀野战兵团，一举歼灭了敌人两万多人，大家非常兴奋。

随后，他们还商定了一星期的行动计划。这一星期，杨英准备发动一个较大规模的政治攻势，黑老蔡准备用武装力量配合她。

终于，小船儿钻出了苇丛，在幽暗的、宽阔的河面上，向上游划去。黑老蔡凑近杨英，用极低的声音说：

"根据确实的消息，大水兄弟俩是顺利地到达了。现在就该想办法，赶快与他们取得联系。"

杨英兴奋极了。她也用极低的声音问：

"怎样取得联系？"

"城里有个洗衣作坊的青年女工，叫宋红叶，本来是个可靠的关系，后来环境变化，失掉了联络。据分区城工部的材料，她的父亲就是龙虎岗的榨油工人宋旺……"

"喔……"

"明白了吗？……我跟大水规定的暗号是……"

到了预定的地点，小船靠了岸。李小珠把双手圈在嘴上，做了三声较长的鹌鹑叫。隔着河滩，在幽暗中略显灰白色的大堤上，一列轮廓较为清晰的高大挺秀的白杨在轻声细语。即时，传来了另一个姑娘做出的三声短促的鹌鹑叫，而大堤上立刻出现了几个人影：正是宋旺、周天贵、良子、俊儿他们。

杨英跳上了岸，拢一拢头发，在晚风里挺挺胸，兴奋地、愉快地引着老蔡向他们走去。

第五章　红色宣传员

忽然，

红的天使把革命之火

投向大地！

——殷夫

1

那天晚上，黑老蔡在龙虎岗，突然闯进了自卫团的团部。

团部里，二十来人围着一张八仙桌，有的坐，有的站，有的还爬得很高，正在兴高采烈地耍一种最下流的赌博——押"红黑杠"。

坐庄的是他们的团长，宋小乱。他原名文耀，是"活阎王"宋占鳌的独生子，外号又叫"小尖头"，一个最地道的少爷流氓。他穿着漂亮的绸裤褂，梳着小分头，嘴里叼着烟卷儿，耸起了眉尖留神看大家下注。那八字式的眉眼里透露出狡猾、贪婪的神色，而嘴角上却佯装着满不在乎的微笑。

坐在他对面的团副阮黑心，最后下注：他瞅准了目标，骂了声"他妈的"，连手掌带钞票使劲一拍，把桌子上的灯火都震得吃惊地一跳。

宋小乱捻亮了灯芯，嘴里唱着："哎——开啦——"正要揭盖，忽听得一个洪钟似的声音猛地喊道：

"慢着！我也来一份！"

大家一看，原来是个络腮胡的黑脸汉子，挤到前面来。包头手巾下面，一对闪亮的眼睛对宋小乱顽皮地望着，正伸手往怀里掏摸。

"你是哪里来的？"宋小乱厌烦地问。

"天上掉下来，地下蹦出来——瞧，我押这个！"他把一个小小的红纸包，轻轻放到宋小乱面前。

"开他娘的什么玩笑！"宋小乱把纸包一推，生气地骂道，"快给我滚！"

"滚？慢点滚！这里面是一张最值钱的东西，你这位少爷怎么有眼无珠呀！"那黑汉振振有词地说，洪亮的声音里带着无限的欢乐和轻微的嘲笑。他双手把红纸包儿又轻轻地放到他的面前。

团员们都被那老乡的大胆和诙谐所吸引，嘻开嘴巴望着他笑，但不敢笑出声来。大家大多抱着幸灾乐祸的心情，看宋小乱对这无礼的怪人怎样发落。

这小尖头瞅着红纸包，心里很疑惑。他本想拆开来看看，但刚刚发过脾气，还受了嘲弄，一时转不过弯儿来，不由得尴尬地搔搔后脑，带着怒气说道：

"这是什么玩意儿？你这家伙活得不耐烦了吗？梁兴，快给我打开来瞧瞧！他要真敢开咱的玩笑，老子马上拾掇了他，把他这大胡子脑袋当蔓菁种到地里去！"说着威吓地掏出手枪，啪的一声放到桌面上。

不料那黑汉毫不在乎，神色自若地用一只大手摸着毛茬茬的胡子。看见他动枪，反而扬起脑袋，连瞧也不瞧他。

大家对这奇怪的人和奇怪的纸包发生了莫大的兴趣。只见梁兴拆开纸包，取出一张折叠好的纸，打开念道：

自卫团，自卫团，

快快放得老实点！

再敢欺压老百姓，

送尔去到鬼门关！

大家听了，觉得不对头，有些人脸色都变了。宋小乱挺起眉尖，狠狠地瞪着老乡，要想发作。然而老乡那若无其事的神情，含有深意的笑容，却消除了许多人的怀疑。那团副阮黑心，竟还以为他是特地来报信的，反而和气地问道：

"你是在哪儿拿到的？"

"往下念吧，一会儿就明白了！"

那叫作梁兴的文书果真又往下念道：

宋小乱，宋小乱，

你尖头还能晃几天？……

"混蛋！别念了！"小尖头恼怒地喊叫，"你是谁？"他伸手就要抓枪。

"我就是老共！"黑老蔡早已把桌上的枪抢到手里，这么愉快地回答着。他同时使劲一张开胳膊，两边的人纷纷倒退，他一个箭步跳出圈子，两手两支枪逼住了所有的人，沉雷般一声吆喝："不许动！"

大家措手不及，许多人都吓呆了。宋小乱更吓得脸色煞白，浑身颤抖，竟对黑老蔡傻着眼儿直发愣。

"瞧，我马上就枪毙你！"老蔡故意吓唬他，不料小尖头竟吓得真就软瘫下去，还尿了一裤子。

黑老蔡一声咳嗽，立刻冲进来几个拿驳壳枪的队员，把自卫团的枪支、子弹都收了，退到门口。

黑老蔡指着宋小乱，忍不住轻蔑地笑道：

"啊哈！凭你这样的尿包，还想跟共产党斗吗？"又严厉地环视众人，"告诉你们：共产党是回来了！这次回来，就在这里生了根，牢牢地生了根。你们休想再欺负老百姓！你们有些人本来就是地主富农，有些人却是做了地主富农的狗腿。你们在村里烧杀抢掠够了，今后不许你们再做坏事儿！谁敢再动老百姓一根汗毛，瞧，我们手里的家伙决不依你！"

正说到这里，不料宋小乱忽然匍匐着向里屋窜去，像兔子一样快，也不知他是什么居心。黑老蔡眼明手快，兜屁股一枪打去，他就在房门口趴下，不动了。

"谁要不老实，就跟他一样！"黑老蔡给大家教训了一顿，才命令队员把他们捆起来，嘴里都塞了棉花，连同最先捉住的两个门岗，一齐关在屋里，锁上了，然后走出大门。

外面，小队长宋辰，已经按照预先的布置，封锁了各街口。

一会儿，在村子中心，十字街口南边的鼓楼上，大喇叭筒广播发出了一个姑娘的声音："老乡亲们！……"她每广播一句，两头的高房上和东头的土坯房上，立刻都有一个小伙子的声音照样地广播着，就像山谷里的回声一样。

这姑娘的声音，听起来兴奋、热情，充满着斗争的欢乐、胜利的夸耀。她广播的内容（华北解放军的捷报、龙虎岗今晚的新闻，等等），吓坏了地主富农，大大地鼓舞了穷苦的农民。

而那两个小伙子的声音，大家听起来却又那么耳熟。

"这不是小龙的声音吗？"刚刚睡下的金梅阁，带着惊疑的、诧异的，又有几分兴奋的复杂情绪，猛然从床上坐起。

2

当李小珠和小龙、黑虎广播的时候，杨英他们一伙人，正押着毛二狗，往村外走。

到了村东口。这位肥胖的联保主任，虽然两眼被手巾蒙住了，可是他估计这准是推他到村外那个白杨林里去"执行"，心一慌，腿一软，就赖在地上不走了；他那被堵塞的嘴里，还"啊，啊"地发出求饶似的声音。

两个队员使大劲拉他走，本村新找回来的民兵来顺、傻柱子还在后面推着，他却像一麻袋沉重的粮食，在土路上慢慢地滑过去。杨英用手枪口顶住他的太阳穴，喝令他赶快起来，不料他反而抖得厉害，越发地起不来了。

"我们不杀你，就到那边去谈谈。"杨英改变了口气，好言相劝地说，"你快起来走吧。"

"毛二你放心！"分队长魏大猛也说，"我们不杀你，只叫你到大清河里洗个澡！"

这末了一句话，把刚刚有点好转的毛二狗，吓得又软瘫在地上，"啊，啊"地直告饶。他盘算准要把他投河灭尸，像他们对共产党所做的那样，因此，不管杨英再怎么劝，也不相信了。

树梢上刚升起的一弯新月，就像笑得弯弯的嘴巴，正在笑这弄僵了的局面。杨英又好笑又好气地射了魏大猛一眼，正想叫来顺、傻柱子把毛二架起走，忽然俊儿姑娘拉她到一边，凑到她耳朵跟前小声说：

"快找杠子吧，任他千斤重的肥猪也把他抬走了！"还没等杨英回答，她就对凑过来听的良子低声道，"瞧你这个死样子，还不快拿杠子去！"

良子就像奉了圣旨一样，立刻飞跑去了。这小伙子人瘦腿长，家又很近，只片刻工夫，便把杠子拿来了。后面还跑来个矮小的女人，原来是石漏媳妇，兴奋地抱着一堆粗麻绳，交给来顺他们。杨英虽然不同意，却也不便拦阻。

来顺、傻柱子马上用迅速的动作，把这位毛二爷仰面朝天、"四蹄"相攒地捆好，穿上大木杠，抬起就跑。

"啊！啊！"这肥猪似的家伙，脑袋左右晃动着，嘴里还在发出闷住的可笑的声音。

走了几步，杨英就抢上去，说道：

"还是把他放下吧。要再不走，我们再抬他！"

谁知这一回，刚放开了他的两条腿，让他站好，毛二就乖乖地走了。

到了大清河边。这儿河面很宽，河水无声地流着，较远的水面上闪烁着碎银子般的月光。毛二虽然看不见，却感受到河上袭来的带有水藻味儿的凉气，听得见芦苇的窸窣和鱼儿吞食的啪啪的响声，尤其是，他仿佛闻到一阵强烈的血腥味儿。原来，他知道，就是这地方，宋占魁曾经在堤上嘿嘿冷笑，他毛二爷和其他一些老爷们也在堤上兴奋地观看：呵，就在这河边，田八爷满嘴臭骂，挥舞大刀砍下了一大批革命者的头颅；而宋家老爷们还不解恨，于是，在一声吆喝下，兵士们又连砍带剁……

现在，毛二狗跪倒在地上，恐慌地求饶，只恨嘴里的棉花阻碍了他的发音。

"老实点！"杨英站在他面前愤怒地吆喝，故意把手枪拉得咔嚓作响，"今天我代表人民的意志，宣布判处反革命分子毛二死刑，将尸首沉大清河底，为死难烈士报仇！"

旁边一声怒吼，两个民兵立刻把他的长袍剥下，五花大绑地捆起。力大如牛的魏大猛，两手举起一块大石跑来扔到他身边，民兵就用绳子将他拴在石上，准备沉河。

毛二狗早已吓得昏昏迷迷，全身衣服都汗湿了。良子他们刚把他拴好，他就歪着肩膀趴下，向杨英那方向不住地叩头。

"吓！你还有什么说的！"杨英的脸上带着良子他们从未见过的泼悍的神气。

"啊！啊！啊！"毛二狗对她直点脑袋。

"把他嘴里的棉花拿开！让他说完再动手！"杨英冷笑着命令。

棉花拿走了。毛二狗跪着，仰起脸，蒙住的眼睛似乎望着杨英，急切地叫：

"同志！同志！……"

"放屁！谁跟你同志！"

"老爷……小姐……队长队长！"毛二狗一时找不到适当的称呼，大颗的汗珠往下淌着，越着急越口吃地说道，"你你你只要留我一条狗命，我我我知过必改！"

"吓，你还知过！你说说你犯了什么罪？"

"我我该死！该死！我不该给宋司令——这老狐狸办事，当，当走狗！他们杀人，抢人，鱼肉，鱼肉乡民！"

"他们烧杀抢掠，残害百姓，你有没有份？"

"我，我，请长官明鉴，这些其实我没有份！"

"什么？你当联保主任，跟他们狼狈为奸，还没有份？"

"我……我……从来……"

"我问你：今年春上，帮助老狐狸抓人的是谁？参加他们杀人的又是谁？"

"这……"毛二狗不敢承认。

"我再问你：最近共产党在这儿活动，到城里去报告的是谁？引队伍来搜查的又是谁？"

"这……"毛二狗也不敢否认。

"哼，几十条几百条，只提醒你一条两条，怎么你就不说话了？你倒说呀，你究竟有没有份？"

"啊呀，我我该死！我我该死！"毛二又惶急地趴在地上叩头，"千万请长官恩赦！千万请留下我这条狗命！你是我，我再生父母！我一定为长官，为，为共产党，结草衔环！"

依照预定的计划，今晚是要教育毛二狗，凡是本村的人在旁边都不许说话。为了防止临时出岔儿，杨英在事先对他们做了说服教育工作。

可是现在，急切要为丈夫报仇的石漏媳妇，在一旁虽然不敢出声，却早哭得泪人儿似的，不住地要冲过来求杨英把毛二狗打死。幸亏俊儿姑娘硬把她拉到堤后面去，小声责备着：

"瞧你！多糊涂！多糊涂！冤有头，债有主嘛！"她自己也流着热泪，"杀哥哥的是宋占魁弟兄，我们一定要找老狐狸他们报仇！这狗崽我们还得争取他，利用他！你怎么不听杨英姐的话！瞧你，瞧你，真叫人生气！"

月色更亮了。田野在蛙鼓声里显得异常的寂静。河边，传来了杨英清脆响亮的语声和毛二的不知是真还是假的感恩的低低的哭声。

在月影婆娑的白杨林里，黑老蔡一伙人和杨英他们会合了。他们悄悄地给龙虎岗、甜水井、一溜鱼池等村子的地下民兵分发了枪支子弹和从分区带来的一批冀中造的手榴弹以后，就分头出发。各村的干部、民兵，互相交换着到人家的村子去，进行高房广播、墙头喊话、窗口教育，以及张贴标语传单、投递警告信等各种宣传活动。这些村子并没有反动武装，不会发生意外的危险。

黑老蔡和杨英各带一部分队员，分头突到另一些村子，展开政治攻势。老蔡和宋辰他们，还偷袭了裴庄自卫团，把收缴的武器，连同带来的一部分手榴弹，分发给那一带的民兵使用。黎明以前，大家按计划分散隐蔽。黑老蔡和杨英，带了王小龙、李小珠等，远远地奔千家营，钻了堡垒户。

3

第二天。

千家营的集市，照例很热闹。这是城北通涿县大道上的一个大村镇，南临清河支流，船只麇集。前后两条横街都有一里长，现在街两旁的店铺门口，就地摆满了各种各样什货的小摊，人来人往，相当拥挤。村东南河面上有一座与大路相平的石桥。桥南空地上是热闹的骡马市。桥北大路两旁有宽阔的约半里长的广场，是集市的最热闹的中心，这里有粮食市，鱼肉、蔬菜市，什耍市，破烂市，还有各种饮食摊贩，支起许多别有风味的圆顶或方顶的白布凉棚。这一带熙熙攘攘，特别拥挤。

赶集的人们，已经私下里传开了昨夜的种种消息。看得出受苦人的脸上，已经掩饰不住内心秘密的欢喜。不论是地摊上的讲价，还是茶馆里的聊天，饭食摊上的叫卖……各种各样喧嚷的声音，都不知不觉地带有节日的喜气洋洋的气氛。

可是镇上的自卫团也得到了消息，已经加强了警戒。三三两两背长枪、缠子弹袋的便衣自卫团员，带着耀武扬威的神气，找碴寻衅地在集上乱窜，有的乘机敲诈勒索，有的乘机调戏妇女。自卫团团部，已经扣押了几个"可疑的"无辜乡民。

太阳已经照到当头，眼看就晌午了。赶集的老乡越来越多，桥北的广场上几乎拥挤不开。这正是千家营集最最热闹的时候。什耍市的露天戏台上，河北梆子的"清风寨"正演到最精彩的部分。站着看戏的人群中间，有一个长得很可爱的姑娘，看来不过十六七岁，戴着宽边草帽，圆圆的脸蛋儿热得通红，左胳膊挽着一个篮子，右手护着它怕被挤坏。旁边一个嬉皮笑脸的精瘦的自卫团员，不住地低声用下流话逗她。这姑娘在人丛里钻来钻去，想逃开他的搅扰，可是他无耻地跟住她不放。姑娘气得瞪着他问：

"你要干吗？"

这家伙仗着他身上的一支大枪，竟死皮赖脸地和她调笑。

本来站在姑娘旁边的一个妇女，二十五六岁的年纪，个儿不高，虽然脸色有些苍白，可是一对晶莹的眼睛非常漂亮。她歪戴着宽边草帽，挤在人群里看戏，谁也看不大见她的脸孔。但她的眼睛却暗里注意着已经钻到前面去的姑娘，和那歹人的行动。这时她仰头望了望太阳，忽然低声对身边的一个戴学生帽和白口罩的青年说：

"时间差不多了，你叫小妹走吧。"

那中学生模样的青年就挤到前面去，拉拉姑娘道：

"小妹，嫂子说时候差不多了，咱们走吧。"

"走？你是她的什么人？"那瘦鬼斜眼看着学生胸前"县立中学"的证章，一面拦住姑娘。

看来那青年早就憋住了一腔怒火，这时他那俊秀的脸气得通红，说：

"干吗不让走？"

"我正要检查她呢！"

瘦鬼说着，就要搜查姑娘的身上，被姑娘气愤地挡住。瘦鬼顺手夺了姑娘的篮子，只一颠，篮子里被一块新毛巾盖着的粉条、胰子和四个大炮仗，都翻到了上面来。

"哦，二踢脚（炮仗名），你买这个干什么？"

"这是我哥明儿个结婚用的喜炮，你管得着吗！"姑娘伸手就夺篮子，见他抓住不放，一把就将炮仗抢到手里。

戏台上正演到黑李逵假扮了新娘，在唢呐声中顶了块红布与强盗同入新房，台下发出一片喧嚷的笑声。唯有这里一部分观众被台下的活剧所分心，有些人就不满地发出嘘声。

不料那瘦鬼竟恼羞成怒，辱骂着把篮子一摔，从肩上卸下枪来就要动武。

"不许动！"青年立刻拔出了手枪，对准他的胸脯。

瘦鬼怔住了，大枪被青年——王小龙提去。

"嘣——啪！"姑娘——李小珠把一个炮仗放上了天。

在这一声信号下，全镇的自卫团员——不论在团部的或在集上的，立刻都被暗中监视他们的黑老蔡和他的队员们缴了枪。

杨英早已跳上戏台，草帽挂在脑后，对台下挥着双手喊：

"乡亲们，不要乱，不要乱，咱们今天开个会！"

队员们有的迅速把大枪运走，绝大部分在台下和各街口维持秩序。

曾经解放过的人民，惊喜地、好奇地从四面八方向杨英拥来。

"乡亲们，我是共产党派来的区委书记，按照你们的说法，就是政委……"

一阵欢呼和鼓掌，使杨英心一酸，涌出了感动的眼泪：

"亲人们，共产党没有一天忘记过你们。我们知道你们在受苦，我们的心也跟着你们在一起受苦。"她站在台边，她那打了补丁的蓝布短褂，使老乡们感到亲切。从她原来苍白却又泛起了红光的脸上可以看出，她外表虽然竭力镇静，而内心还是非常激动的。"乡亲们，我也是庄户人家的儿女。我知道，这集上的粮食、牲口，一切值钱的东西，都不是咱们的；咱们种的粮食、喂的牲口，一切好东西，早都成了人家的了！地主老财，政客官僚，还有他们的狗腿——保甲长、自卫团，他们变着法儿把咱们的东西都抢光了！连共产党在这儿的时候减的租子、减的利息，都给倒算去了！咱们庄稼人没有粮食吃，想买也买不起，只好卖破烂，卖没有养大的猪崽，卖正在生蛋的母鸡，甚至卖儿卖女，含着眼泪过日子。就是在集上喝杯茶、吃碗豆腐脑儿、称一斤盐、扯几尺布，都发愁钱不够数儿啊！乡亲们，这样的光景，叫咱们怎么活下去呀？"

接着，杨英谈到了国民党统治的罪恶，以及蒋介石卖国的罪行，然后说：

"不，乡亲们，我们不能这样屈辱地活下去！我们一定要组织起来，人多力量大！干什么？打倒那些卖国贼！打倒那些吸血鬼！——清算恶霸！斗争地主！分土地！分粮食！收回一切被剥削、被抢去的东西！——劳动人民，要自己当家做主，保卫住祖国的独立和自由，大家过好日子！乡亲们，代表劳动人民利益的共产党，如今回来了！昨天夜里，龙虎岗和裴庄的自卫团，都被共产党的游击队缴枪了；今天，你们瞧，干家营的自卫团，也被缴枪了！现在，形势对大家很有利！国民党的统治，变了天的日子，是长不了了！乡亲们……"

那边，黑老蔡提了驳壳枪，像一座铁塔，站在桥头守望。

忽然黑虎从村东口跑来，低声报告说：

"城里的队伍到了龙虎岗，现在从龙虎岗往这边来，已经望得见影儿了！"

刚好王小龙和李小珠从街上贴标语、散传单回来，黑老蔡就叫他俩赶快把敌情通知杨英，吩咐杨英快些结束讲话，赶紧撤走。他俩马上去了。老蔡望见王小龙跳到台上与杨英耳语，小龙走开后，杨英又继续讲话——从她沉静的姿态上，简直看不出发生了什么事情。

这样，十分钟过去了，一刻钟过去了，杨英还在台上挥着胳膊，激动地讲话，仿佛她有许多话要跟老乡们讲，只恨时间不够似的。黑老蔡望着她，不禁皱起了眉头。忽然魏大猛和黑虎都从村东口跑来，说：

"敌人的尖兵接近村子了！"

看得见广场上的群众已经发生了骚动，东边有许多人慌慌张张往这边跑，而戏台上的杨英还在激昂慷慨地喊：

"因此，乡亲们，没有什么可怕的！别看他现在耀武扬威、穷凶极恶，大家只要在共产党的领导下，有组织地起来斗争，胜利一定是咱们的！我们要……"

在黑老蔡的命令下，魏大猛立刻吹响了哨子。那一声声短促的、紧急的哨音，是叫同志们赶快分散隐蔽。他一面吹哨，一面向街上跑去。

黑老蔡望见，杨英还在大声疾呼，不由得对她那股子热情和沉着劲儿，赞赏地笑了起来。他忽然把右手向前一扬，说：

"跟我来！"就领着他身边的几个队员，大踏步朝东边走去。

这几个队员，都是原来混进村时的打扮，头上戴着遮阳的草帽，肩上搭着擦汗的毛巾，卷起了袖子，挽起了裤腿。有的挑着担儿，有的背着筐儿，有的挽着篮儿，有的捎着扁担、绳儿；只是来时帮助老乡捎的东西早出空了，因而走得越发轻快。黑老蔡把个空麻袋搭在肩头，甩着一条胳膊，一步步更是带劲。

在村口，他们和敌人最前哨的三个尖兵遭遇了，还没等敌人看清，只黑老蔡的一支枪，就已经把他们全撂倒了。

枪声一响，集上立刻大乱。杨英最后喊了两句口号，往台下一跳，拉着李小珠的手就在混乱的人群里向西跑，王小龙提着手枪紧紧地跟在后面。

村外的敌人一听到枪声，立刻分几路向村里冲。黑老蔡他们都把短枪掖在裤腰里，像一群庄稼人似的纷纷跑出村来，脸上还故意带着慌慌张张的表情。黑老蔡一面领头在大路边跑，一面还举手向奔跑的敌人里面两个下级军官模样的人大声喊道：

"不得了，解放军就在桥头打枪啊！"

军官之一是个大高个儿，略微放慢了脚步，吆喝着问：

"他妈的，你嚷什么！解放军究竟有多少？"

"解放军多的是，你瞧！"黑老蔡边说边拔出双枪打去，立刻把两个军官都打死了。趁敌人措手不及，刹那间他们狠狠地扫了几梭子，打倒二十多个敌人，才迅速地钻进路旁的青纱帐，不见了。

村里，杨英和李小珠在骚乱的人群里钻，很快就和王小龙失去了联系。她俩进了街，就向北边胡同拐，想从北边冲出去，不料北边也响起了枪声。她俩就顺着后街往西跑，还没跑到村口，迎面冲来一股子敌人。她俩眼快，赶紧又拐进南边胡同。杨英估计这村镇已经被敌人包围了，就想赶快越过前街，与小珠去钻堡垒户。可是前街上嚷嚷吵吵，敌人已经在到处搜索了。一回头看见后面胡同口也有敌人拐进来，急切里杨英拉着小珠闪进一个大门洞，立刻把大门插上，向院子里跑。

谁想这一座漂亮的小小宅院，正是宋占魁的老哥活阎王所安置的"外家"。活阎王昨夜在龙虎岗受了惊，今天把重伤的儿子小乱送城里医院后，刚巧在这里解闷。杨英她俩往院里跑时，活阎王正被外面的枪声所惊扰，匆匆从正屋出来，要出去探看动静。这老家伙穿着纺绸长袍，光着秃脑瓜，铁青着长脸儿，八字式的眉眼不愉快地向前瞅着。就凭这模样，杨英和李小珠立刻知道了他是谁，也想到了这是什么地方，而且相信准没有错。

"站住！不许动！"杨英威严地吆喝，对他举起了手枪。小珠儿也拿着枪，忙过去搜了搜他的身上——并没有武器。

这当儿，杨英注意到：活阎王的脸色更青了，八字眉眼虽然紧张地对她瞅着，却并非十分惧怕，只是阴险地探测着她俩的身份和动机。杨英本就知道他所做的许多恶事，这时就不由得冲起了一股子仇人相见的愤恨情绪。

"进去！"她狠狠地命令着。

屋内一个美丽而憔悴的中年妇女，吓得脸儿都黄了，赶忙站起来赔笑张罗。

"宋占鳌！"杨英厉声说，"昨夜叫毛二捎给你的信，你看过了没有？"

"是是，看过了。"

"那好！"因为外面情况紧急，杨英直截了当地说，"现在你跟我们一块儿到里屋去，一会儿要有人来搜查，由她——"她目示那女人，"——把他们打发走。你们要敢暴露我们，我们先把你俩打死！"

话还没说完，就听见敲门的声音。

"我说的话，记住没有？"杨英喝问着。

"是是，记住了。"

"放心吧，同志，我决不……"那女人友好地望着杨英。

"好，你去开门！"杨英吩咐着，就和李小珠押着老家伙到里屋去。

到了里屋，老家伙就往炕上一躺。炕上烟盘里的灯还没灭，他死活不管地拿起烟枪来，继续他刚才未竟的事业。

杨英索性把门帘吊起，然后她俩都躲在开着的房门背后。杨英从门缝里监视外屋，准备战斗；李小珠拿枪瞄准活阎王，防他发坏。

进来的一个身材颀长的、漂亮的青年军官，正是常恩，后面还跟着一个小胖子护兵。小胖子站在正屋门口，常恩走了进来，在圆桌旁的椅子上坐下，划洋火吸烟。

那中年女人坐到他对面，看着他，眼睛里闪射出深深的爱的光芒，但刚才那种惊慌的情绪，还残留在她那美丽而憔悴的脸上。

"别害怕，没什么事！"常恩带笑地安慰她。

"哎呀，真把我吓坏了！"女人强笑说，"是共产党又来了吗？"

"只有零星几个共匪在集上捣乱，正搜查呢。"

常恩说着，一眼看见靠墙的茶几上，放着一顶乳黄色的窄边软草帽。他望了望里屋，又闻见一股子大烟味儿。虽然没看见人，他却早已明白，那老家伙准在里面。年轻的常恩再没说一句话，闷闷地喝了两口茶，就默默地走了。

原来，这女人正是常恩的母亲。

第六章　情报

姑娘，你很美丽，

但你不是玫瑰，

你也不是茉莉，

你是一株

健美的英雄树。

——殷夫

1

每隔几天，牛刚他们这儿，就有一位洗衣作坊的老婆婆来接送衣服。可是今天，来的却是一位年轻的姑娘。

这姑娘体格高大、匀称，肤色发红，眼睛明亮，留着齐齐的额发和两条长长的辫子；在淡青的裤褂外面，罩着雪白的带胸襟的围裙，上下显得干净、利索。她一条胳膊挽着两个包袱，来到正院的西厢房，首先走进南边常恩的房间。

刚吃过午饭，常恩照例在里间午睡。牛刚听见，那姑娘仿佛和常恩熟识似的，在谈什么话。一会儿，她又出来，轻轻地带上了常恩的房门，来到北边牛刚的房里。

"你就是牛刚大队长吗？"

"是啊，"牛刚正在窗前的写字桌上临摹颜鲁公的碑帖，回过头来瞧着她，"你是洗衣局的吗？怎么今天换人啦？"

那姑娘像熟人似的往里间走去，一边随口地回答说：

"那是我姨妈。前一向我跑学校，今儿个又调回来了。"

在里间，她把包袱放在牛刚的床上，解开了一个，挑出几件洗干净的衣服捧在手里：

"牛队长，你来瞧瞧，这几件是你的不是？"

牛刚早已跟了进来，从一只西式的五屉柜里拿出了几件穿脏的衣服走来，很老实地看着她手里的衣服说：

"不错，就是这几件。"

姑娘含有深意地望着他，突然低声地问道。

"牛队长，你当过小兵吗？"

牛刚一听是暗号，立刻警觉地抬起头来。他瞥见：厚厚的花玻璃窗外面，那红漆圆柱的走廊，那阳光明亮的院子，这时静悄悄的，都没有人。他一面察看着姑娘，一面说道：

"是啊，现在我可是个老兵啦。"

"你的枪打得怎样？"

"我的枪百发百中。"

"你的子弹够吗？"

"我的子弹无穷无尽。"

"那太好啦！"姑娘掩饰不住内心的激动，又略略提高声音说，"牛队长，你这件衬衫这儿脱线了，瞧，我已经给你缝上了。"她捏着衬衫贴边里的东西，两只发亮的眼睛暗示地对他瞅着。

"哦，哦，"牛刚立刻会意地点头，"那太好了，谢谢你！"说时，又飞眼望了望窗外，随即问道：

"你叫什么名字？"他兴奋地、注意地瞧着姑娘的红红的脸儿。

"我姓宋，叫红叶儿，我的家在城外龙虎岗。"姑娘一面把脏衣服包在另一个包袱里，一面喜悦地望着他，"我干活的洗衣局就在这条街的南口。每天晚上我回到姨妈家里住，是小方家胡同三号，有什么活儿到那边找我就行：缝缝连连、补补缀缀，我都可以做！"在她闪着特殊光辉的眼睛里，又聪明地给他暗示着话里的含义。

"是小方家胡同三号，宋红叶？"

"对。"

"好吧，以后有什么活儿我就派人给你送去。他叫柳小水，你记住了。"

"柳小水，行。"

"见你的时候，他把衣包背在左肩上。"牛刚又低声地加了一句。

"好。"

姑娘挽起两个包袱，就往外面走。在门口，还回过头来热情地望着他笑了一笑，就带上房门，走到院子里，往东厢房去了。

牛刚禁不住一阵兴奋的心跳，马上拉上窗帘，关好门，从那衬衫的贴边里，把小纸条儿拆出来，刷了药水细看。只见薄薄透明的拷贝纸上面，显出来蚂蚁大的字儿："铁命你与我联系，信由来人送。如有办法，请救狱内同志。"

即使不看下面那五个圆圈连成的梅花，光看那清秀的笔迹，牛刚也知道这信是谁写的，并且知道，这被称作"铁"的人又是谁。

牛刚把小纸条儿卷起来，塞在烟卷里，点上了火，愉快地，甚至甜蜜蜜地吸起来。

不一会儿，小水来了，一听说与组织接上了关系，快活得就像孩子找到了妈妈一样。最近城外的斗争闹得那么欢，分明是黑老蔡和杨英他们领导着干的。自己不能配合他们的工作，是多么着急呀！于是，他俩小声地商议起来。

这一向，按照牛刚的指示，小水在群众中间做了许多不露痕迹的工作。这小鬼，拿他极聪明而又极机灵的为人，博得了许多人的欢心。警卫排里的人们，都把他当自己的兄弟看待。大队上的弟兄，更是喜欢他。连那洗衣作坊的老婆婆、司令部管园的老头儿，乃至厨子师傅、汽车司机、丫鬟、保姆……没有一个不对他非常喜爱。奇怪的是，连宋司令的千金小美姨都喜欢起我们的小水来，哎呀，这可真是一件麻烦事儿。

不过，在思想上、在感情上，真正与小水投合的，却要数警卫排的大个儿耿彪，和吉普车的司机乌独眼。耿彪是清宛县一个石匠的儿子，被国民党抓来当兵的，由于力气大、枪法好，很快升任了副排长。乌独眼原是开滦煤矿的运货卡车司机，一九四一年被日本抓的兵；他的一只眼睛就是因为他翻车摔死了一个日本军官，被鬼子剜去的；三年徒刑出狱后，他那剩下的一只眼睛永远隐藏着仇恨的烈火，冷冷地看着鬼子、看着汉奸、看着现在那些残害人民的反动派……

2

下午，军官们又坐日本人留下的那辆破吉普车，到司令部去。

虽然是小小的县城，但司令部的规模倒是不小。这原是日本宪兵司令部旧址，在斜街路南，又高又宽的两扇大铁门朝北开着。门旁两个耸立的碉堡，和四周高高的石砌的围墙，墙上每夜都通电的、带有小小红灯的铁蒺藜网，以及各个墙角设有严密岗哨的碉楼，都加重了这司令部的威武、森严的气氛。

进了大门，绕过迎门的机关枪巢，有一条宽阔的煤渣路笔直通到红砖的办公大楼，煤渣路两旁都有整整齐齐的一排排兵营式的红砖平房。西边还有大礼堂和宿舍楼；东边前面有大操场和长长的马棚，后面有不小的车库，和一座沙包堆起的小山——底下是粗木支架的四通八达的防空洞。

办公大楼后面三十米开外，隔一堵红墙就是城内的一座有名的古寺，日本人在的时候就把这古寺归并给司令部用了。通过红墙的小门，就是寺里的花园，假山鱼池、花草果木，应有尽有，靠南的地方还矗立一座十三层的宝塔，据说这是宋代的建筑，以前日本人曾利用它，在塔的最高一层，拿望远镜瞭望城外的"敌情"。再往南就是大雄宝殿，有高起的石砌甬道通到古老而显赫的寺门。现在这寺里东西殿都押着"犯人"，区委张健和龙虎岗的两个村干部在里面；大门内两旁原来站四大金刚的地方已经改建，住着士兵；寺周围墙上同样安着电网，前后门岗都很严紧，门外一左一右也有两个碉堡，旧日的旗杆则早已不存在了。

牛刚他们坐的吉普车驶到办公大楼的台阶前停下。一辆老式的福特牌黑色卧车先已停在一边，牛刚知道，上午到县党部去的宋占魁、黄人杰已经回来了。牛刚和田八、常恩他们走上台阶，推门进去。只有小水还留在车上，谁也没注意他，他陪着司机乌独眼把车开往车库去了。

牛刚他们到了楼上，看见有两个士兵押着二十多个男女学生站在过道里；宋司令的大办公室门儿虚掩着，没有声音；特派员黄人杰的办公室却紧紧地闭着门，显然是在进行个别审讯。这些县立师范学校的学生，都是昨天夜里逮捕的，原因是他们响应上海学生的号召，发起了要求美军退出中国的运动——这样，就算是"闹开了风潮"。

田八爷向来不爱管那些劳什子的事情，在办公室里抽完了一支烟，就坐不住了。

"走吧！"他照例粗声粗气地说，表示亲热地拍着牛刚的肩。

牛刚明白，他的意思是邀他一同到南关去（他俩的一个中队在那儿驻防），名义上是为公事，实际上又是去敲诈勒索，或花天酒地地胡闹。

开头，跟田八在一起厮混，牛刚曾感到非常别扭；但是渐渐地，他用正直不阿的个性，用对朋友的忠诚和义气，终于博得了田八的好感。这田八，原是拿大刀杀人劫道的土匪出身，有时候残忍得就像野兽一样，可如今对牛刚的武艺和为人，也免不了有七八分的尊敬。

"今天我看家吧。"牛刚转过脸来，对他笑着说。

"你呀，烧饼枕头饿死人！"田八笑着骂，忽然变戏法似的拿出了一条上等纸烟，向牛刚怀里一塞，还不干不净地说着什么话，响着马刺出去了。

不一会儿，牛刚就从窗户里望见，田八骑在马上，纵马穿过大操场，向大门外驰去。那儿正好来了几百个拿小旗子请愿的学生，拥挤在大门口，这土匪大爷竟不管三七二十一地冲了出去，转眼就不见了。白面客出身的护兵李歪歪急蹬着自行车，还卖弄地扬起一只手，从后面追去。

牛刚把那条纸烟锁在抽屉里，准备在田八缺烟的时候给他抽，然后，就踱到常恩的办公室里来。

常恩正坐在办公桌前面的沙发上，手里拿一张国民党办的《中央日报》佯装看着，可是牛刚一眼就看出他脸上那种心绪不宁的神气。看见牛刚进来，他亲切地用眼色招呼了一下。两个人熟不拘礼，牛刚就坐在他办公桌后面的转椅里，默默地抽着纸烟。他俩不知不觉地都倾听着对面黄人杰房间里的动静。

常恩的脸孔，和他母亲一样俊美，不过他气色很不好，苍白的脸上，一对眼圈儿总带着青色的阴影。他的性格是孤独的、忧郁的。平常，他不大说话，只是爱看惊险的、侠义的小说，也喜欢下棋、打篮球。牛刚就是他新的棋友，新的愿意把身体锻炼好的打球的同伴。他和牛刚是一开始就很投契的。据牛刚了解：常恩是宋占魁一手培养和提拔起来的，所以他对宋占魁常常抱着感恩、报答的心情；然而一定的正义感和爱国心，又使他对宋占魁心怀不满。

昨夜逮捕那些师范生，就是常恩去执行的。宋占魁和黄人杰竟如此诡秘，事先连一点口风也没露。那县立师范学校就在宋占魁住宅的斜对门，清晨或黄昏，常恩经常和牛刚到学校里去打篮球。常恩还和学校里一位年轻的女教师石瑶琴熟识，并且对她产生了感情。可是，昨夜逮捕的人里面就有石瑶琴，而此刻在黄人杰房间里答话的也正是石瑶琴的声音。

就为这石瑶琴，昨夜还有过一段小小的插曲——

已经夜深了，常恩执行任务回来。牛刚醒来了，想了解一下常恩去干了些什么，就披了件衣裳，到常恩的房里去。常恩的勤务兵"大皮球"打来了一洋铁桶水，就出去了。常恩脱下军衣、衬衫，赤了膊洗脸擦身。

谈话中间，牛刚知道了他所执行的任务。无意间，他看见常恩放在椅背上的那件军衣的口袋里有一卷东西——是红油墨印的。这卷东西，立刻吸引了牛刚的注意。

"这是什么？"他不知不觉地放低了声音，"是搜出来的宣传品吗？"

常恩多少有点不自然，掩饰道：

"可不！我正要请你帮我瞧瞧哩。"他一面擦身，一面也放低了声音，遗憾地说，"真没想到，这是从石瑶琴的卧室里搜出来的。你瞧瞧，难道真会是共产党的宣传品吗？"

牛刚把这卷东西拿在手里，展开细看。原来这刊物名叫《火花》，不论文章或漫画，都是反对美帝国主义和蒋介石反动派的，一看就知道的确是共产党的地下刊物。而且，牛刚相信，在这城里必然还有党的组织——这些组织，当然没有必要与他发生横的联系。

他隐藏着兴奋的心情，故意装出淡漠的神气，说道：

"反对帝国主义，也不一定就是共产党吧？石瑶琴平素倒是个好老师，为人也很正派、稳重。据我看，她对你的友谊也很深……这卷东西你准备怎样处理呢？"

"我有些拿不定主意。"这回，常恩红着脸，对他所信任的牛刚坦率地表露了态度，"要是交上去吧，恐怕对瑶琴很不利，这就违背了我做人的良心；可要不交呢，又觉得违背了自己对国家的责任……"说时，他已擦洗完毕，套上了一件红条条的运动衫，坐到台灯光里来。

"这倒不必拘泥。"牛刚打开烟盒，给他取了一支，自己也取一支，点吸着，"不管观点有什么不同，瑶琴她们难道不是满腔的爱国热情吗？"

"我也这样想。万一这卷东西引起了她的生命危险，我就太对不住人了！"

牛刚知道他早就不准备交，就问：

"搜查的时候，还有谁见过这东西？"

"当时我多了个心眼儿，"常恩又红了脸，他是一向隐藏着他对石瑶琴的感情的，"所以别人谁也没看见。"

"那就好啦！"牛刚安慰他似的微笑着。常恩只当他是对自己和瑶琴的一种同情，心里非常感激……

现在，在司令部的办公大楼，石瑶琴正在义正词严地斥责那审讯她的人。在常恩的办公室，虽然听不清她的言语，却听得见她那越来越激昂慷慨的声音。

"今早起她妈找我来了，"常恩放下手里的报纸，低声对牛刚说，"她哭着央告我给司令说个情，这可叫我怎么说呢！"他有些为难地望着牛刚。

"这有什么为难的！"牛刚笑着说，似乎在责怪他，"司令是你的叔父，平常对你又很器重，说几句话帮个忙还不方便？"

"不，在这些问题上，像他那种脑袋，哼，我怕怎么说也是白搭！"牛刚第一次看见常恩明显地表露出对宋占魁的不满和轻蔑。

突然，对面房间里发生了小小的骚乱。原来是石瑶琴狠狠打了黄人杰的耳光，人们抢上去抓住她；并且传来了黄人杰拍桌子大骂的声音。随即，门开了，石瑶琴被反绑着两手推出来。这位皮肤浅黑、身材结实矮小的二十多岁的姑娘，还愤愤地回过头去，激烈地骂着：

"混蛋？你才是混蛋！我们不过是爱国的教师，和爱国的学生，我们没有犯什么罪！犯罪的是卖国贼和卖国贼的走狗！"她挺起胸膛，高呼，"要求美军退出中国！保卫祖国的独立和自由！……"

过道里的学生们，跟着喊起了爱国的口号，唱起了爱国的歌曲，和远远大门外学生们的摇旗呐喊的声音，遥相呼应。同时，古寺里在押的许多犯人，在张健的领导下，也展开了支援爱国学生们的斗争。

3

乌独眼少年时代，就帮助过他爹和他哥所领导的革命斗争。他爹和哥，那两位倔强的矿工、优秀的共产党员，就是在有名的冀东暴动中牺牲的。乌独眼自己不是党员，但他有一颗热烈爱党的心。因此，当小水在谈话中暗示到党的关系的时候，他那独眼明亮地发出了闪光。

"小水，说实话，你和党有关系没有？"他的声音虽低，却充满了希冀。

"有怎么样，没有又怎么样？"小水嬉皮笑脸地问。

"别再隐瞒我，小水，我早看出你的心了！"他扔了修车的工具，紧紧抓住了小水的手，痛苦地、期求地，独眼掉下了成串的泪珠，"在这黑暗的世界里，我都要憋死了。你就给我透一点儿亮，让我见一见光明吧，我的好兄弟！"

小水感动地审视着他，年轻的脸上随即变得很严肃：

"大哥，你放心！我向你保证：关系是有的。可现在先别谈这个，有种的我们马上接受考验，先完成党需要我们完成的任务！"

"什么任务？"乌独眼兴奋得几乎跳起来，"为了党，哪怕割脑袋我也干！"

在这并无旁人，只停留几辆大卡车和一辆小吉普的空旷的车库里，他俩靠在车上，开始了同志的秘密商议。

4

那天夜里，小水找个机会，给牛刚汇报了工作。牛刚正在楼上大办公室里，代替田八值夜班。兄弟俩悄悄地研究了一阵，结论是：救人的事，还需要等待时机。

大办公室里静悄悄的，门虚掩着。壁上有蒋介石全副戎装、手戴白手套、紧握指挥刀的半身像，还有大清河两岸四万分之一比例尺的地形图，和本县城乡、郊区五千分之一比例尺的详图，地图上都插有一些代表兵力的红绿小旗。看着这些小旗，牛刚记得：自从河西几个村的自卫团遭到偷袭以后，宋占魁原是主张把杨花脸的队伍撤回河西驻防的；可是黄人杰不同意，他反嫌城郊驻军太多，提议加强河东的力量，并且坚决主张发动进攻。但老奸巨猾的宋占魁旨在保存实力，渐图扩张，对共产党所领导的游击战和运动战尤有顾虑。因此两个人的意见相持不下。宋占魁碍于情面，暂时未做决定，只是派人整顿自卫团，修筑堡垒，补充实力，并加强保甲组织和谍报活动。所以这些红绿小旗，近来大体上都没有变动位置。

现在，挂钟敲了一点。小水坐在门外过道里较为暗淡的电灯光下，一面学文化，一面监视着楼梯口的动静。牛刚就在室内一盏大泡子电灯的耀眼的光线里，在整个桌面压着精美的厚玻璃板的大办公桌上，面对着蒋介石威严的相片正式办起公来——那就是，根据他所了解的匪军实力分布、武器装备、官兵思想、最近活动计划等具体情况，以及女译电员周家珍所供给的，从北平、保定来的关于政治、军事的官方内部消息，写一份详细的材料，准备连同自己的工作汇报，一起送给杨英，转给黑老蔡去。但是这些东西，直到第二天夜里轮到他自己值班的时候，才算写完。第三天傍晚，小水找到宋红叶，终于送出了第一份情报。

第七章　匪司令部之夜

只要计谋巧，

老虎头上能拔毛。

——民谚

1

那几天，司令部后面的古寺里，可热闹极了。在东殿里、西殿里用木栅栏隔为一间间的囚笼里，原来的政治犯和其他犯人，加上新抓来的老师和学生，一会儿叫喊，一会儿歌唱，一会儿给看守他们的士兵广播演说，一会儿又在里面开会；他们轮班休息，轮班闹，日夜不停。后来还在张健等三个公开的共产党员的领导下，全体展开了要求释放爱国师生的绝食斗争；送去的饭食通通连碗筷从栅栏里摔了出来，有的一直摔到院子里古松的粗大树干上，瓷碗发出威吓的响声，纷纷碎裂，吓得树上的群鸟惊慌地乱飞。

那几天，黄委员和时参谋，都亲自去进行过吃饭的动员；但这些假惺惺的劝告都只换到了正义的斥骂，就像他们在审讯中所遇到的一样。

2

绝食进行到第五天晚上，古寺里的喧闹静了下去，只剩下低低的爱国的歌声仍然绵延不绝。那天，从早到晚秋雨连绵，萧条的风雨衬托着低沉的歌声，更显得悲壮。有一个体弱的女学生昏迷了，司令部长官怕负死人的责任，连夜商议，决定把她交保释放。已经夜里十点多了，被深深激怒了的宋占魁，还亲自提审张健他们三人。

审讯以前，在大办公室里，牛刚听见时参谋对宋占魁说：

"这些人不知好歹，我看留着没好处，倒成祸害了！"

"我看也是，"黄人杰在旁边冷笑说，不满意地望着宋占魁，"与其养虎遗患，还不如——算了！"

宋占魁明白他"算了"的意思，沉思地抽着雪茄，点点头，没有说话。

正式的审讯照例在楼上西头的一个空空的大房间里进行。那里只放一条长桌和几张椅子（专门给审讯者坐的），但日本人留下的和后来新添的各式各样刑具倒是不少。牛刚从大办公室出来，在过道里走过时，看见犯人们从大楼后面露天的混凝土阶梯上被带了上来。过道里的电灯照着，他看得很清楚：那一前一后押解犯人的两个士兵都穿着带帽兜的雨衣；三个犯人可浑身都淋湿了。头一个犯人大概就是张健，身穿干部服，四十来岁模样，凌乱的须发，消瘦的脸颊，深陷的眼窝，两只眼睛却是很尖利，一面走，一面打量着注意看他的牛刚。第二个是粗壮身材、灰白须发的老头儿，穿着庄稼汉的衣服，估计就是贺家富。第三个是高条儿身材、瘦瘦面孔的独臂青年，穿着破破烂烂的单军衣，那一定就是丁少山。他们前两个都戴手铐，张健的两手还特别铐在背后；丁少山却戴着粗重的脚镣，铁索在楼板上锒铛作响。三个人一齐被带往西边那间等候审讯的小房间里去了。

牛刚回到自己的办公室，坐在圈椅里，紧锁着浓黑的双眉，急切地思索起来。以前由小水和乌独眼提供的办法是现成的，现在机会来了，而且气候的条件也很好，不过那样干究竟是不是太冒险呢？一时，牛刚两眼烧灼着，好像喝了烈性的酒一样。

外面，雨是下大了。沉闷的雨声，仿佛盖住了这座大楼。那边，审讯的时间不知道会有多长，如果这一次很快就结束，那么，再好的机会也马上会失去了！

他霍地站起来，正要去找小水，小水就进来了，轻轻地掩上房门。他显然也获悉了一切，急急地走到牛刚身边，兴奋地、期待地瞧着他。

他俩低低地谈了一刻钟。牛刚竭力冷静地考虑着，把小水他们原来那计划的细节重新都审查过了，还根据目前气候的条件，补充了一些新的办法。从小水的眼睛里可以看出，他的决心很大、信心也很足。最后，牛刚又从头考虑了一遍，觉得再没有问题了，才轻轻拍一拍兄弟的肩膀，坚决而小声地说道：

"行！就这样，去吧！"

3

深夜，两个士兵照着手电，押着三个犯人，从大楼后面的露天阶梯上下来，冒着大雨往古寺走去。

显然，张健是受刑了。两个同志吃力地扶住他，他还是戴着"背铐"，垂着头，十分艰难地走着。

一伙人走进红墙的小门，黑洞洞的，不知怎么门灯早灭了。一个士兵用手电照看，发现门内岗亭里站岗的人不见了。正觉得有点儿奇怪，黑暗里突然跳出来两个人，扑到这两个士兵身上。他俩还没来得及叫喊，脖子已经被人紧紧掐住，手电筒也掉到地上，熄灭了。

"张健同志，你们三个人等一等！"把士兵压在地下的那小个儿黑影喘着气，轻轻地喊叫。

正在惊愕中的犯人恍然大悟。三个人兴奋极了，就站在一边等候。

两个士兵挣扎的声音停止了。死尸和枪支很快被扛走，扔在假山洞的深处——那儿，另一位死者早已在等他们。可是谁想到，从假山洞的另一头却进来了人，在拐弯处突然出现，他手里的马灯提了起来，歪着头向前照看，这边两个人已经来不及躲藏了。

"不许作声！"乌独眼急得蹿了过去，低声地吆喝着，就要动手。

可是小水抢到前面拦住了他："住手，别把老爷爷吓着了！"

那体格高大、红颜白发的管园老头儿，却并不害怕地望着他们，又望望地上的三具死尸，仿佛也并不奇怪他们为什么要杀人。

原来这古寺的后花园里，就住着这一个七十多岁的管园老人。今夜也真是太凑巧，他刚好起来在旁边解手，奇怪地听到假山洞里有声音，就走过来瞧瞧。

"老爷爷，"小水恳切地叫道，"我们向你保证：我们绝不是做坏事。你千万别暴露我们，我们也不伤害你！"

乌独眼补充：

"我们饶了你，你可别昧良心！要不然的话……"

不料那精神矍铄的老人家，指着乌独眼斥责道：

"你，别来这一套！这世道我早看透了！谁好谁歹，难道心里没个数儿？你走你的，谁也害不着你们！"他的声音虽然是严厉的，却同样也是低声的、爽直的。

小水深知这老头的为人，赶忙拉了乌独眼就跑。

一会儿，乌独眼背着张健，小水拉着那两个，急急地往回摸，过了红墙的小门，就沿着墙根向东急走。远远望得见雨雾里面那高墙电网上闪耀着的一溜儿小小的红灯和抱角楼上那暗淡的灯光，都依稀像浸在水里的光影一样。后来，他们迅速向北，越过开阔地，进入了那座沙包堆成的小山下面的防空洞。在防空洞的中心，他们照亮手电，用准备好的工具砸开了手铐和脚镣，并且把手铐、脚镣埋了个不露痕迹。防空洞里所有脚印也全扫没了，撒上干土。不幸张健又昏迷了，他们架着他一起来到防空洞的东北处——黑暗的车库跟前，悄悄地上了吉普车，躲在车里把门关严。可是小吉普还没开动，却不料突然射来了两道强烈的电光——宋司令他们坐的那辆卧车笔直地向他们驶来。

"糟了！"躲在吉普车里的人们想，赶忙更低地往下藏，唯恐从风挡玻璃内被发现了。

"开！"只听见司机旁边，年轻而有力的声音低低地命令。

立刻，小吉普也亮了灯，迎面驶去，与黑色的卧车交错驶过，小吉普就在雨中驶向大楼。

原来，送宋司令他们回家的那辆卧车已经归来入库了。办公大楼很多房间的灯光早已熄灭，只有大办公室、电报室、电话总机室和一些过道里的电灯还亮着。

大办公室里，牛刚陪值夜班的常恩下棋。这盘棋可输得好惨呀！下完棋，刚刚与常恩谈了几句闲话，就听见吉普车的喇叭呜呜地叫，他看了看表，说：

"哎呀，我该走了。"就扔了烟头，站起来。

不一会儿，吉普车就驶出了司令部的大门。

这时候，城门早关了。依照预定的计划，他们从一个低矮的水城门洞的水底，把三位同志悄悄地送走……

第八章　还乡

白天夜晚不瞌睡，

一垛墙想堵黄河水。

——李季

1

突然，老狐狸来到了龙虎岗。

村西头，在宋家大院的大门前，那老式的卧车、破旧的吉普车，还有三辆油漆斑驳的大卡车，却是神气十足地排列着。大门对面的影壁两旁，青石的拴马桩上，还威风凛凛地拴着十多匹养得颇为肥壮的战马。穿着褪色草绿军装的黄瘦士兵们，带着小部分新的美制卡宾枪，和大部分旧的日本造三八大盖，在影壁后面宋家的杨树林里歇息着。他们奉司令之命，今天一概不准单独行动，并且随时防备发生意外的情况。刚刚过午的太阳，照耀着高大的古老的宅院，照耀着秋叶飘零的杨树林，照耀着林子西边宋家那个不小的、快要干涸的荷叶坑——蒸发着墨绿色的死水，以及萎谢的荷花和发黄了的莲叶腐败的气味。

特派员黄人杰和军官常恩、牛刚，都坐在宋家前院坐东朝西的大客厅里，由大老爷宋占鳌和三老爷宋占元（宋笑仙）奉陪着。这有着老式的木棂明瓦窗户的大客厅，竟显得如此灰暗，如此阴森，致使西装革履的黄人杰在硬木太师椅上坐不住，终于站起来踱步，一面抽纸烟，一面欣赏壁上的字画。他内心可是不耐烦地等着，等候宋占魁出来。宋占魁带着老美嬢和刚从医院出来的小尖头，一回来就到后院去了，据说是看垂死的老太太去了。

常恩是向来不乐意走进他这不名誉的"后老子"家的大门的，现在为公务勉强来了，一直冷漠地沉默着。牛刚的心里却也很不安，他不知道宋占魁这一次突然出发，葫芦里究竟卖的什么药。他没有来得及事先给小梅送情报，直至来到这里以后，才打发兄弟到街上小铺买纸烟，暗里设法与宋旺取得联系——宋旺和小水是在城里见过面，接过头的。对于活阎王的阴沉接待，和笑面虎的虚伪客套，牛刚只是勉强地应酬着。

"听说共产党曾经占领过这地方？"

"唉，不用提了，"活阎王叹气说，"他们在这里待了两年三个月零八天。这宅子先是作共匪的区委会，后来又作共匪的县委会。这些匪徒占不了城市，偏在这里胡折腾，简直糟践得不成样子！亏得我家老三留了下来，跟他们打交道……"

"统一战线嘛！嘿嘿！"穿着旧西装的宋笑仙，拈着向上翘起的菱角胡须，嘲笑地，但得意地说，"我看共产党里也有明智之士，比如以前住在这后院的李政委，以私人关系来说，简直是我的好邻居，哈哈，咱俩天天下围棋……"

黄人杰转过脸来，对他恶意地笑道：

"好，现在你再跟他们讲讲统一战线吧，看行不行？"

"那当然，那当然，彼一时，此一时也。何况，像那样多少识点时务的人，在共匪里终究是凤毛麟角。"

牛刚望见，客厅对面的一排房屋门口，有拿枪的黑色短衣人走出走进，知道那一定是宋家所豢养的一批护院的。又想起常恩说过，宋家大院一共有十个小碉楼，他想了解一下实地情况，因此故意问常恩道：

"听说这后花园里，有藤萝，还有葡萄？"

"是啊，是啊！"热情的宋笑仙抢着说，"现在藤萝已经谢了，葡萄可结得正好，去瞧瞧吗？"

"你们这葡萄是什么种，味儿怎么样？"黄委员问，显出对葡萄的味儿大感兴趣的神气。

"唔唔，是良种，是玫瑰葡萄，味儿香甜极了。"宋笑仙领悟了委员的意思，立刻对老大暗示地瞟了一眼，知趣地说，"委员和队长是不是到花园瞧瞧，尝个新鲜？"

但吝啬的宋占鳌沉吟道：

"可就是还不太熟，恐怕味儿很酸涩。"

"呃呃，小弟院子里的倒是熟了，熟了。"宋笑仙怕得罪了委员，忙站起来伸手说，"请赏光，请赏光到小院瞧瞧吧，真是鲜艳悦目，鲜艳悦目！"

一伙人走出客厅。宋占鳌就乘机溜走，到后院找宋占魁夫妇和自己那新出院的小尖头儿子去了。宋笑仙领着客人来到西跨院。呵，原来这西跨院却是另一种情景：花坛上各种颜色的菊花含苞欲放；葡萄架上成串成簇熟了的葡萄，带着可爱的半透明的紫色在枝叶间悬挂着。而一条石砌的小径，把他们引到一座西式的小洋房。主人把他们领上楼去，进了一间三面都有立地玻璃窗和露天阳台的书房，在一套精致的小沙发上坐下来。牛刚看见，墙上有宋占元戴博士帽的照片，才知道这位地主老爷还是当年上海圣约翰大学的毕业生哩，怪不得书橱里还排列着许多洋装的外文书。

吃着葡萄，谈着闲话，黄委员是津津有味了，连那脸色自如死人，而嘴唇红似鲜血的年轻妖艳太太跟老爷一同陪他们说话，也使他发生某种程度的兴趣。一会儿，牛刚就拉着常恩，到阳台上去看风景了。这才知道，宋家大院是个长方形，整整齐齐地分成六块，前院东西两跨院是老大、老三分住着，后院东边是菜园、西边是花园。整个宅院周围，在每一墙角处都有碉楼，总共不多不少正巧是十个。现在，因为司令驾到，每个碉楼里都有拿枪的人。

"我就是在那里面生的。"想不到常恩指着一个地方，小声地告诉他。牛刚看见，北边那个花园里，除了土山凉亭、花圃果林、藤萝架葡萄架，以及有辘轳架子的井台以外，东北角上还有三间土坯小屋，现在有一个瞎眼的精瘦的孩子光屁股坐在门口晒太阳——那小屋，正是常恩所指的地方。

牛刚诧异地望着他。

常恩两手放在栏杆上，低声地，略带忧郁地说：

"我三岁那时候，还不懂事。据说，那年的元宵节，我妈跟二姨太进城去了。第二天，我妈回来的时候，大老爷告诉她，夜里，人们都在街上观灯，我爹突然得急病死啦！人呢？已经由我们东屋的老爷爷背出去，埋掉了……"说到这里，他停下来，悲惨的遭遇重又咬啮他的心。

院子里，进来了一个穿墨绿色连衣裙的少女，胁下夹着一个书包，望见阳台上的客人，就笑着扬起一只手喊：

"常恩哥，你也来啦！"

"这是谁？"牛刚小声问。

"老三的小姨子——金梅阁。"

不一会儿，金梅阁上楼进书房来了。常恩、牛刚也回到房里，跟她见面。牛刚看见这姑娘：人很瘦，脸孔倒很秀丽，可就是煞白煞白的；她用含笑的眼睛望着客人，很有礼貌地在沙发对面的椅子上坐下。

"今天下午怎么没有课？"

"上课也跟停课差不多了！"她文雅地微笑着，"本来学生就减少了很多，说是上不起学。最近一开始收割庄稼，穷学生就都下地了——这还是共产党在这里造成的风气，可一下子怎么也改正不过来！"

黄人杰对学校无心过问，对姑娘倒很感兴趣。他问起了她的家在哪里。

"大兴县。"她回答。

"呵，"委员兴奋地说，"我一听口音就知道，咱俩是同乡嘛。对对对，大兴县金家，是有名的呀！你知道金月亭先生吗？"

"那是我爹。"她笑着。

"哦！"委员恍然大悟，望着女主人，"原来你俩是金公的千金啊！失敬失敬！"他脸上露出讨好的神气，带着又赞扬又怜惜的口吻说："金老先生真是牺牲得很壮烈，也很冤枉呵！"

"可不是！"宋占元叹息道，"共产党也真狠！……"

牛刚后来问常恩才知道，金梅阁的父亲是个大汉奸，被抗日游击队所杀死的。

当时，又谈了些闲话，金梅阁答应黄委员星期天到城里去玩，然后向客人道了歉，就踏着轻盈的步子，回自己的房间里去了。她关上房门，从书包里拿出一封信来细看。信是一个小学生偷偷捎给她的，信上没有署名，但她一看就知道，这是王小龙的笔迹。

2

这一次，老狐狸回龙虎岗来，并不是为了搜捕共产党。经验告诉他：这种搜捕是难以奏效的。自从张健他们越狱后，城里城外，河东河西，出动了许多人马，也没有找到一丝影儿。可就像猛虎归了山，龙虎岗这一带的共产党近来活动得更厉害了。不仅这城东北一带，连城东南一带，都发现了共产党的地下活动。许多地方的自卫团都被缴了枪，甚至城西直到铁路线（平汉线）附近，以及铁路线上的重要据点固城、高碑店，也突然出现过"大胡子"和他的游击队。唉唉，对于这样神出鬼没的游击队，又有什么办法呢！而最使老狐狸烦恼的是，各处农民都被共产党领导分土地的消息所轰动，看来局面是越来越不稳了。龙虎岗是宋占魁的老根子，他这次回来，就是想商议一个妥善的对策，同时，还有些别的事……

宋占魁的老娘，果真病得要死了，但她苟延着，并不死。她戴着黑缎空心帽，穿着黑缎大襟短褂儿，像一具骷髅似的坐在那垫得高高的床帏内，还得由四个女仆分两班轮流扶着她。当年给她陪嫁的四个丫鬟，她全部不让出嫁，终于，三个被折磨死了，剩下的一个头发全白，至今还在伺候她。她的病十分古怪，连黑夜也不能躺下一分钟。交秋以来，她更被各种消息吓着了，天天好像要死，一家人也巴不得她快死，然而她偏不死。

"叫老二进来呀，进来呀！"她那鬼魂似的几乎听不见的声音愤怒地重复着。

在东屋开"家庭会议"的宋占魁，终于又被叫来。他那瘦高的身体略带三曲形地站在床前，秃脑瓜低垂着，压制着异乎寻常的不耐烦，勉强装出十分孝顺的神气问道：

"娘，你又有什么吩咐？"

"老二呀，地，地！地是命根子！好好儿守着，牢牢地守着呀！"

"娘，我知道了，我知道了。"

"人穷心恶！要造反，要造反！你刀下可别留情呀，千万别留情呀！"

"娘，我知道了，我一定照你吩咐的去做！"

忽然，这骷髅恐怖地发出抽搐的尖叫声：

"哦！哦！哦！鬼！鬼！那么多没头的鬼！滚开！快滚开！你们要什么！要什么！……"

宋占魁暗藏着厌恶和气恼，狠狠地望了她一眼，就出去了。

"为什么把价压得这样低？"宋占魁重新在东屋坐下来，不悦地问道，他深深地为筹款的事为难着。

筹款的事是这样的：他岳父王士斋在南京做官，为了贿选伪国民大会代表，急需一笔巨款——居然美其名曰"竞选活动费"，来信要把王家花园卖掉。宋占魁夫妇不同意，就想卖田集款，好在他们田地有的是，卖掉一部分无关大局，可是这年头，田地也卖不起钱了。

"就这样低的价也没人要啊！"脸孔像老太婆似的老管家吕立功，在主人的责备下不无委屈地说，"你想，共产党宣传要给穷人分土地，穷人们就盼着分地那一天哪！"

"他娘的，这样低的价，跟白送也差不多啦！"小尖头愤懑地说。

"说句实在话，白送也没人要！"吕立功干脆说明。

"老二，不论怎么样，地可是动不得！"宋占鳌坚决地说，"地是咱们的命根子……再说，你越动土地，这帮穷小子越以为你是失势了，就会越闹得凶！"

"这么说，南京的事就算吹了？"凶悍的老美嬢气鼓鼓地说，"误了人家的大事，我请问：谁担负这干系？"

"我看，是不是先把门前那树林子卖了，再想别的办法。"宋占魁无可奈何地说。

他们商议了一阵，命令去找的毛二爷来了，大家就到前院大客厅里坐下。连三老爷和委员、大队长都请来了。在这阴暗的大客厅里，毛二坐在茶几旁边的椅子里，那模样很使人觉得奇怪：他就像一条落水的哈巴狗刚被捞起来，那么可怜地瑟缩着。

"怎么啦，二爷？"

"身体不舒服。"仿佛是犯了哮喘的老毛病，他喉咙里发出咝咝的声音，吃力地回答着。

"老家伙，"黄人杰厌恶地皱着眉，对他粗声粗气地问，"张健他们究竟藏在哪里，你们弄清楚没有？"

"哎呀，这……这哪能知道呀！"

"毛二哥，"坐在人背后的老管家伸出头来，"麦租到现在还收不齐，究竟是什么情况，你也说说吧，要不我真没法子交代了！"

"唉，不用说这，连……连大秋的租子都抗上来啦！"

"哼，要你们是干吗的？"宋小乱忍不住气愤地低声责问。

"这样，毛二爷，我们把话说清楚，"老美孃用手指敲敲茶几，俨然发号施令地说，"三件事情，联保上得赶紧做到：第一，村里的共产党，得赶快查出来！第二，租子得加紧帮着催，一颗也不能少！第三，司令有一笔紧要的用途——这可是为公事，并不是为私事——打算把门前的杨树林和北边那个梨树园卖掉，哪怕是按户摊派，你也得赶快把款收齐！"

"行！……行！……你说怎么办，就怎么办！我都赞成！……宋司令，我就只一个要求，我毛二身子骨不中用了，我想告个假……"

"吓，这老嘎子！"宋占魁冷酷地注视着他，半开玩笑地说道，"共产党找了你一次，你就变草鸡了吗？这样可不行啊，老兄！我告诉你：你要不尽心尽意为我们——为党国效劳，你这条老命可悬啦！"说毕，又急躁地问下人，"阮海新怎么还不来？"——阮海新即阮黑心，现在是自卫团的团长。

"已经去叫了，马上就来！"几个人抢着回答。

"反正，不给那些穷小子点厉害，是不行了！"活阎王冷冷地说，"那些人全都是没良心的！像高老墨这样的人，你饶了他，他可不知好歹。今年他打了六石多麦子，一颗也不交，还在背地里鼓动别人呢！"

"你马上把这些抗租的户头给我找来！"宋占魁指着毛二说，瞧瞧吕立功，又瞧瞧站在门口的护院的头儿王大狠，"叫不来，抓也得抓来，今天我一定要追出他们的底根子！"

"对啊，"黄人杰一直在皱眉思索，此刻表示同意地点头，"必须从这些人里面，找到共产党的线索。还有，贺家富家里既然还有人在，不管他是老娘儿们小崽儿们，我看统统抓起来，不交出贺家富，叫他一家子顶着！"

他的意见，立刻得到许多人的赞成。只牛刚在一边暗暗地着急：小水还不见回来，这新的消息，又怎么能赶在头里送出去呢？

毛二狗还没走，阮黑心又来了……

第九章　地道会

我的脸颊上呵，

从没有这样红，

这到底为什么呵，

我自己也不懂。

——严阵

1

老狐狸到龙虎岗的那一天，黎明以前，杨英带着黑老蔡留下的一部分武工队，刚从城东南回到龙虎岗。经过了一连几天的紧张活动，现在突然松弛下来，每个人都疲乏得不行了。杨英和李小珠仍旧回到老墨家的地道里，在一个新开辟的地下室内休息。她俩实在累得够呛，灯儿也不点，衣服也不脱，摸到矮铺就睡，一睡下就响起了轻微的鼾声。

自从贺家富、丁少山他们回来后，龙虎岗的地道又经过了一番整顿，几条重要的线路都用更秘密的翻口和通道串联起来，真是四通八达，非常方便。张健其实并未留下，他由于刑伤过重，已经送冀中后方医院治疗去了。

那天上午，贺家富和丁少山从通道钻过来找杨英。他俩从秘密翻口上来，刚用手电照到熟睡的杨英脸上，不料杨英就从矮铺上一跳而起，握着手枪喝问："谁？"李小珠也霍地跳起，拿了个"小槽子"手枪准备战斗。

"是我们，是我们，"老贺忙说，"真糟糕，把你俩惊醒了！"

杨英点上了矮桌上的油灯，微笑说已经睡够了，让老贺与少山就在矮铺对面平搁的一长块木板上坐下来。这时候，李小珠揉了揉惺忪的眼睛，扒在一个最大的气孔口张望。远远的，这气孔的出口是在一个鸡窝里。她望了一会儿，自言自语地说：

"什么时候了，天快黑了吧？"

"你的表不怎么准，现在还没晌午呢。"老贺笑着说。

"你骗人！"小珠回头瞧着他，天真地笑着，"今儿个我们睡的时间可不少啦。"

"看你睡醒了没有？那么大的一个表还看不准！"

贺家富是一个健壮、快活的老头儿，他说说笑笑，就开始向杨英汇报工作了。杨英十分注意地倾听着。

不一会儿，歪在矮铺上的李小珠，又发出了轻微的鼾声。

"小家伙真乏透了！"杨英笑着说，"让她再睡一会儿，咱们到那边去谈吧。"

于是，吹熄了灯，他们钻进下面的通道，从翻口到小岔道，照着手电，到干线里来。

杨英点亮了壁上的小油灯，三个人就在原有的秫秸捆上坐了下来。老贺汇报过工作后，少山又进行补充。这位年轻的残疾军人，不但一条胳膊儿锯掉了，而且左眼角的上方也受过枪伤，那眼皮不幸地吊了起来，以致眼球突出，使他永远带着急躁的、粗暴的神气。

他谈到，目前，佃农们的心里可着急了，眼看一年的收成又要被地主夺去，谁能甘心呀。从前在共产党手下，他们尝过甜味；如今在国民党手下，他们又吃够了苦头。这一甜一苦，真使谁的心里也豁亮啦。尤其是受过各种祸害的农户，连一部分下中农在内，复仇清算的要求都很迫切。因此，丁少山建议：干脆集中力量，把地主武装彻底消灭了，把恶霸地主都扣起来，发动反奸清算斗争。

"党中央的土地政策，在这一带真是深入人心了。"贺家富也说，"群众的心里就像是着了一把火。最近一听说河东解放区正在分土地，那简直是火上浇油！……不过，"他又沉吟道，"要说群众没顾虑，其实也还有一个顾虑，那就是，害怕老狐狸又来下毒手……"

"因此，先下手为强嘛！"少山急着打断他，一面挥动着左臂，"咱们首先把宋家的大地主扣起来，一个也不让跑。他要杀，咱们也杀，叫他不敢下毒手！"

坐在他俩旁边的杨英，一只手托着腮帮子，一面倾听，一面仔细地考虑着。跟少山同样的思想，在她脑里也不知盘旋过多少回了。"是啊，"她想，"革命，本来就是用暴力夺取政权嘛！"可是，这时候老贺说，就算是彻底消灭了地主武装、扣押了恶霸大地主，咱们有没有力量成立公开的政权，应付敌人的进攻呢？要不，那么轰轰烈烈的反奸清算斗争，也还是没法开展呀。

"我不这样想！"少山激烈地说，黄瘦的脸儿微微涨红着，"力量是要在斗争中发展、壮大的。你是怎么回事，老害怕还行？"

好脾气的贺家富，被他说得直发笑：

"你是说，我害怕？"

"你呀，打架忘了伸拳头！"

接着，少山又谈到各村民兵，和从民兵里抽调骨干分子所组成的区小队，最近几天内活跃的情况。

忽然，高良子弯着腰，急急地跑来，报告说：

"敌人向咱们村来了，两辆小汽车、三辆大卡车，还有马队。"

"谁带队？"

"还不知道。"

老贺精细地问：

"多少马？走在前面还是后面？"

"有十多匹；小汽车前面一部分，后面一部分。"

"这是老狐狸来了！"贺家富断定。

2

他们匆忙地商量了一下。按照平日的布置，凡是发生这种突然而来的紧急情况，田里的人们概不回村，村里有关的人们迅速隐蔽，民兵和村干部也在预定的秘密地点集合待命。这都是不用临时操心的，现在只是不了解敌人此来的意图。所以高良子又奉命出去侦察情况；丁少山则左手提了驳壳枪，从另一方向往村干和民兵集合的地点跑去。

没想到俊儿姑娘和石漏媳妇互相搀扶着，急急地走来。一见杨英，石漏媳妇就扑到她的脚边，哭着哀求说：

"杨英姐，这回可真是老狐狸来啦，你给我们做主、报仇吧，万万不能放走他呀！"

正在病中的高俊儿，发烫的两手也紧紧地拉住杨英。

"杨英姐，这回你可一定要答应啊！"

"好吧，"杨英急忙安慰她俩说，"这事儿让我们商量商量，只要有一点办法，我们决不放过他！"

好容易把姑嫂俩劝走了。杨英与老贺坐下来，一面等候消息，一面商议。老贺认为：这方圆数百里内，只要是好老百姓，谁不痛恨宋占魁？这万恶的封建反动大头子，当然是越早铲除掉越好。不过目前实力悬殊，这老狐狸可不是好惹的……杨英苦苦地思索着，她认为：只要宋占魁留到天黑还不走，哪怕他人多也可以打，不过狡猾的老狐狸恐怕不会待到天黑……

正商议间，魏队长派黑虎来联系，并且问：

"王小龙在这里吗？"

"没有来过呀！"

"嗨，哪里也找不到！"黑虎不满地说，"我们是睡在一块儿的，晌午我醒过来就不见他了，也不跟队长说一声，到哪儿去了呢？"

忽然从那边岔道里，又弯腰钻出来三个人：原来是宋旺和丁少山，带来一个笑嘻嘻的小个儿青年——穿草绿色军装的士兵。

"哎呀，是小水！"杨英与老贺都惊喜地跳起来，抢上去和他握手。

宋旺要赶回油坊去了。杨英把黑虎打发走后，赶忙与老贺他俩领小水到地下室去。

仕地下室，油灯儿刚点上，小水就看见矮铺上面，李小珠还在酣睡。她那脑袋不舒适地歪扭着，圆圆的脸蛋儿仍是微红的，口像孩子般地张开。杨英连忙推醒她。她猛地坐起，揉揉眼睛，对小水直发愣，但马上她认出来了，奇怪地说：

"啊呀，是你？"

小水笑嘻嘻地忙和她握手。

这意外的会见，实在太使小珠兴奋了。她欣喜地握着小水的手，望着他，脸儿通红通红地笑着，一时不知道说什么好。

而小水的脸儿，也是通红的。

"你……累坏了吧？"他笑着问，一边就在矮铺对面的长条板上坐下来，跟老贺、少山坐在一起。

"怎么你到这儿来啦？"小珠儿不解地问。

"是这样，"贺家富笑着说，"今儿个天气好，老狐狸陪咱们的小水坐汽车兜风，一兜就兜到这儿来啦。"

"是啊，"杨英兑了杯温开水给小水，也笑着说，"老狐狸还用马队，还用三卡车的大兵给他做保镖呢。"

"哦，这样！"小珠明白了，不由得吐了吐舌头，"糟糕，我还睡觉呢！"

"你看我们这儿怎么样？"少山问，不无夸耀地看着小水。

呵，小水感觉，他们的地道搞得多么漂亮呀：弯弯曲曲，四通八达的干线、支线、小岔道，还有不露痕迹的翻口和地道下面的地道。尤其是这小小的地下办公室，虽然不够一人高，可是上下和四周都用木板隔住，壁角上开了不少气孔，还有木板的矮铺、矮桌、矮长凳，桌子上放着油灯、公文夹、晋察冀版的《毛泽东选集》、墨水瓶、暖水壶……"哈哈，真不错呀。"他赞美地说。不过，他也注意到，虽然李小珠还很健康，但杨英的脸色是多么苍白呀，两只大眼睛也有些陷进去了，却仍是那么晶莹，愉快地看着他。

"怎么样，哥儿俩情况好吗？"她笑着问。

小水扼要地报告了他俩的工作和生活。

"啊呀，他俩准是过着资产阶级的生活呢！"小珠严重地说，依然通红的脸儿转过去望着杨英，"你瞧多危险！"

"不要紧，"杨英笑道，"即使是资产阶级的生活，也腐蚀不了我们无产阶级的战士！"

很快，杨英就把话头转到了眼前的问题上来，而且急切地要知道敌人此来的意图。

"意图还摸不准，哥哥也没说。"小水仍然是一本正经谈工作的神气，可是一经回到自己人的环境里来，他那调皮的本性就逐渐显露，两只机灵的眼睛顽皮地望望她俩，又望望老贺与少山，"反正，你们在这里越闹得欢，老狐狸在城里越睡不着觉。有一回他恨透了，说：'共产党在龙虎岗闹腾，那就是掘我的祖坟！'老贺他们一跑，他可真恼了：'抓！快给我抓回来！不抓回来，老子统统毙了你们！'结果，折腾好几天，屁事也不顶。学生们又闹监，宁死不吃一口饭，不放也不行，哈哈。放了他们，他还落个理屈！这几天，老狐狸可灰啦，家里天天有人来，说老祖宗要断气了，叫他快回去送终。母夜叉也逼他回龙虎岗，要他卖地，据说她娘家在南京做大官，还想搞一笔款去'运动'蒋介石，为的是猴儿爬杆——好往高头爬哩。嗨，这家人的丑事儿可说不完！你们相信吗，咱们党中央关于土地问题的'五四指示'，他老狐狸还研究呢！这可是一颗定时炸弹，吞进了他的肚子里，叫他又愁又怕，不知道什么时候会爆炸！"小水说得李小珠嘻嘻嘻地笑，"昨天活阎王进城看小尖头，一拐就到了宋司令公馆。他阴森森地瞅着老狐狸，摇头说：'老二啊，今年又抗租了！共产党到处煽风点火，都闹着要分地、要报仇啊！你要是再不赶快拿点厉害出来给穷小子们瞧瞧，我们在龙虎岗可不敢住啦！'……"

杨英十分用心地听着，有所领悟地跟老贺、少山交换了一下眼色。

"可惜这次出发太突然，不能事先通知你们，"小水惋惜地说，"要不，叫黑老蔡来把这些坏种全拾掇了！"

杨英沉思着，忽然抬起头来，严肃地说道：

"老蔡不在，咱们来拾掇！"

"对，咱们想办法！"丁少山也兴奋地说。

"小水，你说行不行？"

这当儿，高良子来报告：宋家大院把毛二狗叫去了，还在找阮黑心。

"看样子，今天老狐狸是要找人撒气！"老贺估计说，又问高良子，村里有关的人们隐蔽得怎么样。

"哼，管叫他一根毛毛也捞不着！"良子说完，又着急地问，"政委，怎么样，今天我们还不跟他拼？"

"你放心吧，我们正在商量这件事。"

"见蛇不打可有罪呀！"良子临走还愤激地说。

"那咱们快研究一下吧。"良子走后，小水也兴奋地说。

"现在，咱们区委都在这儿了，就正式开个区委扩大会议吧。"杨英说。老贺、少山同意后，她又说："小水，你说说，这回老狐狸的实力究竟有多少？"

"他带来的队伍是常恩的一个中队，另外还有一个警卫班。"

"加上他护院的二十来人，本村的自卫团三十多人。"

"这边的力量怎么样？"

"老蔡转悠到别处去的时候，给我们留下了一个分队——照老蔡的说法，是给我们下了一个蛋——由魏大猛、宋辰率领，战斗力是很强的。另外，不久前，我们从各村民兵里抽调了一些骨干分子，新成立了一个区小队，由少山负责，虽然还没脱离生产，并且缺乏战斗经验，可是政治质量相当高。——当然，"杨英又补充说，特别瞧着贺家富，"我们主要还是靠智取。"

"嗨呀，能成吗？"老贺担心地笑道，"这可是个大问题，大家还是再考虑考虑吧。俗话说得好：宁绕十步远，不走一步险啊！"

可是大家不同意他的话。

"敌人是必须打的，不打他就更横啦！"

"不打，多会儿才能把他消灭？"

"我们宁愿苦战，不愿苦熬！"

"老狐狸自己来送死，可别错过机会！"

"我们宁走一步险，也不绕十步远！"

杨英笑着说：

"我同意大家的意见。毛主席早就说过，凡是反动的东西，你不打，他就不倒。因此，我们一定要狠狠地打！当然，我们不打无把握的仗。刚才你们说的宁走一步险，这一步险，我们不能使它不险吗？我看，咱们还是像毛主席说的，"她指指脑袋，"开动开动机器吧。"

于是，她提出，首先有几个关键问题需要解决：一、怎样使老狐狸留到天黑还不走；二、怎样调开和分散敌人的兵力；三、怎样利用宋家大院从前的秘密地道；四、怎样利用内线里应外合。

讨论中间，对情况已经非常熟悉的杨英，想出了出人意料的奇妙的主意；其余的人，连老贺在内，也都出谋划策，各有贡献。可是今天，李小珠特别感觉到：小水是多么聪明，多么机灵呀！别瞧他从小是个调皮蛋，长大了可真有点英雄气，你看他出的主意，就是特别巧、特别妙、特别能解决问题！

3

因为小水不能多耽搁，所以大体上商量妥帖后，就决定他先回去，不论哪一方面情况有变化，再临时按约定的办法取得联系。

杨英叫李小珠送小水出地道。他俩钻过下面的通道，又出了小岔道，越过干线，进入另一条岔道。小珠弯着腰，照着手电，拉着后面小水的手，一路往前走，心里好像有话要跟小水说，可一句也说不出来。

"小珠，"小水忽然开口道，"你近来睡觉的时间还是很多吗？"

哎呀，这句话可问得小珠很委屈。她从前虽然很贪睡，近来她可大大地改进啦。她不由得噘起了嘴，没有回答他。

"小珠，你年纪小，睡眠自然要多些，可只要平时加紧锻炼，到了节骨眼儿上，也就不会误事啦。你看，今天老狐狸都来了，你还在……"

"你说什么呀！"小珠不服地说，生气地一甩他的手，可并没甩掉，反而抓得更紧啦，"你去问问杨英姐，最近我睡得可少哪！"

"好吧，"小水让步地笑道，"咱们有则改之，无则加勉吧。你近来学习的情形怎么样？"

哎呀，这句话，却又问得很刺心。小珠就是在学习上不进步，被他这么一问，她脸儿更红了，手心都出汗了，步子也跟跄了一下，说：

"唉，我也不知怎么搞的，就是学不进嘛！"

"不怕，咱们慢慢来，"小水微笑地诱导着，"小珠，有时候我也是学不进。其实，不是学不进，还是不专心，你信不信？咱们工作忙，事儿多，心里想东想西的，就是有点儿乱。可只要静下心来，学一遍不行，两遍；两遍不行，三遍……这么坚持着，坚持着，慢慢儿就学进去啦。"

"唉，杨英姐也没少帮助我，可……我就是笨！"小珠骂着自己。

"你胡说！"小水责备着。

他俩进入了另一条干线，远远地传来地道里嗡嗡的人声。随即，他俩又进入小岔道……小水的记性真好，他知道，油坊里的地道口，就在前面了。

"小珠，我有许多话要跟你说，可是今天没有时间了。我只是有一句话……从前……你有点孩子气，贪睡，爱玩儿，不怎么喜欢学习，嗨，我也一样！可现在……咱们都大啦，都得加紧锻炼，加紧学习啊！……还有，咱们年轻人多吃点苦不要紧，可得把首长照顾好……"

他俩停下来。他紧紧地握着小珠的手，小珠也紧紧地握着他的手。她可不知道说什么好，一时心里很乱。

随后，她给他照亮手电，他机灵地爬上去，听听没有动静。他回头来对她摇摇手，她明白他的意思，立刻灭了手电。他轻轻托开暗门，就钻出去了。

小珠一动不动地站在那里，倾听着。一会儿，听到不远处一声枪响，接着又是两三声。啊，小珠的心要跳出口来了。

第十章　宁走一步险

宁愿苦战，

不愿苦熬。

　　　　　　　　——新谚

条件是人创造的。

　　　　　　　　——新谚

1

李小珠完全没想到，那第一枪竟是王小龙打的。

前一时期，当黑老蔡收缴了本村自卫团的枪支，李小珠和王小龙、黑虎在高房广播后，金梅阁就知道王小龙回到这地区来活动了。在金梅阁的印象里，王小龙和李玉是分不开的。她想会见小龙，更想会见李玉。她估计，只要见着王小龙，就准能知道李玉的下落。李玉，这美男子，这北大毕业生，这没落官僚阶级的子弟，曾经是金梅阁的意中人。目前，在这多事之秋，她意识到这样的共产党干部还是对她有用的，这就加深了她对李玉，以至对小龙的怀念。也因此，她曾在村里她认为有关的方面到处打听小龙、打听李玉。消息传到杨英和小龙的耳朵里后，杨英曾经警告小龙说：

"你可得小心呀！事实证明：金梅阁是一个不好的女人。在目前的情况下，我站在党的立场，禁止你和金梅阁发生任何联系！"

然而，王小龙心里不服：他以为这是杨英不了解情况的武断。他想：好，等着瞧吧，事实会相反地给你证明，金梅阁是怎样的一个人！

不止一次，这位旧日的青会主任，想和他旧日的宣传部部长取得联系。今天，他醒来以后，就写了个字条，从来顺家的地道里悄悄钻出来，躲躲闪闪地溜过一段小胡同，来到下中农庞老力的家，暗里叫老力的小孙女黑妞吃罢午饭上学时，把信给金梅阁捎去。

宋占魁来到龙虎岗的时候，小龙还躲在庞家没有走。他想等小黑妞回来，看看有回信没有。那又矮又壮，像一截老树根似的庞老力，拿了镰刀正想下地，突然听说老狐狸的队伍已经进了村，他老夫妇俩急忙把小龙推进洋芋窖下面的地洞去。这下子，小龙在地洞里憋了好半天，到后来实在憋不住了，又怕队长找不到他，会耽误了什么紧要的任务，就提着驳壳枪从地洞里钻出来。也不管老奶奶的拦阻，他仗着自己胆大，隐在大门后面，瞅准小胡同里没有人，就蹿了出去。不料阮黑心带着几个自卫团员正巧从来顺家闯出来，迎面相遇，小龙来不及躲开，朝着阮黑心就是一枪，但是自己也被别人打倒，抓到宋家大院去了。

2

宋家大院的前院，一群从村里被搜索来，或从田里被押解来的农民，正在听宋司令训话。但是最积极抗租的农民们，早躲得影儿也不见了。奇怪的是，那高高的、瘦瘦的、胡须黑黑的老墨叔，却不知怎的也在里面。他的衣襟扯破了，脸上有带血的伤痕，似乎是经过了一场小小的斗殴。

宋占魁站在坐东朝西那个大客厅的门口台阶上，他身边是一伙中装、西装或军装的老爷们，还有那穿花旗袍的母夜叉也在其间。他们的两旁，则是许多黑衣的打手，和绿色军装的士兵们，个个都拿着长枪或短枪，威严地站立着。

这时候，宋占魁那一席既恫吓又拉拢的训话刚刚完毕，脸上带着他那特有的冷酷的笑容，故意指着高老墨问道：

"怎么样，高老墨，是你领头不交租吗？"

高老墨带着冷淡的表情，眼也不抬，吸着长管儿烟袋，一句也不回答。

"是这样，二老爷，"那个儿很小的佃中农宝三叔，摸着剃得光光的脑瓜儿，眼睛珠子滴溜溜地看着老爷们，赔笑说，"今年的麦收可不强……"

"谁说不强！"活阎王插言道，"今年的麦收，没九成年景，也差不多了！"

"唉，大老爷，"宝三叔苦笑道，"你说九成，就九成吧。刮风是老天的自由，说话是老爷的自由嘛！"

"尹宝三！"活阎王仿佛抓住他不放，"你的麦租为什么不交？"

"瞧，老爷，大家都没交……"

"我是问你，你为什么不交？"

"我……大老爷……"宝三叔望着活阎王，心里打鼓，又摸摸光头，赔笑说，"我……不是不交……嗨嗨，我是想……缓几天……"

"缓几天！"小尖头忍耐不住，汹汹地责问道，"眼看大秋的庄稼都要下来了，你们夏天的租子还不交，究竟是什么居心？"

"什么居心？"老墨叔突然抬起头来，气愤地望着他，"什么居心？我们穷人还想活下去！"

"放屁！"小尖头骂道，"叫你们交几颗租子，谁叫你们饿死？"

"哼，蛇没吃饱，蛤蟆可掉了命了！"高老墨说着，用长烟管在青石板上狠狠地敲掉烟灰。

"我们都被抢光了，我们不能眼睁睁地饿死！"另一个农民也说，声音虽低，却很是激动。

其他农民，也气愤地附和着。

"嘿嘿，"宋司令忽然冷笑道，"人家要不给你们地种，你们凭什么活下去？"

"我们凭什么不种那地？"高老墨毫不退让地望着老爷们。

"看你那架势！"老美嬢气得暴跳如雷，指着他，"不用说，这一次抗租，你就是惹祸的头子，打鼓的槌子！"

"对！"黄委员插言，"问他：他们把共产党藏在哪儿？"

高老墨镇静地望望他，露出轻蔑的、不屑置辩的神气。

突然，村里响起了枪声。

匆忙间，老狐狸下令，挑出高老墨等几个农民，关起来……

3

牛刚看见王小龙受伤被捕，他内心是多么惊奇啊。可是，就连刚刚回来的兄弟也不明白这是怎么一回事。宋小乱一见小龙就红了眼，两只手左右开弓，狠狠地打他的耳光。人们连推带搡，把小龙押到东跨院去了。一会儿，宋占魁和黄人杰也都急匆匆向东跨院走去，两个人一边走，一边还愤怒地交谈着。休息在门外杨树林里的队伍，则已经奉司令之命，紧急地集合起来，听过常恩简短的训话后，立刻分头出发，在村里村外，彻底搜捕共产党。

"唉，小龙是怎么回事？干吗要打草惊蛇呢！"小水懊恼地想。趁着人们混乱的时刻，他悄悄向牛刚仔细汇报后，兄弟俩就按照预定的计划，暗暗地积极进行。

五点多钟，审问不出什么结果的宋占魁，拭着秃脑瓜上的汗珠，回到大客厅来休息。忽然有人报老太太已经在咽气，这回可真要归天了。于是，所有"孝子贤孙"都往后院跑。

原来，最初由杨英所出的主意，终于产生了实际的效果。刚才，那个头发全白了的老女仆，按照内线周天贵的吩咐，暗里对不死的骷髅耳语道：

"你还不知道啊，共产党已经来了！共产党！来了！来了！你们的土地房屋，马上就要分给穷人了！你们完了！你们什么都完了！你还不挺尸啊！"

女仆们早已受不了这骷髅的折磨，暗里对她都恨得咬牙切齿，这时竟不约而同地凑到她耳朵边，狠狠地辱骂、狠狠地诅咒，有的甚至这样说：

"你听到枪声没有？就在十字街口，共产党枪毙地主哪！地主——男女老少——一律枪毙！你这老不死的，你也逃不了！"

终于，发出恐怖的"鬼叫"似的声音，骷髅猝然倒下了。大老爷的大太太、二姨太赶来，命令马上给她穿寿衣。

现在，一大群男女跪在床前。骷髅在宽大的紫酱色寿衣内笔直挺着，然而鬼魂似的，几乎听不见的声音还在空中萦绕：

"……命根子……命根子……"

经过了令人难忍的淹留，这不死的骷髅才算死绝。于是突然地，爆发了一阵男男女女虚伪的号啕声。

"真是碰着晦气星了！咱俩回城吧！"两边花园里，黄人杰厌烦地对牛刚说。两个人步出凉亭，往土山下走。

牛刚望望苍茫的暮色，归巢的鸦群，露出了担心的神色，回头对他说：

"马上黑下来了，路上可不平稳啊！"

"可不！"黄人杰无可奈何地点点头，忽然又趣味横生地笑道，"哎，干脆，找小梅子玩去吧！"

小梅！牛刚暗暗吃了一惊，但立刻也忍不住笑了：

"走！"

金梅阁刚从东跨院后面关押王小龙的地方出来，跟黄人杰、牛刚在前院遇见了，就陪他俩到大客厅里去。黑暗的大客厅里正在安汽灯，那汽灯刚刚点着，轰的一声燃烧着绿光。牛刚看见，金梅阁白闪闪的脸上仿佛有泪痕，然而她那一对不大的眼睛显然是愉快而自得的。黄人杰手里玩弄着一副纸牌，嘴里不停地给金梅阁讲着各地婚丧的习俗，仿佛他哪里都到过一样。忽然宋占魁走了进来，抚摩着跪痛了的膝盖，慢慢地坐到太师椅上说：

"今天走不了啦，委员！"他在小乐子手里吸着了烟，"咱们商量一下，今晚上是不是把河东的队伍调回来，嗯？"

黄人杰皱了皱眉，似乎并没有忘记在调防问题上，他俩曾经有过的龃龉。

"依我看，还不至于那么严重吧？"他说。

"嘿，咱们可不能轻敌呵！"宋占魁正色道，"说实在的，文耀一受伤，阮海新又挨刺，我老哥一家子可害怕得不行啦。唉，住在这里，也确实冒着点儿风险呀！"

听他这么一说，黄委员心里也真有些害怕了，但表面上却装作若无其事地随口回答道：

"行啊，老宋你看着办吧。"说过，仍旧对金梅阁谈他的埃及木乃伊。

牛刚暗暗注意到：老狐狸立刻叫常恩派两匹快马，连夜调杨花脸的队伍去了。

"马上就来，越快越好！"这是老狐狸的吩咐。而这里离杨花脸驻防的地区虽然隔一条河，却只有几里路。

4

天黑不久，东西甜水井的保长李树堂骑了自行车，急急地来找毛二狗。毛二狗没法，只好把他引到宋占魁这里来。李树堂原是地主、反动派的走狗，暗里被共产党掌握了，现在就照着老贺的指示，假装谈虎色变的神情，报告说：

"白天大概藏在龙虎岗的一小股共匪，现在窜到我们村去了。我的兄弟和老江家闺女亲眼看见，他们躲在大庙里开会，六个男的、两个女的，据说张健头发长长的，也在里面，企图不明。"

"怎么样？"黄人杰找到证据似的看着宋占魁，傲慢地奸笑着，"我说下边太操蛋嘛！搜索了半天，好，十个八个共产党，都跑他妈的了！"

但是老狐狸冷冷地注视着李树堂，突然拍桌道：

"你胡说！你兄弟和老江家闺女既然遇上他们，还能走得了？就算走掉了，他们还不跑？"

李树堂吓得苍白着脸儿，眼珠滴溜溜地转着，赶忙赔笑说：

"宋司令，实不相瞒，我的兄弟是没出息，跟那小妮子偷偷摸摸到庙上去，还没进门，一看见共匪就吓得屁滚尿流，一点声儿也不敢作，悄悄地跑回来了。唉，我们那儿又没自卫团，这样大的事儿，我要不来报告，马上出了大乱子，小的能担当得起吗！"

"别废话了！"宋占魁显然是相信了他，忽然变得很和气，打开烟盒给他拿一支，自己也拿了一支，转脸对常恩说，"恩儿，是不是你去走一趟？要真是张健他们，可是个大事啊！"

"准是张健！常队长，你多带一些人！"黄人杰命令地说，一面给自己和金梅阁分着牌，一面又对牛刚说，"行动要机密、神速！牛队长，最好你也去，把他们统统抓来，一个也别让跑掉！"

常恩、牛刚他们走后，老狐狸忽然不安起来，带着小乐子，前前后后去查看。大门敞开着，门楼下挂着八个白色扁圆形的大灯笼，上面有八个蓝色大扁字——"京兆府第""直隶世家"；这些灯笼，还是老太爷去世时用的。灯笼光下，一个站岗的卫兵向走出门来的司令敬礼。宋占魁望见：大小汽车，除了一辆小吉普，还都在门前；马匹却全不见了；他吩咐留下的一排人则一个也不在，据说全派到村里吃饭去了。他心里恼怒地骂着，回到前院，立刻把休息在护院的住屋里的警卫班集合起来训话，并且命令：把分散在村里的一排人赶快召回来，门口也安上双岗，架上机关枪；住宅前后一百米内都放上流动哨；护院的头儿王大狠和崔凤池也奉命检查各碉楼，严密戒备。

这时候，亮堂堂的大客厅里，人影杂乱，门口有人在扎结白布的长条和彩球，但里面却传出来金梅阁吃吃的笑声。宋占魁生气地对客厅里瞪了一眼，就带着小乐子，往后面去了。

后院里，暗沉沉的，一口狰狞的大棺材散发出凝固的血色。北屋门口，已经用松柏枝和白布条扎结好灵堂的大门。走到里面，里面黑漆漆的，正中间用两只长凳支起的门板上，头南脚北地搁着死尸，死尸头边点着一盏半明不灭的长明灯，前面挂着巨幅的孝帏，案上供着未点的香烛，里里外外阴气森森，看不见一个活人，只有漆黑的西间有两只可怕的亮晶晶的绿色猫眼，一动不动地窥伺着。

宋占魁倒抽了一口冷气，退出来，站在台阶上大声喊道：

"怎么没有人？来人哪！人都死到哪儿去啦？"

从西屋出来两个女仆，默默地走过他的身旁，勉强地守灵去了。

宋占魁和小乐子又来到东边的菜园。菜园里，一排低矮的土屋亮着灯光，长工们正在吃晚饭。那边碾坊里面，禁闭着高老墨等几个农民；碾坊旁边一个放破烂东西的小黑屋里，则关押着王小龙。宋占魁特为走过去，一一察看。他看见碾坊的门上挂着把大锁，那小黑屋的两扇门上却挂着一把小锁，还拉开一条门缝，门缝里露出两只黑眼睛在暗中张望。在这两个门前，护院的二混子（红眼狄廉臣的儿子）横着大枪走来走去，正在看守。

"二老爷好！"年轻的二混子带着流氓气，毫不严肃地向宋占魁打招呼。

"就你一个人吗？"

"报告二老爷，还有郭荣，他先吃饭去了。"

"你们可注意点儿呀！"老狐狸特别指指那个小黑屋。

"错不了，老爷！"二混子保证地笑着。

宋占魁走开去，看见靠东的一长溜牲口棚，檐下挂着三盏马灯，警卫班的十多匹马儿也在这里槽上吃草料。一看马鞍都卸下了，他立刻命令重新都备好鞍，仍然拴到大门外去……

5

四匹快马自东而来，飞驰到大清河的岸边。杨花脸和其他三个人从马上跳下来，遥望河的西岸。

夜的大清河，笼罩着诡秘的气氛。风吹芦苇的沙沙声、流水深沉的呜咽声，都引起可疑的感觉。谜一样的夜雾，使对岸的一切都显出不可测知的朦胧。连暗蓝的高空，那稀疏的星儿都奥秘地闪烁着狡猾的眼睛。

"焦老冲！焦老冲！……"

"他妈的，怎么没有回音？"

"瞧，那不是他的灯光？"

望得见鬼火似的一点灯光若隐若现地闪烁，可是喊了半天，仍然没一点动静。

"这是怎么回事？"

"听，好像是锤子的声音！"

"啊，我看见了，老家伙好像在修船呢。"

杨花脸本来就没好气，他有一百个原因不愿意挪窝儿，因此那突然的调防命令深深地激怒了他。他认为事先也未曾与他商量，这样的命令简直是难以接受的，但他不便公然违抗，所以一方面按兵不动，一方面亲自前来，企图当面缓冲，心里可老大的不高兴。他今晚刚巧还喝了不少酒，满肚子火气正无处发泄呢。

"真见他娘的鬼，船怎么坏了？"

"刚才我们来的时候还是好好的。"

"拿长枪来！我不信打不死这老忘八！"杨花脸喷着酒气，咔嚓就顶上了子弹。

"慢着！有回音了！"

"听，是他女儿的声音！"

"来——了——！杨——队——长——！等————一——等——！"

"瞧，老家伙还在那里修船呢！"

"啊呀，可能是来只小划子，这几匹马怎么办？"

"真见鬼！老子先过去跟这老忘八算账！"

小划子来得慢极了。到了岸边，焦五妮说：

"队长，我爹请你担待点，大船漏水了，只好用小船渡你们。"

杨花脸骂骂咧咧地跳上船，另外两个也跟着跳上去，小船剧烈地摇摆着，三个人一齐蹲下来用两手抓住两边的船舷。依照杨花脸的命令，只留下一个人牵着四匹马，在岸上等候。

焦五妮那瘦小的身影站在船尾，默默地打着双桨。哗哗哗！哗哗哗！水声虽然很响，小划子却吃力地、缓慢地前进着。

"快一点！老子还有要紧的事情呐！"杨花脸坐在船头，拿着手枪，狠狠地说，"真奇怪，大船怎么就坏啦！吓，瞧着吧，老家伙要是故意捣蛋，他妈的，这一回准叫他喂忘八！"

哗哗哗！！！哗哗哗！！！

一对大黑眼睛隐藏着仇恨，忽闪忽闪地瞅着他。

过了河心，小船离岸还很远，突然听见几声枪响，是龙虎岗那儿传来的，接着又是一阵阵紧密的枪声，夹杂着手榴弹的爆炸声。杨花脸他们惊呆了：

"这是怎么回事？"

"是这么回事！"焦五妮斩钉截铁地回答，小划子忽然一侧歪，立刻翻了个底儿朝天。从水里扎猛子来到的几个年轻民兵，还有宋旺和五妮一齐动手。

"我叫你凶！"焦五妮抓住杨花脸，亮出匕首。

等候在东岸的那个小兵，也突然被水淋淋的来顺、傻柱子从背后用刀子攮死。

把死尸抛下河的时候，柱子笑着说：

"啊哈，缓兵之计，演成了水淹七军！"

6

杨英乘敌人大部分出发，小部分分散在村里吃晚饭的时候，赶忙带了一部分手枪队——从武工队挑选的精锐武装，由地道摸到宋家大院的下面来。这地道还是当初区委会驻扎在这里时秘密挖掘的，少山他们回来后，曾经带领民兵，从村外的秘密出口下去，清理和修整了这一段地道，当时曾发现原来的入口被什么笨重的东西压住了。这入口是在后院北屋的西里间，正好是骷髅养病的房内，方砖地上看不出任何特殊的痕迹，但其实靠墙有四块方砖是固定在一块托板上，可以往墙下推移的。据后来了解，是上面放了一只硬木的立柜。今天内线周天贵趁死尸抬到堂屋，把立柜也挪开了。

杨英他们的计划是很周密的：只要从地道口一出来，就由内线带路，悄悄密密，直奔宋占魁和黄人杰所在的房屋，必然手到擒来；同时里应外合，解决警卫班和护院的；这里一打响，偷袭伪自卫团的一股子人也立刻动手。

可是，意想不到的事情发生了。王小龙看见管押他的是二混子——这二混子过去在李玉当政委的县大队上干过一时期，小龙跟他很熟悉——于是就在门缝里悄悄地对他作开了宣传教育工作。二混子怕共产党一旦真的重新得了势，他自己吃不开，也就乐得做个人情，趁郭荣还没回来，就开开房门，放小龙出来解手。到了茅厕跟前，王小龙突然一个箭步蹿过去，拔开了大门闩，从后门逃走，钻进黑暗里去了。二混子假装大喊大叫，开枪追捕；北边四个小碉楼也全打开了枪。而潜伏在前面杨树林和后面梨树园里边的两股武装——武工队和基干民兵的混合组织，分别由魏大猛、宋辰所率领的，都以为杨英他们在里面打响了，也就两下里逼近宋家大院，企图用火力封锁前后门。同时，丁少山所率领的区小队听到枪声，也就闪电般冲进伪自卫团的院子，向屋里扔开了手榴弹。然而这时候，杨英一伙人才刚刚摸到地道口，还没有上来呢！

他们在地道里听到枪声，一时不知道上面发生了什么事，正在怀疑地倾听，忽然入口的暗门被推开了，宋家的长工周天贵的声音在洞口低低地，但着急地喊道：

"杨政委，杨政委，你们来了没有？"

"怎么样？出了什么事？"

"糟了，王小龙逃跑，二混子一开枪，前前后后都打响了！"

"随我来！"杨英愤怒地喊了一声，举着手枪就往外钻，"快！快！"她又低声朝洞内喊，"大家动作要迅速，别让老狐狸跑掉！"

他们跟着周天贵，急急从黑暗的里屋出来，经过死尸旁边，跑过后院，来到前面时，护院的头儿王大狠已经被他的副手崔凤池（也是内线）用枪逼着，正在吹哨集合护院的队伍；但是宋占魁和黄人杰他们已经不见了。

当前前后后枪声一发作，老狐狸就知道事情不妙，立刻指挥警卫班往外冲。大门外面，哨兵们和一小部分刚刚回来的士兵，已经和魏大猛他们接上了火。警卫班的两挺机枪，也在影壁两旁扫射起来。魏大猛他们一时无法接近大门，但他们分成左右两股子，隐在黑暗的林子里打得很凶。只见白色灯笼光下，从屋里冲出的和从街上盲目跑回的敌人死伤不少，倒下的马儿则引颈长嘶。混乱中，那辆黑色卧车和七八个骑马的敌人，却终于在猛烈火力的掩护下冲了出去，顺着向北通涿县的大道飞驰去了。

幸亏杨英他们预先估计到：那老狐狸是非常狡猾的，万一他漏网逃跑，东边被大清河所阻，西边和南边回县城的大路他一定不敢走，相反，他必然往涿县方向逃跑，因此杨英派老贺率领了大队民兵，早在这大路的两旁埋伏好。当汽车进入伏击圈时，一声号令，手榴弹纷纷飞出，汽车炸坏了，有两匹马也连人炸死在路上。车内被俘获的有缩成一团的活阎王、吓得半死的小尖头和挤成一堆的笑面虎跟几位女眷。可是宋占魁夫妇和黄人杰，却骑马落在后面，和另外两三匹马一起越过庄稼地，逃走了。

卷　二

第十一章　重逢

十子连珠枪，

咚咚地打在身上，

不痛了还不容易好，

就像我爱情的创伤。

——民歌

1

秀女儿来了。

程平派她来帮助河西地区的工作。

她是跟分区党委城市工作部部长蒯爱卿一同来的。蒯爱卿是一个五十多岁的老同志，略显肥胖的脸上，胡须楂楂都发白了。他剃了光头，穿着长袍，看起来完全像个商人模样，连警卫员也没有带，就凭着伪造的身份证和几个可靠的社会关系，准备进城去检查工作。

这期间，宋匪在河东的队伍已经全部撤回。他们曾屡次袭击龙虎岗，可是每一次，杨英他们都事先获得城里送出来的情报，有了充分的准备，而群众的情绪又很高，加以高房堡垒和战斗地道的巧妙运用，每一次都粉碎了敌人的进攻。从此龙虎岗这一带的局面日益稳定，各村的反奸清算运动也蓬勃展开了。

秀女儿和蒯爱卿来到龙虎岗的时候，天还没有黑，焦五妮领他俩直接到杨英这儿来。

杨英还住在东头。她让老贺、丁少山搬到宋家大院，跟他俩正式成立了区委会，老贺还兼任区长。不过杨英和李小珠仍住在老墨家的东屋。啊，如今，她们每天都能见着太阳了。可是杨英在地道里犯的风湿性关节炎却发作起来，现在正躺在这小破屋子的土炕上，用被子垫在背后，看着党的文件，思索着什么，在小本子上写着什么。

秀女儿突然跑进来，杨英惊喜地叫了起来："哎呀，这鬼，是你呀！"她立刻张开胳膊，和秀女儿拥抱起来。正在北屋帮助老墨婶做饭的小珠，听到声音也立刻跑来，三个人拉着手又说又笑，多么欢腾呵。

杨英看了组织介绍信，知道党是派秀女儿到区委会来工作的，心里更是高兴。

蒯部长只和杨英简单谈了一下有关的工作，就忙着上路，杨英叫高良子和另外一个民兵护送他到千家营去了。虽然，千家营重建的伪自卫团也已经被消灭，但那儿还是敌来我往的游击区，不能不加倍地小心呀。

"快告诉我，有什么新消息？"杨英急切地问秀女儿。因为最近从城里传出来的消息，说蒋匪军侵占了张家口，杨英不知道这消息是否真实。

秀女儿似乎明白她问这句话的心思，一面从背包里拿出她带来的一卷最新的《冀中导报》和几卷其他文件，一面正色说：

"张家口是确实退出了。这次战役，咱们晋察冀部队歼灭了敌军两万二千多人。"

"哼，"杨英冷笑说，"蒋介石打中原、夺淮阴、抢安东、拿承德，现在又占张家口，前后赔了二十多万大军换一些空城，不是找死吗？"

接着，她看到报上蒋介石悍然命令召开伪国大的消息，不禁愤恨得咬牙切齿，坐起来把报纸一拍，说道：

"好，你独裁，你卖国，你反动到底吧！这样一来，老百姓会看得更清楚！哼，你蒋家王朝的死期就不会远了！"

匆匆吃过了晚饭，李小珠跟良子兄妹，到来顺家开本村的青年积极分子会去了，杨英准备带秀女儿到区委会去，还准备带她参加本村的党支部会议。她左胳膊横搭在秀女儿的肩背上，两个人出了篱笆门，顺着村边的小路慢慢地行走。

月亮升起还不高，而且是残缺不全的。但暗黑的树木、村舍，连同大路上和高房上放哨的民兵，乃至民兵肩上的大枪，凡是向着月儿的一面都被照亮了。收割过的田野，沐浴在柔和的青幽幽的月光里。望得见各处打谷场上，人们正在紧张地连夜打场、扬场，那扬起来的谷子或高粱，在月光里忽闪闪的，灿然发亮。连枷富有节拍的音响从四面八方传来，夹杂着某种机轴不停转动的声音。

"那是什么声音？是机器吗？"秀女儿奇怪地问。

"对了，是脱粒机。"杨英笑着说，"你这乡下大姑娘还没见过吧？其实这种机器极简单，听说天津郊区使用的不少。三年前，宋家大院从天津日本商行买来六架脱粒机，在这儿也算稀罕了。现在老百姓决定，把机器都搬出来，排了日程，大家轮流用。"

于是杨英告诉秀女儿，前些日子，老百姓白天抢收抢打，打下来的粮食各找最秘密的地方埋藏起来；一到晚上，不是小会就是大会，男女老少都投进了反奸清算运动。有些人诉苦把嗓子都哭哑了，有些人算细账算得一宿都睡不着觉。真是，反奸生产两不误，日夜都很紧张。从昨晚起，好容易说服他们，翻身团停止开会三天，让大家也好歇口气，然后准备进入开斗争大会的阶段，可是，他们还是不肯歇。瞧吧，又连夜在突击生产了。

"怎么，你们这里组织了翻身团？"

"是呀！"杨英笑道，"你看新鲜不新鲜？其实就是贫雇农团。可本村的贫雇农说：'咱们要翻身嘛，就得叫翻身团！'我说，好呀，就叫翻身团吧。嗨，哗啦一下子，各村全叫开翻身团啦！"

"农会组织起没有？"

"包括一切中农在内的农会，也马上要组织了。"

"哎，"杨英又感动地说，"群众的情绪实在高！秀女儿，不知道为什么，我总觉得，咱们冀中的农民，觉悟是特别的高！"

她接着又自嘲地说："其实，除了冀中，我又去过哪里呢？只有阜平是例外，可是阜平的老乡们，哎呀，那真是，比亲人还亲！"

杨英还告诉秀女儿，最近她以本村作为全区工作的试点村，深深体会到毛主席的领导方法——除了领导与群众相结合，还要一般与个别相结合，即突破一点、取得经验、指导全面的方法，是多么重要、多么好。

"秀女儿，你说是不是：百闻不如一见，百见不如一干嘛！"

一路上，杨英热情地说着话，秀女儿沉思默想地听着，间或插问一两句，到后来，她耳朵在听，思想可开了小差。不知怎的，她想起日寇"大扫荡"的时候，似乎也是同样的月夜，她和小梅扶着陈大姐四处逃跑，病了的陈大姐浑身都烧得滚烫；又想起了抗战胜利那时候，小梅刚被救出来，似乎也是同样的月亮低低地照着，小梅的左胳膊勾着她的脖子，右手拄着一根棍，压过杠子的两条腿，那么艰难地行走着……

"这鬼！怎么跟你说话你听不见呀！"杨英转过脸来，对秀女儿嗔怪地笑着，"哼，秀女儿，我说你变了，你真变了！"

秀女儿比杨英小几岁，跟王小龙的年龄差不多。杨英觉得，她那玲珑好看的身材似乎拔长了一些，鹅蛋形的俊秀的脸儿也显得消瘦多了，但变化最大的是她的眼睛，她的眼睛的神情，不再天真、活泼、调皮和逗人喜爱，而是又端庄，又矜持，还使人感觉到略显呆滞、略带忧郁的味儿。

杨英对秀女儿的这一看，使她忽然想起了秀女儿和小龙之间的关系——这种关系她已经听说了一些——于是她心里感到一阵隐隐的难过。她同情地望着秀女儿，想说一些宽慰她的话，又不知从哪里说起，不觉叹了一口气，抱怨地、遗恨地说：

"秀女儿，我告诉你，小龙可变坏了，真变坏了！他的个人主义、自由主义已经发展到很严重的程度。唉，真使人难过！"她数说了一连串事实，特别是那天晚上，宋占魁本来是可以捉住的，却由于小龙的个人行动，使老狐狸获得了逃跑的机会。她还谈到他们从地主家小姐金梅阁的房间里发现一张字条，后来查明，那竟是王小龙给金梅阁写的。

秀女儿睁大眼睛看着她，注意地、痛苦地听着。

"他现在在哪儿？"沉默了一会儿，她问。

"他肩上的伤还没好，就在本村民兵来顺家养伤。我们准备过几天，等他的伤口痊愈了，在党内开一次会，专门讨论和处理他的问题。秀女儿，正好你来了，你也可以帮助帮助他。"

"不，小梅姐，我最好是……"秀女儿伤心地摇了摇头。

2

村外各个大路口，和村边一些高房上，都有民兵在放哨，远远地就向她俩喝问口令；这在秀女儿看来，村庄的戒备是很严密了。她俩一路走过去，还屡屡遇到民兵巡逻小组——那些生气勃勃的青年民兵，腰间别着手榴弹，手里提着大枪，有的枪上还上着刺刀，大家一个跟一个地，走成整齐的队形，郑重其事地在执行任务，使人看了多么高兴呀。

"这村以前的民兵队长丁少山，是一个复员的残疾军人，现在当了区小队的队长，你看他把这些青年训练成啥样儿啦！"杨英对秀女儿夸耀地说。

她俩来到宋家大院。门口站岗的民兵向杨英敬礼，还笑嘻嘻地问：

"政委，吃了吧？"

"吃啦。"

"怎么，你的关节炎又发啦？"

"不要紧，"杨英笑着答，又拍了拍秀女儿的肩，"这是咱们区委新来的干部。"

民兵又敬礼，说：

"请进吧。"

她俩经过前院，听见大客厅里传出来一阵压抑的笑声。灯光不太明亮的客厅，门儿开着，杨英望见被扣押的地主笑面虎的背影在客厅当中站立（他的洋服皱缩而且污脏），正在点头哈腰地说：

"是是是，是是是。不过……我说的也实在是真话。我是向来信奉孙中山，主张'耕者——有其田'的。"

"瞧，他又在给我们转文啦！"望得见，是红脸宋旺在大声说，"我问你，我的老爷子，你'转'什么？"这一问，许多人又禁不住笑了。

"我……我是诚心诚意地献……"

"我们不用你献！你这个心掏出来狗也不吃！"

于是，又一阵低声的哄笑。

"这是本村的翻身团办事处，里面才是区委会。"杨英笑着，对秀女儿说，指引她往后院去。

后院北屋里，区委兼区长的贺家富，正在接待一溜鱼池的三位贫雇农代表。他请来帮忙的几位高小学生，则聚集在桌上的灯光下，正在画表格。看见杨英她俩走进来，那三位老乡都热烈地站起来招呼，其中一个女的还说："啊呀，您的寒腿又犯啦！"

杨英连说"不要紧"，还顺便把秀女儿也给他们介绍了一下。老乡们笑着喊"欢迎"，有的还鼓掌。

坐下以后，杨英没有跟老贺谈工作，先同老乡们闲谈起来。她笑着埋怨说：

"唉，怎么搞的，不是叫你们休息三天吗，怎么你们都不休息呀？"

"嗨，政委，瞧你说的！"那个中年农民不以为然地笑道，"你们为我们的事还日夜操心，我们为自个儿翻身还能不上劲啊？"

"杨英！"那个长胡子的瘦老头——杨英记得他有个奇怪的外号，叫"绣荷包"——亲切地叫着，"刚才我给老贺念了一首诗，是我在路上琢磨的，也念给你和这位新来的同志听听好不好？"接着他就得意地念道：

宋家气焰满河西，

剥削农民到犬鸡；

毕竟有乡还不得，

大门楼上插红旗。[1]

"好好好！"杨英和秀女儿都打心眼儿里赞美着。

老头捋着发黄的胡须，一本正经地说道：

"好是好，可老百姓还不解恨呵！刚才我们向老贺要求，这回不管他活阎王死阎王，统统杀了，痛痛快快报个仇吧！要不杀，你放虎归山，到头来再让老百姓哭一次宽大政策吗？"

"我们也不怕老狐狸来报复，他要来总要来的，我们豁出去跟他干啦！"那衣衫褴褛、瘦得可怜的妇女狠狠地说。她怀里还抱着一个吃奶的、骨瘦如柴的婴儿。

"就是这样，我们豁出去跟他干！"那厚嘴唇的中年农民也坚决地附和着。

"还有土地，我们坚决要分！"瘦老头继续说，"这是毛主席给我们的权利嘛！谁说我们这儿还不能分？我们哪一样条件不如人家？什么反奸清算，什么土地改革，我们要一锅烩！"

"一锅烩！"杨英眼睛发亮，有意思地望望旁边的老贺与秀女儿。

正在这时候，王小龙在门口探进头来，他的头发梳得怪漂亮，身上还穿着一件旧的黑呢制服——也不知是从哪儿弄来的。一见秀女儿，他惊诧地怔住了，接着就脸红红地走进来，跟她招呼、握手。秀女儿脸发白，勉强地与他握手，自己也不知道说了些什么话。

王小龙请杨英到屋外，小声说：

"政委，我没有别的事，只有几句话……我想向你建议，区委会最好还是请宋老师当秘书——他回来后也是挺积极的，免得写个最普通的条儿也要

[1] 此诗借用田汉诗，略加修改。

闹许多笑话。……还有梅阁，听说她病了；还有她姐夫……"

"她姐夫怎样？"

"他正在献地，"不知为什么，小龙悻悻地说，"过去的事实证明，将来的事实也会证明，他确实是很开明的。对于他这一家人……尤其是过去的青会干部……"

"小龙，你有什么意见，你直截了当地说吧！"

"我只希望……赶快把他们……释放。"

"你还有什么意见？"

"没有了。"

"那么，我告诉你，"杨英干脆地说，"这些问题，区委和农会会适当处理的，你最好还是躺下来，好好儿养你的伤，好好儿想想你自己的错误吧！"

"不过，"杨英已经想走了，又补充道，"你要是实在不放心，一会儿就在支部会议上提出来，也可以！"她显然抑制不住自己的愤怒了，说完就反身扶着门框，进屋去了。

第十二章　一场争论

狗熊戴帽子，

混充人样子。

——民谚

1

一小时后，裴庄和东西甜水井也有贫雇农代表来找区委会。可是时候到了，杨英只好留下贺家富，自己带着秀女儿，到前边东跨院西屋，原来小尖头卧房的外室，参加本村的党支部会议。

这个支部，原来的绝大部分党员都牺牲了，剩下的除老贺外，就只有丁少山和不久前刚恢复组织关系的宋旺。此外，正在本村养伤的王小龙和新近吸收入党的老墨、周天贵、石漏媳妇，也都出席了会议。

但是，还有两个颇成问题的党员，那就是小学教师宋卯和二混子的父亲——红眼狄廉臣。

龙虎岗解放以后，宋卯就从保定回来了。他把一张私人医院的证明书，郑重其事地交给了杨英。证明书上写着"宋卯先生患严重神经衰弱症，经

本院大力医治，现已痊愈，即可恢复工作"云云。至于给敌人管理过粮秣的
"狄先生"，则以干过地下党员的功臣自居。他俩互相吹嘘、互相作证，奇怪
的是，还得到前青会主任王小龙的支持。

"以前谁也不知道狄廉臣竟是共产党员，"杨英曾严厉地责问王小龙，"就
是你也从没有提起过呀！"

"那是因为，我看你对宋卯很不满，所以我想，更不用提狄廉臣了。"小
龙又分辩说，"可他确实是李政委亲自发展的秘密党员，由宋老师单线领导
的，不信你写信给李政委去问好了。"

至于，在先前的情况下，李玉干吗发展这样一个秘密党员呢，却连小龙
也不知道。

那时候，杨英与老贺、少山曾商议了很久，最后是这样决定的：在彻底
调查清楚宋卯、狄廉臣的事实以前，姑且不作结论，而暂时编他俩为独立的
小组，由杨英直接领导。因此，今晚上党支部会议，也并没有通知他俩来参
加。可是，不知从哪儿得到了消息，他俩竟气昂昂地闯进来，俨乎其然地出
席会议了。

杨英与少山、宋旺两个支委，正在里间谈话，听说这两位先生来了，杨
英气得皱了眉，立刻怀疑是小龙报的信。当时，要按照宋旺的意见，这次会
议就算吹了，以后再另定时间举行。可是少山说："怕什么！既然来了，就
让他俩参加好了。是狼是狐，不妨让他俩给露出尾巴来瞧瞧！"杨英考虑
后，赞成了后一种意见，并为应付眼前的复杂情况，原定宋旺担任的主席，
临时改由支书少山执行。研究完毕，他们从里间出来。周天贵踮起脚，把一
盏挂灯的玻璃罩子里面的灯芯儿拧了拧高，越发明亮的光线照耀着华丽的家
具陈设，以及这一伙穿长袍的、穿短褂的、穿破旧军装的，或是穿洁净制服
的，散乱地坐着的人们。会议就在一种特殊的气氛中开始了。

"我有个问题想提出来问一下，"想不到宋卯竟首先发言，他那煞白的瘦
脸儿上，显出非常严肃的神气，"杨同志，咱们是不是应该按党章办事？"

使杨英奇怪的是，以前在白杨林里那么鬼鬼祟祟的胆小鬼，如今却煞有介事地坐在椅子里，这么骄矜地望着她。同时，她瞥见王小龙坐在一个不受人注意的角落里，正在低着头吸纸烟。

"你有什么意见，你具体地提吧！"少山那吊眼皮的眼睛瞪了宋卯一眼，严正地执行着主席的任务。

"如果应该按党章办事，"宋卯继续说，"那么，有几件事情就很奇怪：第一，为什么有些党员，而且还是老党员，竟可以被排斥在支部以外？第二，为什么早就停止了党籍的可疑分子，居然可以混在党内，还高踞支委之职？而原来的支委，至今还活着的，又是谁——根据什么理由，通过什么手续——把他撤了职？第三，为什么有的人又当支书，又任区委，难道整个党都要由个别分子包办不成？以上三个问题，我首先要请分区派来的杨同志，根据党章给我个清楚明白的解释！"

新来乍到的秀女儿，看见党的会议上，竟有人这样气势汹汹地责问领导人，感到很惊讶。但她看见，那年轻的残疾军人却是很镇静地问：

"杨政委，怎么样，有没有必要回答这样的问题？"

"可以回答！"杨英往后甩了一下头发，很坚定，却也很从容地说，"第一，党员都应该参加支部，这是毫无疑问的，只有特殊的情况才产生例外。譬如狄先生，你从前不是没参加支部吗？"

"是，是，没参加，没参加。"狄廉臣两手放在膝盖上，恭敬地赔着笑脸儿回答。

"瞧，可见例外是有的！"杨英继续说，"第二，所谓停止了党籍的'可疑分子'，经过党审查，结果是并不可疑，再加上上级党委的批准，当然就可以恢复党籍，也当然就有被选为支委的权利。至于原来的支部，早已被敌人所摧毁；原来的支委，即使有个别的还活着，也早已不起作用。那么后来重新建立的支部，当然要重新选举支委会，这里谈不到什么撤职不撤职的问题。第三，个别区委兼任支书，那是在人手极少的情况下，实在不得已的办法，我们的目的是要把党的工作做好。这些问题如果还有不明白的，会后还可以找我个别谈。现在咱们应该集中力量，讨论工作中的重大问题。"

"这样说来，"宋卯很愤慨，"我，居然成了例外！居然，没有资格参加这个会议！"

"不，这次会议，支委会已经同意你俩参加，还得到了杨政委的批准，"丁少山解释，"不过谁要是不愿意老老实实参加，还请他不如早早离开！"

看见这两位长袍先生一个虎着脸、一个赔着笑，都坐着不动，丁少山就挥一下左手，宣布说：

"好，现在开始讨论反奸清算问题。"

2

"我先说说！"那黑黄脸儿、矮小身材的石漏媳妇慌忙说，仿佛执行着预定的计划似的，"这几天，我们翻身团妇女组讨论，宋家大地主的压迫账、剥削账，摆上一百个算盘也算不清了。大家说，干脆，把他家一切土地财产，全拿出来分了就结了。要说斗争对象，那宋氏三霸，本来是一家，只要是他一家的人，不论男女，哪怕是一个崽儿，也没有个好东西。既然，他家害死的人、杀死的人、作践死的人，多得人头都数不过来，那么，就算把他一家人全杀了，也抵不了那么多的命。没法子，就算一命抵十命吧，干脆拉出去，也不用开斗争会了，全崩了完事儿！这是我们大家的意见，你们看怎么着？"

"我看……斗争大会还是要开，"平常沉默寡言的周天贵，这时候慢慢地思虑着说，"不斗争不能讲理，也不能出气嘛！你说，"他忽然转脸瞧着石漏媳妇，"杀那些小崽子干什么？不是'冤有头，债有主'吗？"

"对啊，"宋旺赞成说，"要杀，就杀那头儿、主儿！"

"我们妇女不同意！"石漏媳妇胸有成竹地抢着说，"哼，不把狼窝掏干净，断绝不了吃人精！"

"说到他家的土地、财产，"又黑又瘦的周天贵，并不与她争辩，只是冷静地考虑说，"那……不分怕不行，可光粮食，这笔账怎么还得清？嗨，差得远哪！"

已经被选为翻身团主席的高老墨，摸摸梳形的胡须，汇报似的说道：

"根据我们翻身团各小组的讨论，意见很多，可归结起来也不过几条：第一是恶霸一定要杀，不杀可要留后患；第二是恶霸的全部家产都得拿出来分，不然账还不清；第三是，"他热切地望着杨英，特别着重地说，"大家都盼着分土地，问我们：'一步路干吗分两步走呢？'"

说到这，会上就有两三个人出声附和。

秀女儿看见，坐在角落里的王小龙，脸色激动，显然他再也忍不住了，举手道：

"主席，我有个意见！"

"说吧！"

"我认为，群众的斗争情绪很高，这是好现象；不过群众不懂得政策，必须我们去开导。首先，现在进行反奸清算，并不进行土地改革，怎么能分土地呢？土地，不到改革的时期，是谁也动不得的。要说，'一步路干吗分两步走'，那么，两步路怎么并一步走呢？……"

"为什么一定是两步，就不能是一步呢？"周天贵单刀直入地问。

"主席，请注意秩序！"小龙红着脸，显出不屑理睬周天贵的神气，继续说，"所以，按政策，土地是不许动的。其次，谈到斗争对象问题，我看更得慎重。就说宋家三兄弟吧，老三是进步的、开明的，向来站在咱们这一边，现在还没开始土地改革，他可已经在献地了。对于这样的开明分子，当然不能斗，而是要团结，乱打、乱杀，更是政策所不许的……"

"哦！连这样的恶霸也不能斗？"宋旺奇怪地问。

"这是什么党的政策？"石漏媳妇也愤愤地责问着。

"主席！"小龙又红着脸儿，望着丁少山，"要这样，我就停止发言了！"

"嗨，有什么你就说吧，还这样讲究！"少山责怪着。

"那，我不说了！"小龙赌气说。

哎呀，秀女儿是多么替他害羞，多么对他恼恨呵！只听见宋卯气呼呼地问：

"我有没有权利发言？"

"那太欢迎啦！"

宋卯站了起来，先咳清喉咙：

"我本来不想发言，可是这会议好像并没有领导，大家光是乱吵吵，我就不能不说话了。同志们，请问：什么叫反奸？反奸者，就是反汉奸。在日伪时期，那些并未当汉奸，甚至对抗日有功的人，现在够得上被反的条件吗？再者，我请问：什么叫清算？清算者，就是要算清，就是该多少，还多少，要一清二楚。那怎么能含含糊糊，拿人家的土地财产瓜分呢？这就是反奸清算的最起码常识，请大家注意。

"其次，同志们，我还要请问：这里是什么地区？很明显，这里既是新区，又是边缘区。而新区、边缘区者，政权不巩固，地处很危险，敌人几步就到，所以不宜进行土地改革。这可不是我的发明，而是党的政策，也要请大家注意。"

由于会场肃静，他脸上更显出骄矜之色。

"再其次，这里还有个问题。请问：什么叫群众？群众者，普通老百姓也。他们目不识丁，连党的文件都没看过，又怎么能懂得党的政策呢？所以群众常常是盲目的，必须加以领导。然则，又什么叫领导呢？领导者，就是有马克思主义理论修养，又有革命工作实际经验的同志所组成的党；在本地区的范围来说，党——就是我们。因此，现在的问题是，我们这些领导人，究竟是站在群众的前面，领导群众走正路呢？还是做群众的尾巴，跟着胡来蛮干，竟一条道儿走到黑呢？在党的会议上，恕我不客气地说一句，现在咱们河西地区的工作，整个儿搞乱了。尤其是咱们龙虎岗，一切都陷于自发、自流！党的领导是涣散的、无力的，简直不起作用！因此，许多偏向都发生了。譬如：连抗日有功的开明分子，也关押了；连一向积极的女干部，也扣留了；连什么都不懂的老娘小崽儿们，也监视起来了；连地下党的有功之臣，也不要了；连朝气蓬勃的青年干部，也踢在一边了；一天到晚，就是开会乱嚷嚷，什么问题也不能解决；竟还有人主张乱打乱杀，想完全违反政策办事。这样下去，还不越搞越乱，越搞越糟吗？

"同志们，这些错误，我想也不能完全怪杨英。我早说过，远客生地两眼黑嘛！她本领再大，不熟悉情况，又有什么用？正像俗语说的，东庄的土地到西庄也不灵啊。因此，我们大伙儿都得担负起责任来，赶快改组党的机构，赶快树立正确的领导，赶快扭转这可悲的局面！这就是我要提的初步意见。"

呵，秀女儿真没料想到，这龙虎岗党内的情况，是多么复杂呀。在宋卯发言的时候，她注意到：人们的脸上越来越显出气愤的表情；但小龙却面有喜色，对那位先生不时投过去敬佩的眼光；而杨英呢，始终不动声色地望着宋卯，她那略显苍白的脸上，只有最熟悉她的秀女儿才看出，一种几乎难以察觉的冷笑。

宋卯讲话结束后，立刻就有三四个人抢着要发言。但主席坚决地向他们一挥左手，说："等一等！"却转向那一直谦恭地赔着笑脸的狄廉臣问道：

"狄先生，你有什么意见？请你也给我们说说吧！"

"我？嘻嘻，没有没有！"

"嘿，"少山心里想，"经纪的口，判官的笔。你当经纪人的，谁不知道你的厉害！怎么今天你嘴上贴封条啦？"

"还是说说吧，"少山带笑催促道，"这可是说话的好机会啊！"

"是是是，不错不错！今天，真好的机会啊！嘻嘻嘻，兄弟，学习，学习！"狄先生恭而敬之地拱了拱手。

可是，人们却再也忍耐不住了。

"为什么不让我说？"石漏媳妇嚷道，"他笑面虎，前两年带头减租，十停里倒有八停是明减暗不减，剩下的两停今年三倍倒算，还拔锅卷席地抢，难道有谁不知道？"

"究竟他抗了什么日，立了什么功？"红脸赤颈的宋旺也嚷嚷，"他不是汉奸的家属，一直仗势欺人吗？"

"金梅阁又算什么干部？她小姨子姐夫，不是穿的一条裤子吗？"

"前几天，大伙儿倒是诉了苦，算了细账。可是，打咱祖上起，这笔血泪账还能算得清吗？！"周天贵愤慨地说。

"他家哪一块地、哪一栋房，不是穷人的血汗？"老墨叔也责问道。

"不分他家的地，还清算什么？"

"毛主席计我们分地，为什么地又动不得？"

"不分地，我们还受他的压榨不成？"

"还有，这村的工作是不是搞乱了？"丁少山问。

"谁说搞乱了？"宋旺嚷道，"杨政委把咱们村'试点'，哪一家哪一户她不熟悉？谁说她没有领导好？"

"我看呀，"周天贵说，"黄土里的蚯蚓，到黑土里也照样拱得动！"

"好老百姓谁不拥护杨政委？只有那些——哼！"石漏媳妇满含讥讽地望望宋卯。

"岂有此理！"宋卯瞪着她，"你这是开会还是吵架？"

"谁像你？骂人不带脏字儿！"石漏媳妇毫不退让地说。

"现在，请杨政委给我们指示！"少山忽然宣布。这意见，立刻得到大部分人的拥护。

3

"好，我也来说几句，然后大家再讨论吧。"出于某些人的意外，杨英的脸上，竟带着平静的微笑，"今天的会，倒开得怪热闹的，是不是？好些人都发了言。不过，依我看，话不在于说得怎样好听，而要看究竟是替谁说话！

"现在，我先来说说反奸清算问题。什么叫反奸？依我看，反奸的奸，是奸细的奸，也是奸恶的奸。因此，无论是汉奸、恶霸、大坏蛋，只要是欺压老百姓的人，咱们都要反！你们说对不对？"

"对！"人们喜形于色地应和着。

"我再说，什么叫清算？依我看，清算的清，就是清账的清。这一回，咱们要跟恶霸清账，不清可不行，不清就是不彻底，不彻底老百姓不答应。因此，他剥削的、霸占的所有土地、房屋、农具、牲口，全部得吐出来！你们说对不对？"

"对啊！这才公平！"人们狂喜地喊，胜利地望望脸色越来越难看的宋卯，和低头抽烟的王小龙。

"前些天，大伙儿诉了苦，算了细账，这是让大家摸一摸伤口想一想痛。本来，血一点，泪一点，血血泪泪多少年呵；这祖祖辈辈的血泪账，正像周天贵说的，难道还能算得清吗？试问：我们父亲的血，究竟多少钱一斤？我们母亲的泪，究竟多少钱一升？

"俗话说：不杀穷人不富；又说：财主的金银，穷人的性命。可是，这里偏有人说：笑面虎，是好人。哦，难道，吃人的虎狼，竟是佛爷的心肠吗？我看，是非出在众人口，还是虚心一点，听听群众的意见吧！"

杨英的话，说得老墨叔连连地点头。

"至于群众，究竟什么叫群众呢？群众，主要就是劳动人民；群众，有句俗语说得好：众人是圣人。你信不信？两只眼睛看不到，十只眼睛也许还看不清，可是千万只眼睛全瞧着，就能把什么都看透了。再说，一个人的智慧、力量不够用，众人的智慧、力量无穷尽。我们凭什么瞧不起群众呢？当然，群众是要领导的。可什么叫领导？领导，就是群众当中的无产阶级，特别是无产阶级当中的最先进分子组成的先锋队，也就是共产党，带领群众向前进。因此，我们坚决相信，群众是能够自己解放自己的。我们不需要有人来为我们担心！我们更不需要从天上忽然掉下来什么领导人！你如果根本不是群众中的一分子，或者说，你如果还没有成为群众中的一分子，那你根本不代表群众的利益，你又怎么能站在群众的前面，领导群众前进呢？恐怕你也只能站在群众的后面，指手画脚地批评，或是简直站在群众的对面，反对群众的前进！"

"主席！这……这简直是污蔑！"宋卯嘴唇都发白了，抗议道。

"你！老老实实地待着吧！要不……"少山瞪了他一眼，没说完。

"现在，我再说说土改的问题。据我了解，党的政策是这样的：土改，进行不进行，一要看社会环境，二要看群众觉悟。不过，这两个条件，又是互相影响的，而群众的觉悟，更起着决定的作用。所以，已经解放了的地区，倘若环境不够稳定，或环境即使稳定了，而群众的觉悟还不够高，那就不妨缓一缓，可以先搞反奸，为土改创造条件，这就是分两步走。分两步走，与根本怕土改、反对土改，完全是两回事！"杨英的眼光，灼灼地射在宋卯的脸上。宋卯，眼睛瞪着，嘴巴张着，又惊愕，又愤懑，又疑惑地望着她。

"那么，咱们这地区，究竟该怎么办呢？"杨英转过脸来，瞧着大家，大家正紧张地肃静地注视着她，"照我个人的分析：这里的环境，的确还不能说绝对的稳定；不过，也可以说已经是相对的稳定了。况且，这个地区，又不同于一般的新区、边缘区，这里曾解放过两年零三个月，这里曾进行过减租减息、合理负担的斗争，党在这里是有群众基础的。特别是现在，这里群众的觉悟相当的高，广大群众都迫切地要求分土地。这也不奇怪，地主有田千条路，农民无地命一条啊！从咱们祖上起，民族、民主革命闹了一百多年，抛了多少头颅，流了多少鲜血，为什么？一为反帝，二为反封建。反封建，主要也就是为这土地呀！可是，那时候，还没有共产党，革命终也闹不成。现在，党领导人民大翻身。毛主席说，现阶段革命的一项最基本任务，就是要彻底改革土地制度；必须走了这一步，才能再进一步，走向社会主义——共产主义，过真正的好生活。因此，咱们谁不为土地问题焦心呀！而这一带的土地呢，又绝大部分都集中在宋氏三霸的手里，清算了他家的土地，剩下的也就不多了。所以，群众要求'一锅烩'，要求'并一步走'，这，领导上是可以考虑的！"

立刻，人们活跃起来，欢腾起来了。

杨英笑着说：

"等一等！等一等！这还没有做决定。我是说：可以考虑！刚才区委交换意见，意见还没有一致，不过我们准备呈报分区党委，请求批准……"

"行了！"

"行了！"

"有希望了！"

——人们止不住地欢呼。

"我郑重宣布：这样做是违反党的政策的！"宋卯严肃地站了起来，往外走去。狄廉臣涎着脸，不知是走好，还是留下好，但终于也连笑带鞠躬地退出去了。而小龙还坐在角落里，弯着腰，捧着头，两肘支在膝盖上，一动也不动。

"他们会捣鬼吗？"石漏媳妇担心地对大家小声说。

"不怕他！"少山坚决地一摆手，"咱们继续开会，讨论开斗争大会的问题。"

第十三章　血和银洋

呵，母亲哟！

从你的泪里，汗里，血里，

我长大了，

呵，我长大了！

——陈辉

1

蒯部长在城里见着牛刚的时候，曾经批准牛刚跟县立师范学校的教员石瑶琴取得联系，以便实现牛刚兄弟俩所酝酿的一项计划。这项计划是从杨英捎信给牛刚，叫他向司令部的管园老人调查宋家地主的恶霸事实以后，就开始产生了。

于是，依照预先的布置，石瑶琴请常恩和牛刚，在星期六晚上，到她家里去玩。

瑶琴的家，离学校较远，是在西关大街的一条胡同里。僻静的幽暗的小院，北屋点着一盏外加白瓷罩子的煤油灯，灯光安详地照着比较旧式的但都洁净得闪光的家具。瑶琴和她的寡妇妈妈，用特别准备的好茶好烟和异常亲切的态度接待这两位客人。

客人坐在靠墙的茶几两旁，他俩都穿着便服：牛刚是藏青的中山装；常恩却是美制的墨绿色夹克、深咖啡色西服裤和亮晶晶的皮鞋。今晚，年轻而高身材的常恩，平素气色不好的脸上还异乎寻常地充满着血色，这种血色，加上他那频频偷看石瑶琴的眼光，使他几乎藏不住他对瑶琴的爱意。

石瑶琴坐在对面的灯旁。这位姑娘，穿着深色的短旗袍，套着浅色的短外套，手里不知是给谁织着一件火红的毛线衣，快要织成的红毛衣搭在左边肩上，在那透过乳白罩子的柔和的灯光里，毛衣的鲜艳颜色把她浅黑的美丽的脸蛋儿都映红了。

"瑶琴的身体本来很结实，"脸孔清癯、黑发梳得光光的母亲说，"可自从绝食以后，她就闹胃病，直到今天还没痊愈。幸亏那寺里有一位老爷爷会扎针，当时给她扎过两次，很见效。瑶琴回来以后，还请那位老爷爷隔几天来扎一次，唉，真是个好老人家……"

"我认识这位老爷爷，真是个好人！"常恩说。

"今天不知他来不来。"瑶琴随口说，眼也没抬。

瑶琴的兄弟，小名阳阳，他不像姐姐而酷肖母亲，脸孔清瘦，眼睛很大，是个十五岁的中学生。此刻他收拾着桌上的书本，准备到南屋去温习功课，忽然问瑶琴：

"姐姐，国大是怎么回事？"

"怎么你忽然问这个？"瑶琴含笑地看他。

"刘老师给我们出了两道题：一道是'庆祝张家口光复'，一道是'我对国大的希望'。我想，张家口光复，也没有什么可……写的，想做第二道题，就是对国大还搞不大清楚。"

"你请常恩哥给你说说吧。"瑶琴随便地说，眼睛仍看着手里编织的活儿。

常恩的面孔越发充血了。他知道自己的看法跟瑶琴的看法是有距离的，他不愿意引起彼此之间的争论，转脸想叫牛刚来说，却见牛刚微笑着做出催他说的动作。他不好推却，就红着脸儿，对阳阳婉转地说道：

"小兄弟，这个问题，恐怕各人有各人的看法。照我个人的意见嘛，国大本身是个好事儿。顾名思义，国大——国民大会——当然就是还政于民啰。由国大来制宪，然后行宪，这在中国本来是一个伟大的创举。中山先生不是说过：训政结束，宪政就开始。这在民主的道路上就算是前进了一大步。不过，话又得说回来啦，再好的事情也要看什么人来办。可惜，不是人人都像委员长那么忠贞于党国……有时候……好事情也可能办坏……"

牛刚看见，当常恩说话的时候，那中学生聪明而可爱的、睫毛长长的眼睛对常恩眨巴眨巴地瞅着。显然他内心是不同意常恩的说法的，仅仅是由于礼貌的关系，才静静地、恭敬地听着。末了他似乎不便争辩地微微一笑，说：

"哦……这样……"又似乎忍耐不住了，"我只奇怪，既然还政于民，为什么不请各党各派都参加呢？像这样唱独角戏……"他小声地说，没有说完，就低下眼去，继续收拾自己的书包。

石瑶琴笑着瞟了一眼常恩，正要说话，忽然门铃响了。兄弟就挟了书包到南屋去，顺便跑去开门。

随即，听得见一个愉快的声音说：

"在家吗？"

2

一位体格高大的老人，笑呵呵地走进北屋来。

"哎呀，老爷爷来了！"瑶琴高兴地站起来。

"我当是今天你不来了呢。"母亲也迎上去。

"治病要紧呵！"老人笑着说，又转脸回答常恩他俩的招呼，"哦，队长，你们也在啊。"

屋里顿时热闹起来。老人谈了几句，就和瑶琴母女俩到房里去。他给瑶琴扎过了针，揭开门帘笑呵呵地走出来，不客气地坐在正面上首的一只椅子里。这位须发全白的红脸庞的老头儿，竟两眼炯炯、牙齿齐全。他既不喝茶，也不抽烟，只是乐呵呵地看看这个，又看看那个。

"哈哈，巧得很！"他终于看定了常恩，说，"常队长，我正要找你呢，碰巧在这儿遇着你啦。"

"老爷爷，找我有什么事？"

"是这样：龙虎岗那儿起革命，闹翻身，把我们大老爷、三老爷都抓起来了。村里给我捎信来，要调查什么宋家地主的罪恶。我在宋家大院干活干了几十年，经过的事情还嫌少吗？可就是不知道哪些该说、哪些又不该说，特别有一宗事情，牵涉到常队长……"

"什么事情？"

"只要常队长不见怪，这件事情倒是应该对你说说！"

常恩一时没答话。

"老爷爷！"石瑶琴说，"常队长和我们都不是外人，有什么事你只管说吧。"

"是啊！"牛刚也说，"木不钻不透，话不说不明，有什么事我看还是说出来的好。"

"说吧，老爷爷，不必有什么顾虑。"常恩似乎敦促着。

"唉，这事儿不说也要烂我的心肺呵！"老人对常恩多少有点不满意地看着。不知为什么，他挽袖勒臂，像要和人打架似的："老人家不传古，后生家还有谱吗？今天，就是砍我的脑袋，我也要说了！"

"哎呀，老天爷，究竟是什么事呀？"瑶琴的母亲偷看了一眼常恩，有点疑惧似的问道。

"这事儿埋在我心里已经十九年，可憋在我心里就像有一千年了！"老人握着双拳在两个膝盖上一撑，炯炯的目光看着常恩，"孩子，我要说的是你的父亲！——

"你的父亲是一个老实巴交的好后生，个儿和你一样高，气色可比你难看得多。他为了养活一个瞎眼的妈妈，满年四季给宋家干重活，他的血都被宋家吸干了！他和瞎眼妈妈就住在花园东北角上那土坯屋里，我看见这娘儿俩过的是什么日子！瞎眼妈妈的眼睛是怎么瞎的，说来话长，也不用提了！到那光景，她已经什么活儿也不能干了，主人看她就连一条狗、一只猫都不如啊，谁不嫌她呢？瞎眼妈妈也到底没能活下去。她死了以后，宋家连一领席子都不给，就用炕上的一片破席卷着从后门送出去。真是，穷人死一口，不如死条狗呵！宋家那么多的地皮还不让埋，你爹没法子，直背她到千家营西边那个乱坟堆了，才算找到瞎眼妈的安身处。孩子，你们看过那乱坟堆吗？千家坟、万家坟，不知有多少屈死的人呵！

"呃，民国十一年闹大水，我们大清河边，堤都淹没了。有一只逃荒的船儿打北边下来，有人看见他们把一个十多岁的女孩放到一棵杨树上，那时候自然谁也不注意。过了两天，水退了，那女孩也快饿死了，是龙虎岗的庞老力看她还像有口气，把她抱回家去，谁想竟养活了。孩子，这就是你那可怜的母亲！十六岁的姑娘，精瘦得剩下一把骨头。庞老力养不起她，可谁也不肯要她呀。庞老力好操心呵，终究给她找到了一个好主儿。哦，小两口像兄妹一样，一块儿给宋家干活，一块儿住在花园小土屋里，一块儿过着世界上最穷苦的日子。我就住在隔壁，我看见他俩的苦，也看见他俩苦中的乐。第三年初，还没交春，就生下了你，恩儿，闭着眼，蜷缩在炕上的一堆乱草破棉絮里！

"唉，我不知道是老天赐福，还是降灾。一年一年过去，你妈出落得越来越漂亮了。伙计们都说她是天仙，其实天仙也比不上她当年的美丽呵！可是，慢慢地我发现，她眼睛里有一种神气，一种秘密的恐怖。有时候我发现她好像跟谁拼命厮打过一样。唉，本来，丑事出大家嘛。我暗里偷偷地瞅着，呵，你妈可真是个好样儿的！……有一天我对你爹说：'快算了账，带上她走吧，越远越好！'他看了我半天，到底明白了，跺脚说：'宁可讨饭，也不在这儿待了！'好不容易挨到年节，可不知大老爷怎么给他算的，他走不成。原来，连吃带用，还倒欠宋家三担粮。这就叫作，地主的算盘一响，农民的眼泪直淌哇！

"紧接着，元宵节到了。大老爷的二姨太跟老美嬢到城里观灯，住在王家花园。不知为什么，二姨太把你妈带走了，可没让她带孩子。那晚上，宋家大院的人们也都到街上观灯去了。你说怪不怪，那样大冷的天气，大老爷却在花园土山上的凉亭里喝酒赏月，还叫你爹一个人侍候他。那时候你才三岁，自个儿在那土坯屋里，从地上爬到门口，还直哭。我怎么哄也哄你不住，就想去换你爹回来。刚到亭子外，就看见你爹在里面一只手按住胸口，垂着头，靠在柱子上。大老爷正在说什么，忽然一眼看见了我，就严厉地问：'你来干吗！'又说：'他犯了急病，快把他扶下去，一会儿许会好的。'我把你爹扶下土山，一路上，他的嘴里发出特别的酒味儿。吓，分明是老爷赏他酒，这傻瓜竟喝了！回到黑暗的小屋里，豆粒似的灯火还在壁洞里点着，我看见他脸都紫了。恩儿，你还直往他身上爬。谁想我一回头，老爷铁着脸儿就站在我背后，说：'不中用了，快去给埋了吧。'又说：'老家伙，可小心你的脑袋呀，别叫你老爷受冤枉！'他还伸出一只手，手心里亮晃晃一沓子银洋，掂了掂，发出铿铿的响声，就塞在我的口袋里。然后，他看着我把你爹扛起来，带了铁锹，从花园后面的小门走出去。

"到了梨树园，我把你爹放下来。划根火柴一看，他脸色乌紫，七孔里流出黑血来；摸摸，胸口儿冰冷，已经没救了。这回，大老爷没有限制埋葬的地方，我索性背他到村东的白杨林里，找个好地方，把这可怜人儿，连他的小烟袋儿，和那十块银洋一块儿埋了。我在埋葬他的地点，正北的一棵白杨树上，还刻下了一颗良心……我有没有半句虚言，那白杨、那白杨上的良心，还有，那十块血腥的银洋都会替我证明！"

常恩脸色惨白，眼睛直直地望着老人，一句话也说不出来。

老人避开他的眼光，黯然地看着大家，忽然激动地说道：

"唉，这世界上除了我，还有谁知道他母亲的苦处呀！当时她一回去，大老爷安排的人就守住她，她寻了几次短见都没成功。后来，大老爷保证使她的孩子有'出息'才打动了这位可怜的小妈妈的心。为了孩子的前程，她才忍辱偷生啊！孩子呢，嗨，打从保定军校一毕业，就……就认贼作父，完全成了宋家的走狗啦！"老人激动得老泪纵横，仰面朝天，抱拳在胸，愤愤不平地叫道："老天爷！老天爷！你倒是睁开眼睛没有哇！"

"不，老人家！"常恩恨恨地站起，痛苦和愤怒的眼泪流了出来，"你不要这样……侮辱我！我马上就去给父母报仇！"

"冷静点！冷静点！"牛刚一把拉住他，使他坐下来。

"这不只是个人的仇恨问题……"瑶琴恳切地看着常恩，开始用阶级分析的方法引导他。

第十四章　斗！！！

叫一声老财你不要瞪眼。

这伙子穷汉不同以前……

——贺敬之

1

龙虎岗的反奸清算斗争大会，预定在这天晚上举行。

这一天，从北边来的风，带着呼呼的吼声，在树上、在屋顶上、在墙上、在村街上，猛烈地刮过。天空，像起了雾似的，被灰黄的尘沙，弥漫了。

但是，比寒风还要刮得猛烈的，是谣言：说城里宋占魁的队伍已经准备好，马上就要打回来了。

而且，谣言是那么具体：

"这一次，听说老狐狸下了决心，他自己率领一个大队，还有杀人不眨眼的田八也率领一个大队，总共两千多人，带四门小钢炮、八挺机关枪，专攻咱们一个村！"

还说：

"老狐狸已经宣布：参加翻身团的满门抄斩，参加农会的杀当家人！……"

虽然风很大，人们却三五成群，聚集在街头巷尾，纷纷地议论着。由于以往几次胜利的经验，由于对领导、对大伙儿力量的信任，也由于对宋家大地主的刻骨仇恨，那些衣衫褴褛的农民们，表现了坚定、镇静，甚至准备拼命的决心。而显然，大部分人，对谣言是听信了。

十字街口，南边那旧式的鼓楼上面，李小珠和俊儿姑娘，拿着大喇叭筒，一会儿在这边窗口，一会儿在那边窗口，差点儿喊哑了喉咙：

"乡亲们！这是谣言！这是谣言！谁也不要信！"

"乡亲们！我们的侦察员，城里城外有的是！没有这个情报，没有这个情报！大家不要相信！"

"乡亲们！老魏的队伍就在三里堡，区小队也出发警戒去了，这里平安无事，平安无事！……"

可是，她们的话，被风刮得听不完全。

鼓楼下，本村的民兵和翻身团的妇女纠察队，集合了。人们愤怒地嚷嚷着：

"干吗见了旋风就是鬼，相信这些谣言！"

"这是谁瞎嚼出来的话？"

"哼，怕什么？"柱子说，"小鱼还能翻得起大浪？"

"嗨，可别这样说！"来顺道，"三尖瓦碴儿，还能绊倒人呢！"

"对！"新从远地归来的，从前的民兵大队副，现在的民兵大队长高宗义喊，"杨政委说，咱们一定得提高警惕，擦亮眼睛——看究竟是谁在造谣、生事！"

"追！"

"追！"

"追出那谣言的根！"

于是，他们分组出发了。

然而，一些中农，以宝三叔为首，带着隐藏不住的惊慌神色，弯着背，冒着风，来到宋家大院，拥进翻身团和农会的办事处，要求从农会的花名册上，抹掉他们的名字。

"这是为什么？"农会副主席、像一截老树根似的下中农庞老力奇怪地问，"你们相信那些谣言，害怕了吗？"

"不，我们不相信谣言，也没有什么害怕，只是……"又瘦又小的宝三叔转动眼珠，寻求着适当的词句，"我们不想占便宜，也不想吃亏。"

"是啊，"另外几个附和着，"占小便宜吃大亏，我们犯不上！"

"叫你们光占便宜、不吃亏，行不行？"翻身团的主席兼农会主席的高老墨插进来问。

"不，不！"宝三叔急忙摇手，"我们不要占便宜。不吃鱼，口不腥！"

"对嘛，"另外几个又附和，"我们不要占便宜。前留三步好走，后留三步好行。"

"好啊！"老墨叔微笑说，"你们不想占便宜，想退出农会，那当然是可以的。不过，以后分地分浮财，全没你们的份儿，你们可别眼红呀！"

本来，这村完全的自耕农非常少；这些中农，多少有些土地是租宋家的。听老墨这么一说，他们又犹豫起来，一个个面有难色，退到黄沙蔽天的院子里，蹲在大风吹不到的角落，或是低头考虑，或是小声地商议。照例，宝三叔又唉声叹气，挠着他那光光的头皮。

2

后院区委会，老贺、少山都出去了，只有杨英和秀女儿正在悄悄地盘问王小龙。

"你不用瞒我们，"杨英耐心地说，"有人看见的。"

"我不是说过了吗？二拴是我的朋友，"他说的二拴，就是二混子，"他救过我的性命，我当然不会忘恩负义……我哪一天不到他家去？"

"我是说，昨天晚上，已经半夜了，你在他家做什么？"

"做什么！我在他家下象棋，跟，跟狄先生下。"

"那宋卯又去做什么？"

"宋卯！他也去玩儿，就坐在旁边看下棋。"

"这几天，宋卯在党内、在学校里都请了病假，怎么半夜里他还去玩儿？"

"病了嘛，还不散散心？"

"当时，还有什么别的人？"

"还有二拴。"

"还有谁？"

"还有二拴他妈。"

"还有呢？"

"没有了。"

"瞧，你一派谎话！"杨英气得涨红了脸，因为据报告，年轻的毛四儿——逃亡了的富农毛二狗的儿子——也跟他们在一起。

风，在发怒地吼叫，屋宇震动。未扣好的门，突然开得笔直，晃了两晃，又砰的一声，关上了。

杨英站起来，去把门扣好。

"小龙！"秀女儿开口说，"我本来不想再跟你多说话，可是，站在同志的立场，我也有责任劝劝你。你不要忘了，你自己也是穷人出身，你爹做个小买卖，曾经受够了国民党的气，你自己被迫当了兵，还是共产党把你解放的。在九分区，我们都觉得你很好。你的老上级——大水哥——也常在背地里夸奖你，说你聪明，说你进步快，说你有远大的前途。我们是多么为你高兴呀！虽然你给汉奸张金龙当过护兵，中他的毒相当深，可是在自觉的努力下，不好的思想作风是完全可以改变的。不幸的是，这两年来，你受了李玉的坏影响。表面上你是入党了，可骨子里呢……小龙，说起来我真替你难过！你……”

“你不用替我难过！”小龙突然打断她，眼睛里露出冷淡的、轻蔑的光，“有什么意见，你直截了当地提出来好了！”

秀女儿怔怔地望着他，苍白着脸，勉强镇静地说：

“我觉得，最要紧的是，我们要跟党一条心。就像老区的百姓说的：有拐杖，跌不倒；听党话，错不了。个人容易犯主观，只有相信群众、相信党，才不至于犯错误……”

“哼！”小龙心里想，“错误！谁错误？”

秀女儿看出他的反感，真心地为他难过着。

“圈儿，”她失口叫了他的小名，一下红了脸，又不知为什么，眼睛都潮润了，“你……人到事中迷，就怕不听劝呵！你还是听听同志们的劝告吧。现在你也是个党员，党员干着，群众瞧着，你想，影响有多大！一举一动，你还是多加小心、站稳立场吧！我……怕的是你……”

秀女儿，一片热心，一片苦心。倔强的王小龙，也不免有点儿感动。但是，他委屈地说：

“你们（他望了一眼站在门口的杨英）看人不实事求是。这样，多会儿也解决不了我的问题！”

“唉，小龙，说来说去，你终归是，”秀女儿痛苦而恨恨地说，“人拉着不走，鬼拉着飞跑！”

“嘿嘿！”小龙气恼地笑着，“这不是莫名其妙？究竟谁是人，谁是鬼呢！”

“是人是鬼，必须看事实！”杨英走过来，站到秀女儿的背后，两手放在她后面的椅背上，坚决地说，“小龙，我记得，那天支部会上，高老墨劝你警惕的一句话，很重要。'心里同情坏人——怀里揣了毒蛇！'你可小心吧！"停了一下，她又说："这村里有鬼，那是肯定的。几天来，想必你也知道，有人在挑拨离间，企图破坏党与群众的关系，企图破坏中农与贫雇农以及贫雇农内部的团结，而且还造谣生事，想弄得天下大乱，搞不成清算，搞不成土改。小龙，你也是个党员，你也有责任帮助党，来找到这些鬼……"

"这就难了！你们都不知道，那我怎么知道鬼在哪儿呢？"

"好吧，你不知道，当然不能勉强。现在我问你，昨天夜里，你们在狄廉臣家谈了些什么？"

"什么也没有谈！"

"你敢对党起誓吗？"

"为什么不敢？"外面，愤怒的风，吓人地咆哮着。

3

晚上，反奸清算斗争大会，还是照原定的计划，在小学校操场上举行了。

风还没有停，可是小多了。农民们，包括中农在内，都很踊跃地参加大会。很显然，下午农会分大组召开的"雇贫中农团结辟谣会"上的热烈情绪，一直保持着：

"嗨，任它狗儿怎样叫，不误马儿走大道！"

"真的，不怕虎生三只口，只怕人怀两样心！"

"咱们团结一条心，狠狠拔掉老穷根！"……

只有少数几家富农和个别的上中农，推托这，借口那，不来参加，背地却说："哼，麻雀跟蝙蝠熬夜，图什么？"

宝三叔显然很心活，怎奈被老伴管住了。老伴骂他："你这老不死的，就是记吃不记打！今儿嘴里吃块糕，明儿颈上挨一刀，你就便宜了！"于是，宝三叔害了怕，叹着气，哼哼唧唧地装病睡倒在炕上了。

学校里，东西长方形的一块操场，面积倒不小，可是人太多，很拥挤，连旁边的单杠、双杠、爬梯上，连周围那些落了叶子的柳树、杨树、榆树上，都挤了许多人。南边连东边的那一长溜曲尺形的平顶砖房上面，除了拿枪的几个民兵散兵线式地在夜风中矗立，那屋顶边缘的花墙上也爬满了人。操场靠边的那些枯萎了的花卉，都被拥挤的人们踏平了。连北边铁丝网外面，也黑压压的都是人。操场西头，靠墙搭起来的台子前面，悬挂着一盏大泡子的汽灯，台两边有两长幅红布，红布上各有十多方块斜贴的黄纸，写着墨黑晶亮、龙飞凤舞的大字——那是小学校长龚绍禹的手笔：

清算恶霸，苦水吐出千载恨；
斗争地主，良田收回万民欢！

一阵风过，落叶和沙土在空中飞舞，汽灯晃动，台两边的红布鼓起来，又瘪下去。人们身上裹紧了破棉袄，仍然觉得冷。有时候，风沙刮得人眼都睁不开。然而，群众的情绪特别高，精神也非常集中。最突出的是，除了在老校长率领下，整整齐齐地坐在前面几排横木上的小学生外，妇女们竟也秩序井然地，坐在自带的草墩儿或小凳子上。那些带孩子的妇女，在冷风里用各种方式护着孩子，但她们的眼睛依然都激愤地望着台上。穿着大襟蓝棉袄的秀女儿坐在她们中间，过去这短短时期内她和她们每一个家庭都搞熟了，现在显然成了她们所喜爱和信赖的人。

宋卯和狄廉臣那些人，也来了。依照原定的成分，宋卯算是中农，狄廉臣还算是贫农，他们都分散挤在最后面的人群里。而王小龙却像无事人一般，左胳膊吊着绷带，头上戴了顶毛皮帽，在台旁转悠。

从本区其他各村来的男女代表们，则像贵宾似的被招待坐在小学生旁边的几排长凳上，从他们集中在台上的眼光里可以看出，他们和龙虎岗的农民有着同样激愤和仇恨的心情。

这时候，站在前台靠左边的地方正在控诉恶霸罪行的，是宋家大院的长工周天贵。他那看起来大约六七岁的瞎眼儿子拉着他的手就站在他的身边，还斜仰起小脸儿，睁着两只白白的眼睛，在听他说话呢。周天贵悲愤地控诉着，每说几句话，就狠狠地指一指那站在台上靠右边地方的三个低着头的地主——活阎王、小尖头、笑面虎。周天贵的背后，斜放着一排长桌，长桌后面坐着高老墨、庞老力、宋旺等几位农会委员。而台右面一块空地上，则有宋家大地主的家属，以及另外几家中小地主，在纠察队的监视下参加旁听。

黑黑瘦瘦的周天贵，讲到他女人怎样在月子里也不得休息，在宋家地主的威逼下，天天怎样把孩子捆在背上烧火做饭，孩子的眼睛怎样被烟熏瞎，女人怎样被折磨死去，他自己又怎样用喂猪的泔水养活孩子。

"这孩子就是不死啊！"周天贵掉下眼泪说，"乡亲们，大家瞧吧！"他把瘦猴儿似的孩子毫不费力地轻轻举到前面，只穿着破单衣的孩子在一阵冷风里瑟缩着。"你们瞧吧，谁能相信，我这孩子已经是十一岁的人啦！你们……瞧瞧他的两条腿……"

杨英与贺家富等几人正站在南边的教员室里，从窗口注视着大会的进行，必要时经由民兵通讯员高良子，与台上的农会负责人联系。为了不分散会场上人们的注意力，教员室里并没点灯，可是外面晃动的汽灯光，通过敞开的窗口斜射进来。这会儿，杨英一听说那瘦小的瞎孩子已经十一岁，她那停留在眼里的泪水就流了下来。她对自己不满似的皱了皱眉，偷偷用手绢擦拭着。

"怎么还不来呢？"她低声对身边的李小珠说。

小珠转过脸来，睁大两只含泪的眼睛，对她疑问地瞧着。

"你说什么？"

"我说常恩的妈妈，怎么到这时候还不来呢？"

"不是说天黑就动身的吗？"老贺也低声地插进来。

"是啊，昨天她决心要来诉苦，我跟她约定，今儿天一黑就来，还叫老雷和铁旦护送她呢。"

"会不会因为刮大风她不来了？"老贺考虑说，"我们派两个民兵去接她吧！"

"光民兵不行，"杨英说，"万一她发生什么新的变化……"

"我去！"李小珠自告奋勇地说。

"也好。小珠和常恩妈搞熟了，她去说个话什么的也有许多方便。良子，你就叫来顺派两个民兵跟她去吧。还得赶快，太晚就赶不上啦！"

小珠立刻拔出手枪，咔嚓顶上了子弹，迅速跟良子跑出去了。

会场上一阵喧哗，口号声里，夹杂着对地主的愤怒的咒骂。

4

血泪的控诉接连不断地进行。虽然宋家地主几十年来霸地、夺佃和残酷压榨农民的主要事实，杨英都听说过，但这些事实现在由受害者亲口诉说出来，却使杨英听了更感到刺心的难受。她的手绢已经湿透了，心想每一席控诉，都反映了广大农民无地少田的痛苦，都表露了他们分田分地的迫切愿望。她正想离开窗口，跟老贺研究一下土改的问题，忽然从村外传来一声枪响，听起来还离得很近。

"不好了！老狐狸来了！"立刻，最后面的人群里，就有人这么喊。于是，那边的人们乱起来，一部分人拥挤着就往铁丝网那边的后门跑。

"不要跑！不要动！"台上，高老墨、宋旺他们表现得很镇静，都站起来喊着。老墨还迅速站到前台，大声说：

"咱们的魏队长、丁队长都在前面，离这儿十多里就有警戒哨。这不是我们的信号，这一定是走火；要不，就是坏人捣蛋！"

"砰！"突然一块石头飞过来，刚好击中汽灯，玻璃碎了，灯光灭了，只剩纱罩儿灯芯还燃烧着绿色的火焰。看得见老墨的额头被落下的石块所伤，流下了鲜血。

"谁扔的？"

"捉住他！"

"捉住他！"

——人们喊着，望着石头飞来的那一边。

铁丝网外面，发生了斗殴。扔石头的捣乱分子，在黑暗里逃脱了。

"注意坏人！每个人注意自己的身边，防止坏人活动！"不知谁在那么喊，喊声突出在一切声音的上面。

杨英关节炎尚未痊愈，却已经敏捷地跑到台上，想帮着维持秩序，但秩序并未大乱。最意外的是，小学生和妇女们仍然整整齐齐地坐在那儿，只是少数婴儿被吓哭了，母亲们正在摇着哄他们。最后面的群众，大多是中农，也逐渐稳定下来。不过整个会场，还响着一片不高的嘈杂的声音。

风把那仅剩的绿色火焰刮灭了。但很快，一盏预先备用的中型泡子汽灯又挂了起来。灯光又亮亮地照耀着，抓住地主及其家属们的民兵与妇女纠察队，才放了手。刚才正在诉苦的乐大妈——柱子的妈妈，已经用她的包头布把老墨的伤口扎好了。这时，她晃着白发苍苍的脑袋，向台下的群众抬起双手，气愤地说道：

"乡亲们，他们想捣乱，想不让我斗争，你们说能行吗？"

"不行！"

"不行！"

"咱们要斗到底！"

"对！"乐大妈一拍手，"你们不怕，我老婆子更不怕！咱们既然敢打狼，就不怕狼咬！"

"对啊！"

"咱们早把脑袋掖在腰里了！"

群众喊着，零乱地鼓着掌。

控诉又继续进行了。

5

半小时后，斗争还在激烈地进行，杨英与贺家富回到了教员室。由于扔石头的人终究没抓住（据说，那家伙是个小个儿，穿着紧身的黑棉袄，很像是毛四儿），同时，由于打枪的人也还没查出来，杨英心里很遗憾，甚至很自责。然而，经过这一场小小的风波，她对这一带群众的阶级觉悟又有了进一层的认识，因而又不免很兴奋。

教员室里，从窗口斜射进来的汽灯光，在墙上慢慢地晃动着。杨英与贺家富都找个座儿坐了，杨英说：

"老贺，听说这几天东边有战事，分区党委的批示恐怕一时来不了，老蔡又转悠到北边去了，不好找。可是这里群众的土地问题又迫切需要解决，你看怎么办？"

一向细心谨慎的贺家富，仍然稳重地说道：

"我看这事儿急不得，还是等批示下来了再决定吧，你看怎么样？"

为了这问题，杨英可伤透了脑筋。

老贺了解她，又笑着劝道：

"唉，慢走跌不倒，小心错不了啊。"

"不，老贺，"杨英认真地说，"老百姓讲的：不会做饭的看锅，会做饭的看火。现在火候到了，要是给群众泼凉水，我怕反而要犯错误！"

"万一违反了党的政策……"

"党的政策，不是完全从群众利益出发的吗？……我还记得老蔡说过一句话：人民的意志，就是我们的法律！"

"可是，这样大的问题，不经过批准……"

"是啊，"杨英苦思着，曲起一个指头敲敲额角，"就遇到这个特殊情况嘛！"

李小珠走了两个多钟头，还不见常恩妈到来，真叫人着急。可是这当儿，一件意外的事情发生了。那有名的胆小人，外号"老耗子"的宝三叔，在控诉告一段落时，竟突然在台上出现了。

"我也要控诉！"他提高嗓子说着，声音有些颤抖。但说过以后，他忽然想起来什么，脱下他的毡帽头，向大家鞠了一躬："乡亲们，我要诉他，诉他宋家没王法，收我的租子用大斗……"

"收谁的租子也一样！"有人纠正他。

"哪一年我不受他那斗的气？"他说着，忽然念起顺口溜来，"宋家的斗，张大口，一斗能大九合九；宋家的升，没有底，七平八尖九加一！我们姓尹的，种他宋家的地几辈子了，辈辈的血汗往他斗里淌呵……"他激动得几乎说不下去。忽然，他狠狠地瞪着人丛里的老伴："你这死老婆子！不用给我打手势！谁也诉，干吗我不诉？麦子熟，我们呜呜哭呵！"他用毡帽头擦一下眼泪，但始终没敢看地主一眼，就那么东一句，西一句地诉说着，诉到"民国十一年闹大水，他大……大老……说：'尹宝三，限你三天，缴不上拿命……拿命……来抵！'"就气噎得眼珠上翻，口吐白沫了。——"发病了！发病了！"老婆子抢上来。人们急忙把他扶下去。

就在这时候，会场上又起了一阵骚动。杨英与老贺急忙跑到窗口去看。人们正在叹息，唏嘘，喊喊地议论，而拥挤在后面和铁丝网外面的人们则正在伸头探脑地抢着观看。原来从南边一个大教室的门里，走出来一长串披麻戴孝的人们——大部分是妇女、孩子，走过人群让出来的胡同，直向台前走去。这些都是被杀害者的家属，一个个哭得眼都红肿了，有些人一边走一边还在啜泣。打头的一个矮小女子正是石漏媳妇，她走到台前，踩着一块石头跨上台去，跟那些恶霸地主面对面地站着，一只手指着他们，浑身瑟瑟发抖，可是连半句话也说不出来。但是地主们却偷偷地抬眼看她，笑面虎的眼睛里还透出毒气，活阎王的眼睛里甚至露出凶光。气得俊儿姑娘跳到台上，一把拉开她的嫂子，抢到前面戳指骂道：

"笑面虎！活阎王！你们还发什么狠？今天你们的末日到了！"她半偏着瘦弱、苗条的身体，愤怒地做着手势，一会儿面向群众，一会儿又朝着地主。风把她的头发吹得蓬蓬松松地直立起来，她那大病初愈的脸孔越发显得苍白，而泪光闪闪的眼睛喷射着深仇大恨："瞧瞧吧，你们宋家恶霸，敲骨吸髓地剥削压榨死我们的人不算，光你们用刀砍、用枪崩的，就有多少人命？这里来的死主家属，还不过是一部分啊！"她指着台下家属中间一个蒙脸哭泣的十三四岁姑娘："就说玉妹子吧，连她妈妈给她爹收尸，也被你们活活地一块儿埋了，你们还有一点人性没有？可怜玉妹子在这地方不敢待，亡命讨吃，昨天才把她找回来！还有我们的支书老唐一家子，被你们满门抄斩，成了绝户啦！"

在秀女儿领导下，群众都喊起了悲愤的口号。俊儿继续说：

"地是我们自己种，粮是我们自己打，我们也不过是为了活命，减了你们几颗租，羊毛不是还出在羊身上吗，谁又动了你们身上的一根毫毛？你们可就还乡倒算，还把我们的亲人一个个大卸八块，扔到大清河里，叫我们活不见人，死不见尸啊！"俊儿姑娘突然忍不住痛哭起来了。

"今天说什么我也要报仇！"刚才已经退到一边的石漏媳妇忽然伸出两手向地主们奔去。同时，一小群妇女叫喊着拥到台上去。

"打！打！打！"

"有冤报冤！有仇报仇！"

愤怒的喊声从四面八方响起来。

6

可是，就在这天傍黑时分，几个化装成八路军游击队的匪徒，把常恩妈掏出去，在于家营西边的乱坟堆里杀了。他们还在她的口袋里留了一封没头没尾的信，写着：

地主的下场！

第十五章　雪花飘飞的日子

雪花飘在窗子上，

难题落在心坎上。

　　　　　　——民歌

1

拂晓，冒着漫天盖地的茫茫大雪，杨英和李小珠，又从城东南地区赶回龙虎岗来。

十分疲困的杨英，在石漏媳妇的土坯房里睡了一觉，醒来的时候，已经半前晌了。李小珠还呼呼地睡着，其他的人早不见了。杨英从陈旧窗纸的破缝里张望，看见雪花还在纷纷飘落，小院里积雪已经一尺多厚，想必是早晨扫开的道儿，又蒙上厚厚的一层雪了。她听见对面良子房里在开会，人们正在热烈地讨论：

"他算什么贫农，他就是个中农！不过他生活高，吃喝好，一喝酒就够不上中农啦！"

"他呵，他是个漏子！我看他不是贫农，是瓶农！"

"你说什么？"

"天天捧酒瓶，还不是瓶农？"

一阵笑声。

"不要开玩笑！"听得见有人在嚷，"复查成分可不要离了原则！咱们要从劳动和剥削上来分析……"

杨英叫醒了李小珠。两个人匆匆穿棉衣的时候，小珠听着，说：

"怎么搞的！这村的成分还没复查完？"

"不是三榜定案吗？"杨英微笑道，"定成分看起来简单，做起来可复杂哪。"

"听，他们在讨论谁？"

那边又一阵笑声。

"不要笑，我是说真的。按他的思想、按他的剥削，他就是个富农！"

"三亩地的富农？"

"地是三亩，不多也不少，可是他又当经纪人，又当粮秣员，还贪个污什么的，这里面不尽是剥削？"

"呀，"小珠明白了，"他们在讨论狄廉臣！"

听见那边又在说：

"照你这样说法，他儿子该是个雇农啦！"

"怎么父亲是富农，儿子是雇农？"

"他有时打个零工什么的，不是雇农？"

"真的，像他那样邪门歪道胡鼓捣，该算什么农？"

"天天胡鼓捣嘛，还不是雇（鼓）农？"

"哈哈哈……"

杨英也笑了，说：

"听，有些个人家，成分可难定啦。小珠，你说，像狄廉臣、二混子一家，该定什么？"

"哼，我看是流氓、奸商、二流子！"

"哈哈哈，这一家又是富农、中农、贫雇农，又是流氓、奸商、二流子，哈哈哈，真全啦！"

她俩跑过小院，去到北屋。北屋里没有人，妇女们也都开会去了。杨英走到锅台跟前，揭开苫布，看见老墨婶特为她俩擀的白面条，切得细细的留在案板上。她俩知道，这村从地主家找出来的三百多担粮食，已经分给贫苦的农民了，其中大部分是麦子，有许多人家还分到一部分磨好的上等白面。但这是多么稀罕的东西呀，她俩看着这么好的面条哪里肯吃，另外找了几个冷窝窝来啃，又找了些玉米碴儿煮粥喝了，就到区委会去。

2

村里的街巷都扫开了道儿，不过道儿上又积了雪。她俩顺着村里的街道往西走。

大雪天，街景是迷茫的，但又是明亮而且宁静的。那些低矮的土屋、草房，像是快要承受不住厚厚的雪的重压，可是从某些简陋的小窗户里传出来的农会小组开会的声音是愉快的、热烈的，时常夹杂着笑声。

她俩正向前走，忽然从北街转出来一群喧嚷的妇女，有的还拿着大枪，一看就知道是翻身团的妇女纠察组。她们押着一个胖得出奇，以致浑身滚圆的妇女（因为身上都是雪，就像个胖胖的雪人），朝西走去。杨英她俩跑上去询问，妇女们抢着告诉：原来这是毛二狗的妻子。自从龙虎岗解放的那天晚上，毛二狗乘机逃往保定后，这女人也蓄意逃走，但始终被群众监视着。今天趁雪下得紧，人们正忙着开会，她身上穿了七个袄儿八个裤，腰里缠着绸缎、洋布，暖袖里、袜筒里、棉袄棉裤里，藏着许多洋钱、票子，拿了一张不知哪儿弄来的路条，想从小胡同里溜出村去，当场被放哨的民兵和妇女纠察组查获了。

杨英她俩看着这穿得肥胖，其实却很消瘦的半老妇女，觉得非常好笑。

"吓，假路条！"李小珠看了她的路条，交给杨英。

杨英看见，路条上用红印色盖着一个菱形的图章，菱形内有仿宋体的"龙虎岗农会"字样，不像是假的；但仔细看时，才发现那笔画和线条都比较粗，比较浮泛，也比较模糊：果然不是真的。

"不定是用什么东西刻的呢！"小珠儿蔑视地说。

"准是她儿子刻的！"高宗义媳妇气愤地断定。

其他妇女也嚷嚷——

"政委，这家富农我们可不能放过！"

"他们和地主的剥削也差不多啊！"

"日本鬼子在的时候他们还出租土地！"

"他白个儿地种不完，雇人种！"

"毛二狗是汉奸、反动派，宋家大地主的狗腿！"

"我们也要清算他！"

"我们要挖他的封建老根子！"

"我们要砍掉他的封建尾巴儿！"

但是那毛二狗的老婆凶狠狠地跟她们吵了起来，妇女们愤怒地吆喝：

"你凶什么！难道这还是你们的世界？你还想压迫人？"

她们伸出许多手，把她推推搡搡，押到农会去。

3

杨英她俩跟着走进了宋家大院。

前院，大客厅的门两边，挂着翻身团和农会的牌子，还贴着一副大红纸的新对联，在雪光的照耀中，显得特别鲜艳夺目：

一切权力归农会；

劳动人民坐天下！

客厅里，原有的家具陈设和墙上的字画都搬走了。大幅威严而慈爱的毛主席像贴在正面墙上，毛主席像的上边还装饰着红绸的彩带和彩球。客厅正中支着一只又宽又长的板桌，左边靠墙放一只方桌，右边靠墙放一只三屉桌，桌子旁边都放着长凳或方凳。

这时候，贺家富与本村农会的八九个委员，正坐在板桌周围开会，讨论最后剩下的几个疑难成分。宋旺和周天贵，正倾身在左边方桌上，跟两个高小学生，查对什么统计数字。老校长龚绍禹，则独自坐在右边三屉桌前，正在研究那放在桌上的一只不太大的黑箱子。妇女们押着毛二狗老婆喧嚷着进来，后面是杨英和李小珠，还有几个民兵带着枪从对面屋里跑过来，这翻身团和农会的办事处顿时就显得很热闹了。

自从区委会接受群众的要求，批准各村一面进行土改的各项准备工作，一面等着上级的批示以来，龙虎岗仍是区委的"试点村"，由杨英亲自"掌捏"。只因为最近城东南地区的反奸清算工作，也蓬勃地展开了，所以杨英把这里的工作暂时交由老贺负责，自己离开了一段时间。现在杨英一回来，老贺就陪她到右边三屉桌旁——较为僻静的所在，笑嘻嘻地向她汇报工作。他首先给她报告了一个好消息：

"分区党委的批示下来了！"

"怎么样，土改的问题批准了吗？"杨英急问，并带笑向老校长点了点头。

"批准了！说条件既然成熟，可以进行。"

"哎呀，太好啦！"杨英异常兴奋，"批示在哪里？"

"在秀女儿那里。"

"秀女儿呢？"

"她跟李玉到宋卯家去了。"

"你说什么，李玉？"

"哦，对了，我还没有告诉你，分区党委派来一个工作组，连李玉一共三个人。我和少山、秀女儿商量以后，给他们分了分工，李玉就分在这个村。刚才为了村里那'挑拨事件'，他跟秀女儿一同找宋卯去了。"

"哎呀，李玉来了，真想不到！——他现在怎么样？"

"吓，"老贺笑着说，"他穿了个破棉袄，戴了个破毡帽，口口声声'改造''锻炼'，看样子跟以前可大不相同啦。"

在那边盘问富农女人的喧闹声里，贺家富慢条斯理地报告杨英：这几天，本村翻身团又从地主们家里挖掘到不少粮食，不过有些麦子出了芽，有些谷子沤烂了；另外还挖掘出许多东西，最重要的是，连宋家大院所藏的地契、租约、债据、账簿，一股脑儿都找到了。这些东西一共装了四个大瓮，封得严严实实，埋在东跨院宋小乱住屋的炕底下，还埋得相当深，周天贵他们费了大劲才找到。现在，农会要求上级批准，赶快把这些东西全烧掉。

"当然，应该烧掉！"杨英同意地说，"干脆把所有地主的契据账本，统统集中到一起，让群众亲自动手，一股脑儿全烧毁它！烧个干干净净！然后，我们另发——"

"什么？你说清楚！"那边高老墨在威严地说。

又是一阵鼓噪。原来那富农女人承认，她儿子毛四儿，用风干的豆腐干仿刻了农会的图章。

"你看，我们还有个意外的收获！"老贺兴高采烈地指着桌上的那只黑箱子，对杨英说，"这是在后院北屋的墙根底下挖出来的。"

"吓，这是什么箱子，这样漂亮？"

"看样子是保险箱，"坐在那儿研究箱子的老校长，扶正老花眼镜说，"这箱子真'保险'，我们琢磨来琢磨去，还是没法把它开开！"

"里面准有宝贝，"老贺笑着说，"可就是开不开！"

杨英觉得很奇怪，走过去细看那箱子。箱子倒不大，但拿起来沉甸甸的，竟是铁的，外面却漆得又黑又光，明镜般的亮，上面有个白钢的提手，另有一块小铜片，铜片上有篆体的"鸿泰"二字拼成圆形。箱子的前面在箱盖缝的附近什么也没有，只下方一左一右有两个可以拨动的圆盘。据老校长说跟自动电话的拨号盘很相像，但号码都是汉字：

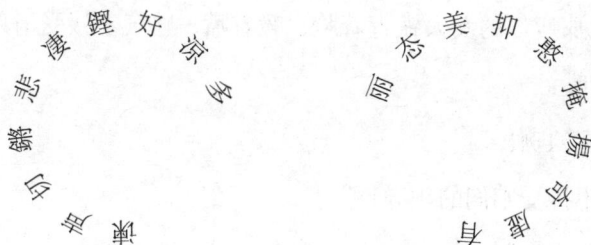

"你看，怎样拨弄也没有用！"老校长说。

"你们问过笑面虎没有？"杨英问。

她只提笑面虎，是因为斗争恶霸那天晚上，大概有心脏病的小尖头竟当场吓死了；活阎王挨了一顿揍，没有死。但第二天，当常恩妈被暗杀的消息一传开，愤怒的群众就再也忍不住，终于把老恶霸拉出去，在树林里的一个大会上，给常恩妈报了仇……

"我们连什么大太太二姨太，连管家吕立功，连金梅阁，都问到了，谁也说不知道，"老贺回答说，"据笑面虎讲：以前光听说老太爷有一个保险箱，一开箱就会叮铃铃地响，可他从来没见过；又说老太爷是中风死的，临死也没来得及交代，当时急得老太太差点发了疯，后来哪儿找也没找到。这话可不知道是不是真的。我想他既然知道有这箱子，还知道一开箱就会响，要说没有看见过，那才真是瞎话！"

"他们即使知道，也未必肯说！"老校长缓慢地摇着头，"贺区长叫我把这些字尽可能连成句子，可是……"

"住嘴！"那边高老墨又在严厉地呵斥，"你别'富农富农'的，你们这些富农比地主好不了多少！以往的罪恶还没跟你们算账，今天光凭你们假造公章，就可以把你押起来。不过我们宽大你，这些衣服和东西暂时留下——小闹儿，清单开好没有？——喏，清单交给你，将来该没收该发还，听候农会处理。你回去可老实点，要不然，我们对你也就不客气了！"

杨英望见那瘦瘦的女人铁青着脸，噘着嘴，赌气不接受清单，她后面又腾起了一阵喧哗：

"嘿，她还凶咧！"

"她根本不接受咱们的领导！"

"把她押起来！"

"把她押起来！"

"就是我这老脑筋太死，一会儿看李玉把句子连起来没有。"老校长又说。

"怎么，李玉他内行吗？"杨英问。

"哈，李玉对这可有兴趣啦。"老贺笑着答，"他把箱上的字儿照抄了一份，说他抽空也琢磨琢磨。"

"杨政委！"老贺又说，略略放低了声音，"亏得你回来了……"他的眼睛里似乎隐藏着别的什么重要问题，暗示地说："你不到后面歇歇吗？"

4

后院，区委会办公处，门窗都紧闭着。区小队队长丁少山，队副花满枝（原是裴庄的民兵队长，也是个青年荣军），和本村的民兵队长高宗义，正在里面跟贫农贾三顺秘密谈话。老贺与杨英就到东屋。东屋三间也已经腾空了，并没有东西好坐，他俩就站在当中一间的空地上。

"昨天晚上，"老贺说，"翻身团委员会开会，接受了大部分小组提的意见，决定要分富农和上中农的土地财产，还要分油坊。当时是我和秀女儿、李玉参加这个会议的，秀女儿首先提出了反对的意见，我也提出了修正的办法，可是在李玉对他们的一再支持下，大家还是通过了……"

这样严重违反党的政策的决定，使杨英脸色都有些变了。她不由得睁大了眼睛，问道：

"李玉这是什么意思？"

"李玉是这样说的，按政策，油坊属于工商业，必须保护，可是本村的油坊，大部分资金属于地主富农，这就是另一回事了。他又说，按政策，富农的土地财产都不动，更不用说上中农了，可是这样一来，就要给群众泼凉水，在轰轰烈烈的群众运动当中，谁要给群众泼凉水，谁就要犯错误。他还对秀女儿说，他过去犯严重的官僚主义和右倾机会主义，这应该作为对大家的教训，如今他可要坚决贯彻群众路线了：群众要怎么办，就怎么办，他决不做群众的绊脚石。"

"这样大的问题，党支部事先就没有讨论吗？"

"这一向……大家都忙昏了头……少山也在忙着他的本位工作……支部会就没顾上开……"

哦！本位工作！什么叫本位工作？党的工作就不是最要紧的本位工作吗？——杨英心里很生气，但她克制着，仍然冷静地问道：

"那么，委员会里的党员，都没有起什么作用吗？"

"当时最糟糕的是石漏媳妇，她不但不支持我和秀女儿的意见，还跟秀女儿争起来。投票的时候，委员里就只有高老墨和周天贵两个党员没举手。此外，连宋旺这位党支部委员，也糊里糊涂随了大溜……"

为了党支部放弃了对群众运动的领导，杨英真是又气又恼，说了声："好啊！"就把两手插到蓝布棉袄两边的插袋里，像个男人似的在室内踱起来。

窗外，雪花还在纷纷地飘落。空空的屋子里没生火，通两边房间的门都敞开着，空气是寒冷的。但杨英感觉到心头有一股火儿蹿上来，脸皮也仿佛在发烧。然而她，这个年轻的政委，怎能对这位头发都全部灰白了的老同志，有所责难呢？她看得出来，就是她不加责备，他心里也够难受的了。

"杨政委！"一向开朗的健壮老人，现在多少有点儿勉强地笑道，"亏得你回来了，这事儿还来得及……昨晚上决议通过后，他们本来准备立即在农会委员会争取通过，并且马上行动的。李玉当场把几十张封条都写好了，准备连夜封油坊，封富农和上中农的门——他们计划：让每一户富农或上中农，在家里都合并住一间房，其余的房间集中一切浮财，先严严实实封起来，好准备跟地主的浮财一起分。可是，我和秀女儿坚决主张：这事儿暂且保守秘密，也暂且不要提到农会去，等你回来批准后再进行，我们知道你一半天就要回来了。最后，大家接受了我们的意见，所以这事儿还没有闹出去。"

"怎么，对于这样大的事儿，少山就不闻不问吗？"杨英站住了问。

"我们连夜跟少山研究过了，他也有不同的意见……"

"这样吧，老贺，"杨英比较平静了，对贺家富亲切地说，"你去跟宋旺说一声，叫他马上召集支部会，就到这儿来开，还有，把本村的土地统计表，带来给我看看。"

"叫不叫秀女儿？"

"不方便吧，我看算了。"

老贺刚走，少山推门进来，年轻的瘦脸儿上带着气愤的表情。

"政委，你回来了，正好！你看这问题怎么处理——宋卯和狄廉臣竟在背地里组织翻心团！"

"什么，翻心团？"

"是啊，我们组织翻身团，他们偏组织翻心团，专跟我们对抗！刚才贾三顺已经坦白了，他说参加翻心团的有郝金海、刘连喜、高老盆、齐大头……人还有咧！大部分都是中农和上中农，也有下中农和贫雇农。至于具体搞些什么活动，他还不肯坦白。看来他很怕宋卯和狄廉臣，或许受过他们的什么威胁。现在花满枝和高宗义还在那儿挤牙膏似的挤呢。"

然而，出乎少山的意料，杨英对于这件事，却是很高兴的。她面有喜色地对少山说：

"好！能搞出来，是个很大的收获！本来，村里还有许多人受过宋卯、狄廉臣的欺骗，看不清他们的真面目，现在正好用事实来揭露他们。这件事必须严守秘密，你们再继续耐心地进行工作，等材料收集齐了，人证、物证都有了，咱们就召开群众大会，让群众跟他俩讲讲理！""我看，"少山恨恨地说，"先该开除他俩的党籍！"

"不，"杨英解释道，"还是先在群众面前，把他俩的假面具彻底戳穿，然后我们再采取组织措施。这样他俩就没话说，群众也都会拥护的。"

少山同意了，又汇报一些别的事，包括斗争大会那晚上二混子打枪的嫌疑问题……等他说完以后，杨英带着尽量温和的口气对他说道：

"少山，这一时期，你们的工作是有不小的收获，这是首先应该肯定的。不过，你们的工作里也还有相当严重的缺点，那就是大家分头忙，却并没有发挥党的强有力的组织作用和领导作用。少山，你是个区委委员，还是本村的支部书记，你想：党的政策如果不通过支部，不通过支部各党员团结一致的、正确无讹的、积极有效的工作，那怎么能贯彻到群众中去呢？"

"可不是吗！昨天夜里，老贺跟我一说，我就想，这可糟了！唉，"少山用左拳打着自己的头，愧悔地说，"我真糊涂！我是个军人，却忘记了战斗堡垒的作用……"

5

老贺与高老墨、宋旺、周天贵进来了。宋旺说，石漏媳妇和王小龙，由小珠找去了。

"杨政委，"周天贵把几张统计表交给杨英，"你看，这是本村各阶层人口、土地、牲畜、农具等的详细统计，刚才我们已经核对过了。"

周天贵虽然不识字，但在清算斗争中表现得特别精灵。他用粗糙的手指胡乱点着表上的一个什么地方，却很沉着、很明确地对杨英说："这成分是按第二次复评的结果统计的。第二榜贴出以后，只有个别的成分还不能最后确定，此外全部成分，群众都没有意见了。特别是地主、富农、上中农的划分，都是老贺亲自跟翻身团委员翻来覆去研究了好多次，然后在翻身团各小组通过后，又在农会各小组再三讨论通过的，所以这部分已经定案。"他停了停，又说："现在的问题是，第一，富农和上中农的土地也多，大部分群众都要求把它们拉平；第二，本村的油坊，是笑面虎和宋卯他们几个地主富农合伙儿开的，里面也有一小部分资金是上中农的，现在大部分群众也要求分油坊。杨政委，你看怎么办？"

杨英拿了表细看。表上第一家富农毛敬堂，她知道就是毛二狗；第二家富农吕岁喜，她知道是宋家大院老管家吕立功的儿子；第三家宋庆云；第四家宋太平；而第五家就是宋丑——按他大小二十三口人来看，显然是把宋卯、宋辰两户也一起包括在内了。这一家光牲口就有大小牛四条、骡子两头、马一匹，土地连明带暗，有二百五十多亩。杨英知道，在本区前一次解放时期，他家名义上就分了家，把财产分散隐蔽起来，在村里宋卯等一部分干部的操纵下，宋丑、宋卯的成分都定为中农，三弟宋辰更是定为贫农；而实际上，还仍然是那么富裕的一大家，农地全由老大宋丑在经营：表面上不雇长工，但月工、短工雇得多；表面上并没出租土地，其实暗里出租和出典的土地就有一百二十多亩；表面上装得手头很紧，暗里却放高利贷——据不完全统计，就合银洋五百多元……

杨英看那总表：富农七家，平均每人的土地十亩又半；上中农十六家，平均每人不到三亩；而本村的土地，如果按人口平均计算，则每人只能分到两亩挂零。依此推算，则富农多占土地四百八十多亩，上中农多占土地七十多亩。

丁少山端来一个瓦盆，从北屋分来一部分炽燃的木炭，大家围着炭火盆儿蹲成一小圈，烤着手，开始谈起来。

"昨天晚上，大家是怎么说的？"杨英问。

"多数委员的意见是，肥处割膘，瘦处添油，干脆一抹平，谁也不吃亏，谁也不占便宜，公平合理！"宋旺抢先回答。

"这样做，老贺怕违反政策，我也怕使不得，"老墨叔慎重地说，"昨晚上老贺跟秀女儿说得对，咱们现在反帝反封建，反不到富农的头上，更不能侵犯中农的利益。至于油坊，我同意老贺提的办法，可以把地主那部分资金抽出来分掉，其余的保留。"

刚巧石漏媳妇和小珠匆匆进来，石漏媳妇听到老墨的话，奇怪地说：

"油坊问题，昨晚上不是决定了吗？"

"是啊，"贺家富笑着回答她，"分油坊，分富农和上中农的土地财产，这究竟对不对，咱们还得讨论讨论啊。"

"啊呀，"矮小的石漏媳妇，一下子冲动得黑黄脸儿都成了酱红色，一面拍掉大襟棉袄上的雪花，一面嚷道，"要不那样分，我们可不干！"

"你们，是谁呀？"杨英微笑着问。

"我们，妇女翻身团！"石漏媳妇不假思索、理直气壮地回答。

"好吧，你说说你的理由吧。"杨英笑着鼓励她。

"理由！"石漏媳妇的话里带着气，"你们还要什么理由？咱们的苦日子过得还不够吗？你们还要让人家地多，咱们地少吗？你们还要让人家富，咱们穷吗？"她越说越气，竟对大家做着手势，"哦，原来你们的胳膊朝外弯呀！要是这样，要是你真分给我一亩多地，那呀，哼，反正不够种，反正还要挨饿，我宁可不要，宁可干脆饿死！"

"石漏嫂！"丁少山大不以为然地站了起来，一只胳膊也挥动着，"你可别这样说！你看我，打八岁起就给宋庆云家干活，一直干到十八岁，到我投了八路军为止。就是说，我这可怜的孤儿，整整给他们压榨了十年！开头，他家还是个上中农，可十年间，他们拿我的血汗生了利息，竟发展为富农。你想想，难道我不想向他们讨还血债吗？哼，照我看来，别说是富农的大剥削，就算是上中农的小剥削吧，只要是剥削，就都是吸人的血，榨人的骨头取油！所以，石漏嫂子，你放心，我们都跟你一样恨透了剥削！可是，为什么我们不马上向富农和上中农进攻呢？那是因为，党教导我们，"这位年轻的残疾军人，像背书一样烂熟地、热情地说道，"咱们现阶段民主革命，基本上就是土地革命。那么，土地革命的目的是什么？目的就是要打倒地主阶级，消灭封建关系，解放农民的生产力，好准备走社会主义道路。可是，别说上中农，就是富农经济和工商业，也都是资本主义性质，并不是封建性质，眼下让它们发展，对咱们的社会生产还有好处咧，破坏它们干什么？"

"到将来，"老贺插言道，"资本主义剥削也要消灭，一切剥削都要消灭的，忙什么？"

"因此，"少山用玩笑的口气结束道，"好嫂子，你还是不要死，等社会主义革命成功了再死吧！"

"到那时候，叫她死她也不死啦！"老墨叔笑道。

但是石漏媳妇远离着大家，坐在左边房的门槛上，依然生气地说：

"我不懂！我不懂！反正我随大伙儿走！"

跟石漏媳妇一同进来的李小珠，一直还站在门跟前，好奇地看着辩论的双方。这位抗日时期就参加党的小同志，这时候忽然对少山不满意地发话道：

"在党的会议上，你们开什么玩笑呀！"她的眼光溜一下石漏媳妇，神情严肃地说道，"我们既然都是共产党员，就应该问一问自己：我们参加党，究竟是为什么？是为了革命，还是为了给自己分两亩地呀？要是分不到两亩地，难道说不干就不干了吗？"几句话说得石漏媳妇脸色又成绛红了。

杨英微笑着。她看见周天贵坐在他脱下的一只鞋子上，一面伸双手烤着火，一面歪着脑袋在沉思，就问：

"天贵，你的意见怎么样？"

天贵抬起头来，照例缓慢而确切地说：

"是这样：叫我看，这几家富农，除了自家有人参加劳动，别的方面，不论出租、出典土地，放高利贷，雇人……都跟地主没有什么区别。再说，他们的地也实在多！要不把他们的地分出来，这村平均每个人连两亩地也不得够。闹了一大场土改，结果三百来户贫雇农地还是不够种，我看这倒是个大问题。要说上中农嘛，终究是咱们团结的对象。好在他们的地也不算太多，我想，干脆不动就算了。"

在每个人发表意见的时候，杨英都十分注意地瞧着、倾听着。她外表上并不显露，究竟谁的意见更使她赞同；然而她内心，却不由得对周天贵深感钦佩，正像以往每一次天贵发表意见时一样。她觉得，周天贵的无产阶级立场总是站得很稳，因而在工作上特别显得聪明和能干。而这样的人，差不多各村都有。

周天贵的话引人深思。高老墨似乎很感兴趣地问：

"那么，油坊呢？"

"油坊？"又黑又瘦的周天贵歪着头，他那太阳穴的青筋儿像弯曲的蚯蚓似的膨胀着，"叫我看，油坊属于工商业，不该是在土改的范围以内。党的政策不是保护工商业吗？再说，这油坊的资金，地主倒占了百分之七十，若是把地主的资金一抽掉，这油坊不就垮台了吗？油坊垮了台，我们吃油还跑到千家营去买？叫我看，如果一定要没收地主的资金，那也得一总留在油坊里，不能分！"

"怎么，刚才你是说，富农的土地还是要分？"宋旺却莫名其妙地问。

天贵转脸瞧了他一眼，点点头。

"啊呀，你！"红脸宋旺就发开了牢骚，对周天贵嚷嚷道，"昨晚上我举了手，你把我批评了一顿；刚才我脑子好容易清楚了，可你这么一说，我又糊涂啦！"

大家都笑了。

6

"我说一点意见，怎么样？"杨英提议。

于是，笑声马上静下来。少山用手势招呼两位妇女，并且跟老贺先让出两个位置。她俩也就跑过来，蹲到火盆边，烤着火。

"怎样，他不在？"杨英低声问小珠。

"别提了，又装他的鬼病呢！"小珠赌着气。

再没有人说话了，静得仿佛外面雪花的纷纷飘落都听得见声音。

杨英用两根细枝子拨着炭火，略略考虑了一下，才开始说道：

"我想谈两个问题。第一，是党的领导问题。因为昨晚上有人说，他要贯彻群众路线，群众要怎么办，就怎么办。那么，他这句话，对不对呢？依我了解，毛主席是这样教导我们的：如果群众的意见正确，党就应该领导群众，实现它；如果群众的意见不正确，党就必须教育群众，纠正它。这样，跟群众路线是不是矛盾呢？一点不矛盾。因为党是人民群众里面最有觉悟的分子组成的先锋队，它能够代表人民群众的最高利益。有时候，群众只看见眼前的利益，看不见长远的利益；或是只看见局部的利益，看不见整体的利益。这时候，党就要教育群众：不光看现在，还要看将来，不光看部分，还要看全体；必要的时候，还得牺牲眼前利益，服从长远利益，或是牺牲局部利益，服从整体利益。因为这样做，才符合群众的最高利益。所以，光有群众路线，没有党的领导是不行的。当然，光有党的领导，没有群众路线也不行。"

说到这里，杨英看着身边的李小珠说：

"小珠，咱们九分区老百姓有两句话是怎么说的？"

"我说不来！"小珠却忸怩地，不，或许是调皮地，笑着不肯说。

"这小家伙！"石漏媳妇打了她一下，"刚才你怎么训人来着？"

"大概是这样说的，"杨英回想着，背诵道，"千条万条，党的领导第一条——"

"——千计万计，群众路线第一计！"小珠很顺溜地接过去。

"好好好！"大家都衷心地赞叹——

"真好！"

"真对啊！"

"昨天的漏子，就出在这上面！"

"就像没头的蜻蜓，乱飞乱撞啊！"

"真危险！"……

"以后可要注意点！"杨英警告着，特别看了看老贺与少山，"以后，一定要加强支部工作，尽可能使所有党员，都在原则基础上，政策思想上，团结一致，然后好去领导群众，正确地执行党的政策。而不是让共产党员的水平，降低到一般群众的水平上，随随便便地、糊里糊涂地'跟大伙儿走'！"

"是呀，"石漏媳妇不好意思地说，"可就是，不知道怎样才算正确嘛！"

"别忙呀！"老墨叔关照着。

"要记住黑老蔡说过的一句话：'斗争越紧张，越要抓思想！'"杨英说，"……这就是我要讲的第一个问题。"她停了一停，拨着炭火想了想，才又说道：

"第二，是党的政策问题。昨天晚上，有人想不按照党的政策办事。那么，究竟是执行政策对呢，还是不执行政策对呢？要回答这问题，首先要了解政策是什么，它是从哪儿来的。依我了解，政策是革命运动的指南针，有了它，才不会迷失方向，走错路。因为政策是根据客观形势的发展，根据广大群众的要求，而且集中了群众的智慧、群众的经验，由党中央制定的。所以，政策本来是从群众中来的，它最直接地、最恰当地体现着最广大群众的利益。党员的任务，就是要使政策回到群众中去，让广大群众都能了解、都能掌握、都能为它的实现而斗争：一句话，就是要把党的政策变为群众的行动。因此，离开了正确的革命政策，就不会有正确的革命运动。我们要把党的政策看作党的生命一样重要。大家想想看，政策的重大意义是不是这样？"

"啊呀，"石漏媳妇说，"李玉的话可不对头啊！"

"嗨，我也上他的当啦！"宋旺说。

"是啊，"杨英说，"我们决不能抛开政策，相反地，我们一定要坚决执行党的政策。刚才，大部分同志的意见是对的。按照党的政策，我们必须坚决地依靠贫雇农，巩固地团结中农。因此，我们绝对不允许侵犯中农的利益，包括上中农的利益在内！此外，少山说得很明白，我们也绝对不允许破坏工商业，包括地主富农的资金在内！——当然，恶霸地主是例外！"

"好！好！"老墨叔满意地说。

"对啊，"老贺也连连点头，"要紧的是团结中农，包括上中农在内，别让他们跟着地主富农跑！"

"现在地主富农坏分子，正在背地里搞鬼呢，他们就是想夺取群众，争夺天下。我们要是在政策上犯了错误，那正好是帮了他们的忙！"少山严肃地指出。

"现在，问题是很明白了！"周天贵说，"只是富农的土地，究竟还分不分？"

"是啊，难题儿就在这里啦！"几个人都是这样的意见，"分吧，不合政策；不分吧，土地不得够！这可怎么办？"

"这也难不着我们！"杨英笑着说。因为蹲得腿疼，她站起来，略略退后一些，掠一掠垂下来的头发。这时候，如果有谁注意，就会发现她的眼睛闪耀着异乎寻常的光彩。"同志们，富农经济，一般虽然属于资本主义性质，可是刚才周天贵说得对，咱们这儿的富农，有许多方面跟地主没分别。最有意思的是，刚才我在路上，听见翻身团的妇女纠察组也说，要挖富农的封建老根子，要砍富农的封建尾巴儿。我看这些话都说得非常好、非常重要。这些话，使我想起了，毛主席在一篇文章里也提到过带有封建尾巴的富农。真的，同志们，咱们仔细想想看，咱们这儿的富农经济，都含有相当大的封建成分，有的富农，简直可以说是'封建性的富农'。咱们现在不是正要消灭封建剥削吗？为什么这一部分封建剥削就不应该消灭呢？况且，刚才有些同志也提到了，不这样做，广大贫雇农的地就不够种。咱们党领导群众进行土地革命，第一不就是要满足贫雇农的土地要求吗？"

"哈呀，杨政委，你这句话可说到节骨眼儿上啦！"老墨叔笑道。

"哈呀，我本来也有这一份心思，可不知怎的，就像茶壶里煮饺子，光在肚子里翻腾，可就是倒不出来！"宋旺嚷嚷说。

"哈呀，要是这样做，保证群众能满意！"石漏媳妇叫道。

大家都很兴奋，纷纷地议论起来。连丁少山也欣喜地觉得杨英的考虑非常深刻、非常周到。只有贺家富一个人，还带着多少有点儿怀疑的、不放心的神气，对杨英略有些吞吐地说道：

"可就是，这样做，会不会跟党对于富农的政策，有些抵触？"

"我想不会。"杨英考虑说，"咱们根据他们封建剥削的程度，适当地分别对待嘛。再说，党的一切政策，都是拿最广大群众的利益做标准的。咱们对人民负责，跟对党负责是一致的……当然，这样重大的政策问题，我们还是请示上级批准了，再具体执行。"

老贺同意后，杨英就吩咐高老墨，赶快召集翻身团委员会，彻底地，重新展开辩论。这个会，决定仍由老贺参加。等会议成功后，再把政策贯彻到小组去。杨英还吩咐少山，赶快发通知，召集各村的支部书记和工作组的两位党员，前来开会。她自己则准备立即动手，写一份"龙虎岗土地问题"的简要说明，迅速呈报分区党委。在大家解散以前，杨英笑着举起一只手，对大家说道：

"喂，最后一句话。同志们，可千万别忘记了，敌人就在城里，还没有消灭呀！咱们的土改工作，能不能在稳稳当当掌握政策的基础上，再加紧一些？要知道，土改以后，咱们还有许多事要做，时间就是力量呀！"

第十六章　夜审

猫头鹰上树正二更，

看他定下了好时辰！

——民歌

1

雪呵，还在纷纷地飘落，飘落。

但黑夜，已经悄悄地，吞没了城市。

红叶姑娘的心，越发地紧张起来。她正在家中，守着一盏玻璃罩子的煤油灯，表面上做着针线活儿，实际上在等着一个人。这个人不是别人，正是裴庄一家破落户的子弟，以前龙虎岗自卫团的团长，现在宋占魁和时来运直接领导下的武装特务组织"飞虎队"的队长：阮黑心。不久以前带人去杀害常恩妈妈的，正是这个凶恶的刽子手。

哦，红叶姑娘是多么倒霉呀。自从阮黑心被王小龙打了一枪，来到城里把伤养好后，这半月以来，他常常来找她。呵，从此，红叶就不得安宁了。她那地下交通站的工作，无形中受到了严密的监视。甚至连她父亲——"卖油郎"宋旺，暂时也不便再混进城来，更不便在红叶的姨妈家露面。只好改由城东三里堡一个种园子的菜贩白长生，经过在城内开骡马店的红叶姨父，再与小水取得联系。

这阮黑心，是一个骨架高大，却又很瘦的年轻人。每一次见了红叶，他那十足流氓气的、狡狯的眼睛，总是燃烧着渴血似的火焰，对她贪婪地望着。每一次，红叶总是竭尽心机，并且得到姨妈的帮助，才逃开了他对她的人身侮辱。然而今天，他约定，他在"人们睡觉的时候"来……

雪呵，还在纷纷地飘落，飘落。

但黑夜，已经深深地，深深地，吞没了城市。

寂静；甚至听得见右隔壁房间里，小侄儿女们的轻微的鼾声。

呵，终于，终于听见了敲门声。隔壁未敢睡觉的姨妈，终于开了房门，沿着屋檐下的台阶走去，开了狭窄小院西头的那扇大门。

不一会儿，穿着带帽兜的雨衣的阮黑心，就闯进了红叶姑娘的房间。意外的是，在他后面，还跟着一个同样穿雨衣的匪徒。红叶一眼就看出那正是"飞虎队"的副队长，早先从河东逃亡过来的地主分子，也是一个杀人不眨眼的凶犯，外号谢小气，是个脸色苍白的青年。他俩插上了房门，就把雨衣脱下。这一高一矮的两个匪徒，都穿着特制的黑色棉军装，腰间都围着一圈亮晶晶的手枪用的子弹。每人身上都带着三件武器：盒子枪、手枪和插在皮鞘里叫作"攘子"的匕首。他俩的眼都是昏红的，口鼻里都喷出酒气，但他俩并没有喝醉。

"红叶，对不起，今天小谢也来玩玩！"阮黑心狡狯地瞅着她，假装温柔地说。

"啊哟！"谢小气搓着手，也假笑地瞧着红叶，"姑娘的闺房怎么比外面还冷呀！"

坐在炕沿上的红叶，微微低下头去，两条辫子一直拖到膝盖上，仍旧做着针线活儿。

"瞧，"阮黑心站到她旁边，双手拿了一条花格子的丝围巾给她看，眼睛却向谢小气使着眼色，"红叶，这是我给你买的，围上吧！"

于是，他突然用迅速的动作，将围巾紧紧地勒住了红叶的嘴，连辫根围住，在后面挽上死结。谢小气也早已扑过来，抓住了红叶竭力反抗的双手。

但是，这期间，红叶的脚把炕沿上的一个瓶子，踢到了地上，砰的一声，瓶子碎了。立刻，左边的侧门无声地打开，霍地跳进来三个武装军人——都戴着黑眼镜和白口罩。及至阮黑心他俩发觉，三支手枪已经指住他俩的后脑壳。不一会儿，他俩已经被不由分说地缴了械，蒙住了眼睛，塞住了嘴，紧紧捆住了两臂，一齐被推出门去。

2

雪呵，还在纷纷地飘落，飘落。

这两个匪徒，被人挟持着，冒雪走了一阵，感觉被推上了一辆吉普车。车子飞驰了一阵，停下了。他俩又被推下来，冒雪走了一阵，来到一个什么地方，就被推上台阶，听得见用钥匙插进门上的锁孔里，开了锁，推开两扇重重的门。留了什么人在外面，大家走进去后，又听见门推回去，重新关上了。阮黑心、谢小气感觉到屋子里充满着阴森的、陈旧的、香灰似的气息，夹杂着轻微的油漆味，仿佛走进了单独的一间久被封闭的、有着两扇油漆大门的庙宇一样。

"哎呀，这不是那个'日本庙'吗！"敏感的谢小气，立刻这么猜想。那"日本庙"的位置，在荒芜了的公园里。

但是，正在想着对策的阮黑心，却糊里糊涂地走了进来。他闻见了浓厚的香灰味，就猜想是到了司令部后面那古寺的大殿里——那是平常半夜里抓人审讯的地方。而这种秘密逮捕的方式，他知道是常用的。这回竟用这样的方式对付他，他猜想，不是阴谋，就一定是误会。

"阮海新！"一个低沉浑厚的男音庄严地问道，"你知道，你犯了什么罪？"

听起来，那人是坐在或站在正对面，俨乎其然地在审问他。同时，抓住阮黑心的人，也把塞在他嘴里的布团取去。

"请问，你，你是谁？"阮黑心壮起胆来，试探性地问。

那人冷笑了一声。

"哼，连我你都不知道吗？真是有眼不识泰山！"他那军官的长筒靴，在砖地上磕响着，"我问你，宋司令这样重用你，是叫你干什么的？"

于是，阮黑心的某种猜想得到了证实；他那多少有点恐惧的心理，立刻烟消云散了。

"你，听起来好像……莫非你是，哪一位队长？你看，这完全是误会……"

"别废话！"抓住阮黑心的那一个，发出年轻而愤怒的声音，同时用手枪口顶住他后脑勺，警告地推了一下。

"嗨，你实说吧，你犯了什么罪？"那军官又问。

"这完全是误会！队长，我不过是到她家玩玩！"

"玩玩？"那军官发出大为不满的声音，仿佛看得见他的眉头紧蹙起来，"这家伙真不是好东西！明明强奸妇女，还当面撒谎！"

抵赖不了的阮黑心，终于低下了头。他知道，即使强奸妇女，在他们也算不了什么大错，所以承认道：

"我……和他……也就是想……"

可是，旁边那谢小气却急了，塞住的嘴里呜呜地发声，似乎想辩白，但被喝住了。

"嗨，阮海新，你承认就好！"审问者嘉许地说，"好，这就算一条吧。你说说，你另外还犯了什么罪？"

"别的可没有了，队长……"

"我问你，常队长的母亲，咱们宋司令的亲嫂子，可是你杀死的？"

"啊呀，你问这……"阮黑心奇怪地、委屈地喊；却听见军官小声说："准备好！"阮黑心怔了一下，只觉得扎着绷带的眼前，仿佛亮起了一些极暗淡的光——也不知道这是为什么。"队长，"他只是冤枉地喊道，"这可是宋司令的命令呀。"

"你胡说！"

"我要胡说，你拿盒子炮崩了我！"阮黑心非常着急地分辩着，"那天谢小气也在的，他也可以证明！那天，就是狂风把这后面花园里塔旁的那棵古松，就是那棵火烧剩半面的古松吹折的那一天。对了，是上午十点半钟，宋司令和时参谋，就在时参谋办公室里面的那个小套间里，跟我们商量的。不，不是商量，是宋司令亲自下的命令。他说：'这臭娘儿们信了共匪的鬼话，今夜里要到龙虎岗去开斗争会，坏我们老大的事儿，你们得赶快给我下手！'时参谋对我们笑嘻嘻地说：'这还不好办？只要这样，这样……'把具体的办法全说了。因此，我们可完全是执行宋司令和时参谋的命令。"

"嗐！"那审问者似乎在考虑着，"你说得倒很像，不过，看得出来，你仍然在狡辩！我警告你，你还是老老实实，不要撒谎，撒谎就会有漏洞。我问你：常队长的母亲，要坏宋司令老哥的事，这当然是秘密，可宋司令怎么会知道的呢？况且，常队长的母亲，是宋家大老爷的心腹爱妾，根本不可能那样坏。这分明是你想推卸责任，完全胡编一气！"

"我要胡编，你斩了我！"阮黑心理直气壮地说，"常队长母亲的事，是千家营匪老明送出来的情报，这是千真万确的。"

"你怎么知道这是千真万确的？"

"这是头天晚上，经我的手交给时参谋的一封密信，我还能不知道？"

"哦，这样说来，你的功劳倒不小啊！"

从那军官的笑声里，阮黑心听出了似乎满意的、赞许的意思，他不觉也得意地笑了起来，说道：

"队长，本来都是自家哥儿兄弟嘛，你快放了我，宋司令也可以给我证明哪！"

"正因为宋司令还没给你证明，暂时只好委屈你一下啦！"那军官的言语里，似乎带着嘲笑。他又对旁人说："先拿这一份叫他签字。"

有人走过来，把一支钢笔塞到阮黑心手里，并且将他的手，放在一张纸上适当的地方。纸的下面，似乎是垫的讲义夹。

"签吧！"说话的声音，好像是一个十四五岁的少年。

"签字，干什么？"阮黑心问。

"如果你说的全是真话，你就签上字，这当然是会有用处的。"军官的声音和善地说，"如果你根本就是撒谎，那么签了字也不能证明什么，那当然你就不用签啦。"

阮黑心犹豫了一下，准备签了，又说：

"那你们把我的眼睛放开呀。"

"待会儿再放开吧。"

"老绑着眼睛，这是干什么？"

"这个，你不用担心！"军官的声音带笑地说，"暂时还有这必要。"

阮黑心终于放心地签了字。

"好！"军官说，"现在再谈另一个问题。这里是黄委员交下来的一份情报，阮海新，有人证明你私通八路……"

"什么？"这一回，阮黑心可真吓了一跳。

"你还是老实说吧，你跟哪些村子的共匪有联系？"

"哎呀，这真是委屈死人了！"阮黑心冤枉地跺脚。

"怎么？"军官的口气，变得严厉起来，"你是说，黄委员委屈了你吗？"

"我是说，这份情报……"

"哦！黄委员交下来这份情报，是跟你开玩笑吗？"

"……"

"阮海新，我看你是个聪明人，你自己也明白：你做了对不起党国、对不起宋司令的事，你要不立刻改过自新，黄委员和宋司令会不会饶过你？你还是放漂亮些，好汉做事好汉当！究竟你跟龙虎岗、裴庄和其他村子的哪些共匪有联络，快老实招吧！"

"哎呀，这可怎么说？"阮黑心当真急了，"我哪里跟共匪有什么联络？我只是跟咱们的自己人有关系！就说龙虎岗吧，我的关系是宋惟勤和毛四儿，都是地主富农，都是被打击户。裴庄的'关系'是……"他又说了三个名字，"这些人你可以调查，可以到时参谋那边去了解，他们都出过情报，立过功，全是好样儿的。除此以外，真是天地良心，我可再没有……"

"慢着！还有别的村子，你都有哪些'关系'？"

但是，阮黑心忽然怔住了。他仿佛想了一下，突然怀疑地说：

"不对！你了解这些干什么？"

"兄弟，这也是你发展组织的成绩呀！尽管你有私通八路的嫌疑，可是在黄委员面前，你的成绩总不能抹杀……"

"不，我的秘密关系和工作情况，时参谋那边都备过案的，你问这些干什么？快把我的眼睛放开来！这究竟是在哪里？你究竟是谁？"

这时候，谢小气那塞住的嘴，又朝阮黑心的方向，着急似的发出呜呜的声音。抓住他的人，这回没能喝住他。阮黑心听见自己背后那个年轻人，仿佛跨过去用"攘子"在谢小气的下巴上轻轻拍了三下，谢小气才不敢作声了。

"不……不允许了，"那军官的声音在低低地说，"就问到这儿吧。快灭掉！"

一声轻微的音响，显然是，手电熄灭了。

"这一张要不要叫他签字？"那少年的声音问。

"不用了。回头在两张前面都写上：'阮海新的口供……"

"口供！你是谁？"阮黑心不由得气愤地责问道，"你凭什么逮捕、审问我们?"

那军官大概一直是站着，此刻走近了一步，两只皮靴碰到一起，浑厚的声音严厉而激动地回答道：

"我凭人民的名义，凭革命的名义，凭共产党的名义，今天不但逮捕你们、审问你们，你们两人的反革命罪恶，早已调查清楚，现在就判决死刑，立即执行！"

立刻，阮黑心的嘴重又堵上。两个反革命匪徒，被推出门去……

然后绑在十字街口的两根电杆木上，旁边贴着大字布告：

反革命的下场！

满天的雪花，还在纷纷地飘落，飘落。

第十七章 铁的纪律

我们是青年的布尔什维克，

一切——都是钢铁，

我们的头脑，

我们的语言，

我们的纪律！

——殷夫

1

区委召开扩大会议，准备讨论和处理王小龙的问题。

下午，开会的时间到了。杨英和秀女儿等几个人，穿过月亮门，走进了从前笑面虎住的西跨院。

院子里、葡萄架下、花坛旁边，直到西边和北边的墙根，都分门别类地放满了堆积如小山的精美家具，上面都苫着积雪很厚的苇席，看得出井井有条的安排，以及对胜利果实的爱护。在那红砖洋房朝东的门口，十三四岁的姑娘玉妹子，穿着露了花絮的黑棉袄和千补百衲的蓝单裤站在那里。她笑着跟她们招呼，还通令她们在两根圆柱支撑的门廊里，把鞋底的雪泥蹬净搓光，然后才准进去。

进了洋房，走在横贯东西的过道里，又看见两旁每一个房间内，四壁都挂着五光十色、琳琅满目的衣服，地上排列着小件家具，家具上放着各种日用品，就像开展览会一样。而每一个房门口，都有一个笑眯眯的姑娘在把守。有一个房间里，俊儿姑娘和几位老大爷，正在把各种物件一一估价，一个小学生拿着本子在记录，另一个小学生把编好号码与写好价格的小纸条儿贴在物件上。

杨英知道，这是俊儿她们想出来的办法：先把每一件东西估了价，看全部浮财共值多少钱，然后按等级把钱数分给每一户，让每一户再按钱数挑选自己所需要的东西，最穷苦的最先挑，准备挑到最后，让每家中农在浮财方面也多少能分到一点胜利果实。

"真是群众的智慧、群众的创造！"杨英暗自佩服地想。走上楼梯的时候，她忽然问秀女儿："俊儿的病，究竟好利索没有？"

"说起来也怪，这一向她黑间白日地忙，反而精神抖擞，病也好利索啦。"忧郁的秀女儿，回答着这样的话，脸上也没有一点儿笑意。

"开会的事你通知她没有？"

"跟她说了。一会儿她工作告一段落就来。"

原来这一次区委扩大会议，除区委及龙虎岗支部全体党员都出席外，依照杨英的指示，还吸收有关的党员魏大猛、宋辰，和青年积极分子高良子、高俊儿、唐黑虎等人参加；并且，连已经开除党籍的李玉也请来列席——杨英希望他对王小龙提点意见，同时也让他自己多受一次党的教育。

会议是在楼上尽东头那间书房里举行的。由于三面都是立地长窗，附近屋顶上的雪光通过上上下下大块窗玻璃反射进来，书房里显得特别明亮。可是家具早搬光了，只留下几十本洋装书籍堆在屋角。显然是以前开会时有些人拿了厚厚的洋装书当坐垫，那些洋装书至今还散放在地板上。李玉正在恼惜地一本本拾起来重归原处，黑虎、李小珠在旁帮忙。也不知是谁的安排，现在靠近西墙放了一只长桌、几个方凳，旁边放了几只长板凳，墙上还庄严地挂了一面红旗。杨英他们来到时，几只长凳上已经坐满了人，他们就在桌旁的方凳上坐下；秀女儿在桌子一头准备做记录。于是，会议就开始了。

在讨论王小龙问题以前，首先审议了宋卯、狄廉臣两人向龙虎岗支部提出的"在群众大会最后竟公开宣布开除我俩党籍"的申诉。这申诉写得可疑的谦恭，比如在群众大会上"更深刻地"检讨了"在一时错误的思想支配下"，组织了翻心团等错误，要求党予以宽大，从轻给以处分。然而，正像贺家富笑着说的："浅水里养鳖，早就看透你俩是什么货啦！"大家支持原来的决定，谁也没为他俩辩护；连一向把他俩看作"好人"、看作"得力干部"的李玉（他为了吸收狄廉臣这样的经纪人入党，怕人笑话，所以竟把他吸收为秘密党员），也表示拥护这一决定；只有王小龙一言不发地沉默着。当杨英征求宋卯的兄弟宋辰的意见时，宋辰坚决地说：

"堕落到反党的地步，就是应该清除！我主张，不用为他俩浪费时间了！"

这宋辰，年纪虽轻，说话却老练而果断。平常，他一贯表现很进步，跟家庭也不多来往，除了他的未婚妻高俊儿总觉得他虚伪而不喜欢他以外，同志们向来对他都很信任。

"好，现在讨论王小龙的问题。"会议主席——区委书记杨英宣布。

2

王小龙的脸上，显出了严肃的神气。他低着眼谁也不看，掏出钢笔和小本儿走到桌旁去，准备记别人对他的意见。坐在秀女儿对面一头的魏大猛，急忙给他让座儿。杨英注意到，小龙一开始就抱着不服的、气鼓鼓的情绪。

第一个发言的是丁少山。他直截了当地说：

"今天我要给小龙提点意见，我认为小龙的思想问题很严重。在阶级斗争万分紧张的时候，小龙竟瞒着组织，给地主家小姐金梅阁写信；并且在大家准备战斗的情况下，他单独行动，不必要地暴露目标，以致被捕；后来，又由于他的个人行动，打乱了战斗的部署，让万恶的老狐狸逃跑了！这些错误，我以为都不是偶然的。这说明了：第一，从冀中区党委回来以后，小龙的右倾思想还是没有克服，以致跟地主阶级分不清界限，直到这次反奸清算斗争，他还丧失立场，给地主说情；第二，他的个人主义又有了新的发展，为了坚持个人的错误意见，他竟背着组织搞什么名堂。这样发展下去，我看保不定要走上反党的道路。我诚恳地希望王小龙同志，赶快正视这个危险，悬崖勒马……"

"他就是无组织无纪律！"魏大猛气呼呼地说，"那天离队你请假没有？集合时候可就找不到你！你瞧你气人不气人？你就为什么不请假呢！你要是对领导忠实，你就说明要去给金梅阁送封信，我就一定不准你去，那就什么岔儿也不会有，连老狐狸也逮住啦！你瞧你！……"

"报告！"黑虎举手说，"小龙在队上的时候，表现很不好，大家都觉得他自高自大，连魏队长也不放在眼里！"

"我补充一点，"良子也举了举手，"有一次小龙对我说，他抗战时期就参加革命，论历史不比别人短，论功劳不比别人小，可现在就叫他当个'兵'，这是上级看他年轻，明摆着欺侮他……"

"你胡说！"小龙突然把笔一拍，气愤地抗议道，"组织上特意让我在下层锻炼，我有什么不满意的！你这不是在帮助人，你这是造谣污蔑，中伤一个同志……"

杨英严厉地制止了小龙，叫良子继续说下去。

"究竟谁污蔑谁，大家看吧！"良子也气得脸儿发了白，"正因为你还是我的同志，我要真正地帮助你。平常我说话你总是不听，今天我就在庄严的党旗下，向你进行打心眼儿里的……诚诚恳恳的……批评。"良子太激动了，停了停又继续说，"倘若我有过什么不正确的说话行事，你也可以严格地批评我，我欢迎！现在我可还要摆事实：就在那次，小龙说，宋辰资格还老点，魏大猛才参加了几年革命，又是个大老粗，要领导他王小龙，'门儿也没有'！小龙连杨政委也瞧不起，他说杨英政治没政治、文化没文化，不过是党看她忠实、肯干，才一个劲儿提拔她；还说杨英对他这样苛，不知是什么居心。小龙对黑老蔡也不满意，上次老蔡批评了他，他说老蔡看问题不全面，有偏心。要依他平素的说法，只有李玉才是他佩服的好干部，可是他说，李政委受冤枉被开除了！"

穿着破棉袄、戴着破毡帽，但因为面皮很白，给人一种奇特印象的李玉，坐在离桌子较远的长凳那一头。听到这里，他皱着眉摇了摇头，仿佛表示：真想不到，他王小龙竟会说出这样的话。

"我同意少山说的：小龙的右倾思想还是很严重，"良子继续说，"那天晚上，大家在学校操场上斗争恶霸地主，金梅阁她们一群地主家属奉命站在台右面，可是小龙就挤在她们旁边。我妹亲眼看见，他偷偷用眼睛和手势跟金梅阁来回打电话。——你不用对我瞪眼，这可以叫俊儿来证明，我绝没有污蔑你。斗争会以后，你不是还愤愤不平地跟我说吗：'杨英的领导一贯过左，不该扣的也扣，不该斗的也斗，都是违反政策的。我要写信到分区党委去控告！'他就是这么说的！"末了，良子还揭发：最近王小龙跟二混子勾结，以缉私为名，"克"了一个私商，得到大批美国金枪牌香烟，私下里还请来顺的老爹抽，老爹没接受。良子说："这是来顺亲自向我反映的。"

良子的发言刚停止，王小龙又激动地站起来要辩驳。杨英请他坐下，希望他镇静地倾听别人的意见，用事实来证明自己并不骄傲，而且非常虚心，等大家说完以后，自有他充分发言的机会。

3

俊儿姑娘匆匆进来的时候，已经是半后晌。虽然这时候，由于斜射的阳光和雪的照耀，房间里异乎寻常地明亮，可是空气很混浊，还充满叶子烟的难闻的气味。她看见，会场上人人都是脸红红的，李小珠正拿着一个打开的小本儿站着，在热烈地发言。

"我提议把气窗开开。"李玉趁俊儿进来时会议略一停顿的机会，赶忙说。

黑虎过去把三面长窗上的气窗开了几扇，看得见乳黄色的烟气往外流去。

俊儿坐到李小珠的旁边。小珠儿用眼色告诉她：小龙的态度很不好。俊儿生气地小声说：

"什么都给他抖搂出来！"

"那当然！"

"现在李小珠继续发言。"杨英宣布。

小珠不爱坐着发言，又习惯性地站了起来，可站起来也跟坐着一般高。

"刚才我补充的这些事实，证明宋辰同志的话说得对极了：小龙有一些言语行为很难说不是反党的，小龙有可能已经不知不觉走上反党的道路了。多可怕呵，小龙，你自个儿想想吧！刚才秀女儿说得对：你一定要走邪路，那大家有什么法子呢？拉也拉不回来呀！必须你自己回头……这些我都不说了，"她又看了看小本儿，因为短发垂了下来，抬起头来的时候，她把头摇了一摇，"最后一点，我要说一说小龙的生活。哼，小龙的生活可腐化了！我问你：你一天要抽几盒纸烟？这些钱都是从哪儿来的？有人反映过：你还跟狄廉臣、跟二混子喝过酒。吓，当群众饭都吃不饱，我们都跟着吃糠咽菜的时候，你抽烟喝酒，好阔气呀！再看你：穿着这件不三不四的呢子制服，围着这条粉红色的围巾，在农村里逛来逛去，像个什么人啦？还随身带着个小镜子、小梳儿，把头发梳得那么漂亮，难道这也是革命所需要的吗？自然我们不限制穿衣服、梳头发，可是你这样的生活作风，究竟是受什么思想支配？为什么杨政委一再提醒你，你就不听？……"

王小龙一面记笔记，一面用手绢擦汗，但额上总是汗涔涔的，手绢儿早湿透了。他那黑色的呢制服，因为里面穿了个小棉袄儿，显得鼓鼓囊囊的。这时候，他索性把小棉袄儿脱去，看得见他那雪白的洋布衬衫大部分湿透了，贴在背上成肉红色，还蒸发着汗气。他以迅速的动作仍旧穿上那件宝贝制服，偏偏还把浅红色的围巾儿围上，看他脸上的表情，仿佛是故意对李小珠的指责来一个默默的、愤懑的抗议。

"这简直是资产阶级思想在作怪！"李小珠看着他的动作，也愤懑起来，"他不但生活腐化，而且……"她又看了看小本儿，气愤地说："今天我不能不抖搂！"小珠望了一眼秀女儿，坚决地揭发说，"许多人还不知道，他和秀女儿是在白洋淀订了婚的，可就在这以后，他又跟我好，把订了婚的事儿瞒着我。哼，他欺我年纪小，甜言蜜语……直到今天，我还没有告诉秀女儿：他今年春节回家，还向我求过婚。后来秀女儿的妈妈告诉我，我才明白这个人，原来他是骑马寻马！他侮辱秀女儿，也侮辱我！"小珠说着，忽然含着泪："可当时我不知道，我竟答应了他！……后来……后来……"

秀女儿做记录的笔停止了，一阵突然袭来的伤痛使她有些昏晕……

4

"他们联合起来打击我！这分明是有组织、有领导的行动！"王小龙怀恨地想，偷眼望望杨英和少山，"想不到小珠也这么狠、这么坏！真冤枉，我又不是反对你们，我不过是反对你们的做法，你们就来拾掇我！好吧，我不怕你们！"

轮到小龙该作自我检讨的时候，他装出镇静的态度，就像一个久经锻炼的干部那样站起来，但由于内心的强烈的激动，拿着小本儿的手微微发抖。

"感谢同志们对我的热诚帮助！"想不到他竟这样开头，用一种做作的声调说出了虚伪的言辞，"我的缺点是很多、很严重，我愿意接受同志们的意见，虚心地检讨……"

但是，实际上小龙所承认和检讨的缺点，仅仅是离队不请假啦，抽烟太多啦，好串门子啦，爱开玩笑啦……一些无可推诿或鸡毛蒜皮的事情，这些事情他归结为"作风上严重的自由主义表现"，声明自己一定下决心改正。然后，他就用很长的时间，按照他所记下的别人对他的指责，一点一点地加以反驳。不过，无论多么巧妙的辞令，终难掩盖铁的事实。呵，再没有看聪明人做愚蠢的事儿更令人惋惜的了。小龙是这样令人失望，令人愤慨，只是在杨英再三叫大家安静些的情况下，会场的秩序才得以勉强地维持。

"……因此，所有这些都不过是造谣污蔑，我当然没法子承认。事实摆在面前，该检讨的不是我，而是那些……那些恶意中伤的人！"越来越激动的情绪，使小龙几乎不能说下去。

就在他略一停顿的片刻，许多人举起手来，叫着要发言，俊儿姑娘甚至愤慨地喊道：

"难道错误不承认，就不算错误了吗？"

"有错不认错，还是想犯错！"小珠也说。

"同志们，静一静，静一静，等他说完！"

"至于那些原则性的争论，我必须坚持真理！"小龙哆嗦着嘴唇，坚决地、严肃地说，"宋笑仙向来是开明地主，李政委在这里，可以证明。有些人心里，也未尝不明白，可为什么闭着眼睛不顾事实，把他当恶霸来斗争？难道斗争的面越宽，对我们越有利吗？金梅阁是不是我们的干部，她对革命究竟抱什么态度，可以请李政委说，大家也不能抹杀事实。当时扣押她那么多天，是不是违法的行为？宋占鳌和宋文耀的死，我认为杨政委更不能不负责任。土改政策是不打人，不从肉体上消灭地主，现在不但不阻止，反而放任群众辱骂、殴打、吓死人、杀死人，这难道是合乎党的政策的吗？还有，根据党中央的'五四指示'，富农的土地财产是不能动的，可是我们这里，却决定分富农的土地，这真不知是怎么回事！所以，究竟是谁有反党的思想和行为，请大家好好儿想想吧！"小龙用极愤懑的言语结束了他的"自我检讨"。

为了充分地发扬党内民主，杨英不愿意仓促了结这一次辩论。会议经过两次休息，又继续开到暮色降临，还没有结束。在整个开会的过程中，杨英是耐心地期待着，比其他任何人都更热切地期待着小龙的觉悟。她望着小龙俊秀的脸庞，和透露智慧的眼睛，根据她从前在九分区时对他的了解，相信他在同志们的帮助下终于会觉悟、会转变的。怎奈事实并非如此！坚持错误的小龙竟不止一次脸红耳赤地跟人吵起来，直到听了李玉的发言以后，他才变得苍白、沉默，仿佛受了严重的刺激，眼睛里开始射出对任何人都仇恨的光芒。

李玉的话是说得很婉转的：

"……今天我非常遗憾，小龙一再提到李政委，其实李政委早已不存在了，现在坐在这里列席会议的，是一个姓李名玉的普普通通的革命者。不过可以看得出来，过去的那个李政委，给予了小龙多深刻、多恶劣的影响！我甚至感觉到，那个李政委在李玉身上是死了，可是在王小龙身上却活着，就像鬼魂附体一样！我们必须坚决地把这鬼魂从王小龙身上赶跑。如果赶不走这个鬼魂，那么谁也无法挽救你！……"他还非常遗憾地证明：周天贵所揭露的丑事确是事实，过去的李政委中过金梅阁的美人计，而不幸，青会主任王小龙，跟那个小娼妇也有过非常暧昧的关系……

"同志们！"杨英趁天色尚未全黑，发表她自己的意见，"我大体上同意所有同志对小龙提出的批评和反驳。许多意见我不再重复了，只有以下问题还需要说明一下——"

在略带玫瑰色的昏暗光线里，人们尚能看清她的脸形，和两只灵活的晶莹眼睛的闪光；从她的说话听来，她不像平常那样冷静，她那富于感情的声音，就像一股回旋而下的山间流泉一样。

"首先，小龙提出一些工作的责任问题，我可以很清楚地答复他，上级派我来就是负责本区工作的，本区的一切工作我都负责任！"她停了停，又说，"大家知道，宋家恶霸逼死、杀死了多少人，鲜血把大清河都染红了，有些人并未因此掉一滴泪；可是，当宋家一个恶霸儿子心脏衰弱吓死了，一个恶霸父亲被群众报了仇，就有人念念不忘地要为他们哭丧，要为他们跟共产党算账，甚至还要为他们报仇，那都不是什么奇怪的事情！笑面虎该不该斗？老百姓说该斗，我也说该斗，而且已经斗过了，斗的时候也没有动他一根汗毛，可还是有人说不该斗，还是有人老替他喊冤、叫屈。这道理也很明白：笑面虎是虎，他面带笑容是为了吃人，老百姓既然受尽他的害，自然要斗！可是有的人却受过他的'恩'，跟他烟酒不分家，平起平坐，一同吃喝玩儿过，还跟人家小姨子勾勾搭搭，自然他不斗！金梅阁是什么人？是大兴县有名的大汉奸大恶霸大地主金月亭的女儿，她跟共产党有不共戴天的杀父之仇。这是由组织转来的最可靠的材料，可是小龙他不信，那么他信谁的话呢？当然，只有地主阶级的话他才相信！"

杨英感觉到自己的情绪在激动起来，为了镇静自己，她向魏大猛要了一支卷好的碎叶子烟来抽，又急忙把烟气全部喷出来。然后，她那清脆的声音，就像流到了溪涧里面的清泉一样，较为平静地流下去：

"其次，小龙提到党中央的'五四指示'，可是他的说法并不完全。'五四指示'是这样说的（杨英特为把带来的'五四指示'文件念出来）：'解决解放区的土地问题是我党目前最基本的历史任务，是目前一切工作的最基本环节，必须以最大的决心和努力，放手发动与领导群众来完成这一历史任务。'瞧，特别是这一段，党中央号召党的各级领导，'要坚决拥护农民一切正当的主张和正义的行动，批准农民获得和正在获得土地。对于汉奸、豪绅、地主的叫骂应当给以驳斥，对于中间派的怀疑应当给以解释，对于党内的不正确的观点，应当给以教育。'瞧，这就是'五四指示'的基本精神！

"至于具体问题，富农的土地财产问题，文件里面是说'原则上不动'。注意，原则上不动，那就是说，根据各地的具体情况，还可以有灵活变通的余地，这就叫原则性与灵活性的结合。依我了解，党原是采取了中立富农、打击地主的策略。然而这一带的富农，像毛二狗，他是个作恶多端的联保主任，在政治上向来是反共反人民的；虽然在我们教育、争取，尤其是警告他以后，他在行动上收敛多了，可是背地里依然是反对我们，破坏我们的。有一次小珠去要公粮，他推托说没有，急得小珠哭了，刚出门，就听见他说：'哼，武大郎死了，还有显魂的！'你们听，他的意思是八路军早完蛋了，你们还在这儿阴魂不散！至于其他阳奉阴违的事情，更是一言难尽。这次他为什么逃跑呢？正是他做贼心虚的表现。其他几家，也都是帮凶，直到现在都还在处心积虑地破坏土改，那就不用一一说了。而且，最主要的是，这些富农，全都有封建剥削，占的地又这样多，只有把他们的多余土地财产分出来，才能充分满足贫雇农的要求。何况连地主带富农，按本村户数来说，牵涉的面还不到百分之五，按人口来说，也不到百分之七。所以区委一面批准群众做种种准备，一面却仍然请示上级做最后决定。恰巧那天晚上，分区党委委员兼城工部长蔺爱卿同志，从某处回来（其实从保定回来，杨英没明说）路过这儿，听了我们的汇报。他仔细分析了这里的具体情况，当时他就点了头。他回去以后的第二天，分区党委就批准了我们的要求，不过叫我们不要采取没收，而是采取征收富农的多余土地及其一部分财产的方法，把地主和富农明确地区别开来，适当地对待，因此我们才放手进行。以上这些情况，小龙也不会不知道，试问：为什么偏说我们是反党呢？"

杨英把再未吸第二口的烟卷戳灭，从卷宗夹里拿出一封信来，免不了又激动地说：

"最后，有两件事实需要补充一下。一件是，这里有千家营朱鸿全等两个米贩子今天给我们的回信，他们承认了把解放区的粮食贩往城里的错误，同时证明小龙他俩确实拿了他们六条美国香烟。中午少山找二混子谈，二混子也坦白了。可是小龙还在这儿欺骗组织，掩盖错误！另一件事同志们还不知道，是在小龙被捕以后，党曾经通过周天贵给他送过一个字条，叫他不要轻举妄动，等候组织来营救，可是小龙不听党的指示，偏要打草惊蛇。因此，宋占魁的逃走，必须由王小龙负完全责任！"

杨英所说的末一件事实，原是周天贵看见有李玉在场，怕暴露了叫他送条子的小水，所以在休会时对杨英汇报的。现在一经宣布，这消息立刻震动了所有到会的人，大家重新骚乱起来。杨英举手叫大家安静，望了望在薄暗的光线里青白得似乎放光的小龙的脸，不由得沉痛地、愤慨地说道：

"同志们，许多事实证明：王小龙在政治上已经退化，成为党内的反动阶级代理人！他的心目中已经没有党，没有人民；只有他自己，和他所时刻关心的反动阶级！而最严重的是，他根本不想接受党的教育，根本不准备改正他的错误！……"

不等杨英说完，宋旺就嚷道："不行！这样可不行！我建议区委，马上给他严厉的处分！"

"关于这问题，"杨英严肃地宣布，"到会的人都有权发言。"

"开除！"

"开除！"

——立刻起了一片呼声。

但是魏大猛和秀女儿不同意。

当高老墨送上楼来的一盏明亮的挂灯挂起以后，秀女儿很快在记录本上补写了两句话，就搁了笔，抬起头来。她那年轻的秀美的鹅蛋脸竟如此憔悴，仿佛几小时内害了一场大病一样，烦恼的、充满忧愁的眼光生气地避开了对面的王小龙，对大家颤声地说道：

"开除，我不同意！……我们看一个同志，必须全面！……他现在固然不好，可是我们也不能抹杀，过去他对革命确实有过……一定的……贡献。他原是一个很好的青年！如今他一时糊涂，受了坏人的影响，以后他还可以变好……"违反了她自己的意志，眼泪模糊了她的眼睛，她愤恨地把眼泪擦去，"我并不想辩护他的错误，我和同志们一样气愤。不过……对于一个人的政治生命，我们必须慎重！"

"对！说得对！"魏大猛高声说，露出愤愤不平的脸色，"小龙再怎么不好，究竟还是自己人啊！俗话说：马有漏蹄，牛有失脚；人还免得了犯个错误吗！你们这是在干什么呀？"

"我们在严肃党纪！"丁少山激烈地、严正地回答，"他哪里是一时糊涂，什么漏个蹄、失个脚的！他的错误由来已久了，党给他敲过警钟，不止十次八次，直到今天还在给他敲！谁叫他不听？现在他这样子，还算什么党员？就连一个普通的群众也不如啊！"

少山的话还没落音，李小珠就猛地站起，冲着魏大猛：

"请问，党员的标准，能不能降低？"

俊儿也呼地站起，大声责问着：

"请问，能不能让一块臭肉，坏了一锅汤？"

"哎呀，"高良子嚷嚷，"党的纪律究竟是铁的，还是棉的？"

"唉，"高老墨叹息道，"够上开除的条件了！"

"叫我看，"周天贵却咕噜着，"本来就不够个党员……"

杨英注意到，除了魏大猛和秀女儿，所有到会的人都赞成开除，就只黑虎弯着腰，捧着头，不作一声。

"黑虎，你的意见怎么样？"

黑虎抬起头来，他正在流泪：

"我，也是不愿意……可是谁叫他不争气呢！我赞成……开除！"声音被热泪哽住，他低低地举了举手，忘记了并不在进行表决……

5

晚上，像元宵灯节一样，家家户户的门口，都喜气洋洋地挂上了红灯，美丽的灯光映红了街上的白雪。锣鼓的声音，狂欢地喧闹着。

杨英和秀女儿、李小珠，走过十字街口。那儿灯光灿烂，更是热闹。人们把地主家的各式各样精致的纱灯都拿了出来，整整齐齐地挂在十字街口那纵横交叉的铝丝上了。尤其是靠南的过街楼底下，简直挂满了亮红的纱灯。但是纱灯上各种动人的彩色画面今天并不吸引人，人们的眼光都被两边墙上的红榜所吸引住了。原来，感谢农会评地委员会紧张而敏捷的工作，各户分得土地的地亩清单，已经贴出了修正后的第二榜。

"你还叫屈！"周天贵在跟二混子说，"这块地就在孤坟头东边，你倒瞧瞧去，都肥得出油了，你还不要，就没有你能要的地了！"

"可你知道，我是个光棍儿，好歹且不说，还不该多分些吗？"

"嘿，"妇女们笑他，"谁叫你不早结婚，早生崽呢？"

"唉，"来顺他老爹叹息，"人的欲望没个够，比土地还要厚啊！"

"可不！"乐大妈不满地瞟一眼二混子，"有了千田想万田，做了皇帝想成仙呢！"

"三叔。"宋旺笑嘻嘻地在招呼尹宝三，"怎么着？你不是'不吃鱼，口不腥'吗？"

"嗨！"宝三叔满意地望着红榜，"不图锅巴吃，不在锅边转啦？"

"是呀，"他的伙伴们附和着，"同山打鸟，见者都有份嘛！"

"他真的推掉了吗？"老墨婶小声地问她的亲戚——高宗义媳妇。因为俊儿跟少山好，所以她也特别关心他。

"他的名字好认，瞧，就是没有他！"与丈夫同样是大粗个儿的宗义媳妇惋惜地说。

"傻瓜！"老墨婶遗憾地，甚至抱怨地说，"自己不种，也可以……找人种嘛！"

"政委！"高良子狂喜地喊住杨英，他那瘦长的胳膊平伸开，搭在其他青年的肩背上；其他六个青年也都用胳膊互相交搭着，就像正在摄影的某些运动员一样，而高良子恰在正中间，"政委，我们不愿意私有土地，能不能掂对一下，让我们几个人的地合成一大块儿，像苏联那样，搞一个小小的集体农场？"

"那太好啦！"杨英高兴地笑着，赞赏地望着这高矮不同，可站得挺齐的七个青年，"七个人倒是个小集体，你们要真有决心，我在大会上给你们公开批准！还要号召大家向你们学习——先组织一些互助组，走毛主席所指出的：合作的道路，富裕的道路！"

"良子！你还不回去吃饭？"那边，老墨婶心疼地喊。

"我已经吃过啦！"

"我们都在小棒家吃的饭。"另外一个青年补充。

"政委，我们几个人今儿个开始，就实行集体啦！"

杨英他们笑着，谈着，来到区委会。老贺、少山拿了一张刚到的公文，给杨英看。原来是分区来的关于动员参军的指示。大家正坐下来商议，忽然高老墨兴冲冲地跑来说：

"杨政委，快去，保险箱有法子开开了！"

杨英与老贺他们赶忙跑到农会。李玉站在箱子前面，手里拿着一张纸，兴奋得满脸通红，得意地告诉她：

"我发现箱子上这二十个字里面，有十个字可以连成两句诗，刚巧是古代琵琶诗里的第五第六句。瞧，"他指着纸上，"这是我记起来的古代王融的琵琶诗，喏，就是这两句：

　　掩抑有奇态，
　　凄锵多好声。

你看妙不妙？那意思，跟这开箱的具体情况正好相合！"

"你们开了没有？"杨英欣喜地问。

"他要等你来。"旁观的一些人里面，庞老力取出嘴里的旱烟管，笑嘻嘻地说。

"开吧，"杨英也笑道，"农会的负责人都在这里，多少只眼睛瞅着，还能出漏子？"

"好，我这就开！"李玉像魔术师似的，挽起袖子，有把握地伸出一个手指，按诗句拨动那箱上的字盘。

可是十个字都拨过了，箱盖儿纹丝也没有动，连扳也扳不开。

"这是怎么回事？"李玉脸上很尴尬，蹲下来仔细看字盘，"准是给谁拨坏了！"说过，又拨了几次，仍然不行。

看热闹的高俊儿好奇地问：

"这是关箱子的诗句吧？"

"难道另外还有开箱子的诗句吗？"李玉讥笑地反问她。

"哼，"俊儿乌溜溜的眼睛轻视地对他闪射了一下，"关箱子是这样拨，开箱子不该倒着拨吗？"

"对，倒着拨拨看！"杨英说。

"那怎么行！"李玉说着，勉强按诗句倒拨了一次。

突然，"叮铃铃铃铃……"箱子响了起来，那箱盖儿慢慢地、慢慢地随着铃声往上开，直到铃声停止，箱盖儿也完全开直了。当时，大家都看呆了：哎呀，那满满一箱子耀得眼花缭乱的东西都是什么呀？原来黄灿灿、白闪闪、亮晶晶的，都是金银珠宝啊！

片刻的寂静以后，随即爆发了感慨万状的，或欢天喜地的，各式各样的议论：

"这都是我们祖祖辈辈的血汗啊！"

"看，地主老财多狠心！"

"幸亏找到了，要不……"

"这可怎么分呀？"

"不兴变钱吗？"

"不，我们别零敲碎打，还是留作整桩用！"

"对，我们留着它，买拖拉机！"

"瞧瞧，底下是什么？"老贺提示。

果然，李玉从底下翻出了一沓红纸。

"咦，什么重要的文书？"

"哎呀，全是卖身契！"杨英他们翻看着。这十几张卖身文书的牺牲者，里面就有黑虎的母亲；活着的，还有现在的几个老女仆……

当天夜里，宋家大院的门外不远处那个扫开了雪的广场上，围得密密层层的人圈子里，大堆的地契、租约、债据、账本、卖身契，一齐烧成了熊熊的大火。火苗儿直往天上蹿，烤得人们红光满面，喜得人们欢蹦乱跳鼓掌叫好，有些人把喜悦的眼泪洒在火苗上。旁边，锣鼓铙钹疯狂地敲打，几十个小学生手拉着手儿，围着火堆一面跳舞，一面唱歌：

> 土地改革到咱村，
> 受苦人从今翻了身，
> 唱唱喝喝大街走呀，
> 再不是愁眉苦脸的人……

但是，就在这样的时候，王小龙以请假为名，拒绝归队，独自挟了一个小铺盖卷，悄悄从来顺家出来，搬到柱子家去了。柱子家就在从前的唐支书家隔壁，中间只隔一截残破的短墙。唐支书家的破屋里，如今却住着尚在群众监视下的金梅阁和笑面虎夫妇。

不一会儿，秀女儿和李小珠找到柱子家来看小龙，小龙关门不见。半夜，小龙住屋的窗户还亮着，金梅阁凑到窗户跟前轻轻喊小龙，小龙也不应。在灯下，小龙耐着寒冷，呵着冻，给分区党委和冀中区党委写控告杨英的信，直到天明。

第十八章　小城春

春给我一瓣嫩绿的叶，

我反复地寻求着诗意。

　　　　　　——殷夫

1

星期六下午，牛刚和田八同坐吉普车，回"王家花园"。车子刚转弯，沿着长长的黑墙行驶，牛刚就远远地望见窄门附近的墙根前，站着一个穿破旧学生装，戴黑漆檐儿学生帽的青年，转脸望着他们，好像在那儿等候什么人似的。

"哎呀，那不是王小龙吗！"牛刚惊异地想。虽然他事先从红叶那儿得到通知，今天领导上有人要进城来同他见面，但他绝没想到，小龙竟会突然在这样的地方出现。他心里非常疑惑，瞥了一眼车里坐在侧面的小水：显然小水也瞧见了，却回过脸来，装作并未瞧见什么的模样，跟护兵李歪歪小声说话呢。牛刚急忙低下头，张开两只大手假装揉眼睛，几乎遮掩了整个的脸。这时他唯恐小龙认出了他，跑上前来打招呼。刹那间，车子在小龙面前滑行而过，就戛然停在门口了。心里正没好气的田八，下了车，对小龙狠狠地瞪了一眼，幸喜小龙假痴假呆地走开了。这里一伙人进了窄门，斜过空地，登上高台阶，牛刚乘机向小水使了个眼色。小水会意，进了大门，就故意拐进门房去看信，准备溜出去问个究竟。

到了正院，牛刚回到自己的前房，脱了军帽，卸下呢大氅，坐下来抽支烟，等候小水的消息。他内心是多么愿意跟小龙谈谈呵，可是，小龙怎么会突然跑来的呢？他所听说的小龙的一些情况，一时都回想了起来。但此刻，他的思想并不能集中，因为对面房屋里，八爷正在发脾气，乒的一声，把什么东西摔碎了，还大声地咒骂着。牛刚知道他是在骂黄人杰，虽然委员还没回来，田八却是故意骂给北屋西间里时参谋的老婆——黄委员的姘妇——听的。那一声声难听的，有时简直十分肮脏的言语，可实在刺耳朵呀。

直到一支烟抽完，小水才进来了，凑到他耳朵边，低声说：

“他要见你。”

“是组织派他来的吗？”牛刚脱口问，声音也放得很低。

“不，是他自个儿要来的。”

牛刚那粗黑的眉毛皱了起来：

“他有什么事，冒冒失失跑到这儿来？”

“什么事他不肯说，只说有要紧的事，不见你他不走！”小水脸上也露出了严重不满的神色，“他说他进城已经三天了，每天都到附近来转悠，好容易遇着了，无论如何他一定要见你！”

“三天了！”牛刚很惊讶，“他住在哪里？”

“说是住在一个小旅馆里。”

牛刚觉得问题很严重。

“这家伙究竟有什么事？”

“准是闹个人主义。”机灵的小水，有把握地说。

牛刚他俩知道区委开除小龙党籍的决议，经过分区党委详细调查后，业已正式批准了。非常关心小龙的牛刚兄弟俩，还从经常进城来的宋旺那里了解到：王小龙被开除后，并没有一点悔悟，相反，对组织抱怨，对同志怀恨，工作也不好好干，还常常托病请假，任何规劝都没有用。牛刚心想：如今他不顾党的利益，为了个人问题竟擅自跑进城来，而且已经三天了，每天都到这样的地方来转悠。哎呀！多么危险，多么糊涂啊！牛刚不禁气恼地站起来，竭力压低了嗓音，对小水挥手说：

"快叫他走！快叫他回去！我绝对不能见他！这是组织原则所不许可的！"

"我也这样想！"小水低声说，转身就往外走。他刚才已经把王小龙引到较远的一个小胡同里；现在他要去用最简捷的方法，坚决说服王小龙回去。

2

夕阳西下的时候，牛刚兄弟俩换了便服，来到小方家胡同三号，红叶的姨妈家。这是个奇怪的独院：进了西边的大门以后，仿佛走进了一截小胡同——其实是一条长长的窄窄的院子：南边是墙，北边是五间破砖房（头里两间门老锁着）。照例，姨妈领他俩来到尽头的那一间。只见里面炕边上，盘腿坐着一个络腮胡子又脏又乱的老乡，穿着鼓鼓囊囊的破棉衣，后面束腰带上还斜插着一支赶大车用的鞭杆。他正一边抽旱烟，一边听坐在他旁边的红叶的姨父说话呢。——呵，那不是黑老蔡吗！哈呀，转眼之间，已经跟他八九个月没见过面啦！

跑上前去，牛刚用两手紧紧地握住了老蔡的手，兴奋得一时竟说不出话来。老蔡也兴奋地瞅着他，笑眯眯的，不说一句话。就在这当儿，红叶的姨父姨妈都悄悄地离开了。

"哈，大水，你胖了！"老蔡终于说，声音略略放低，又看着门外的小水，"咦，怎么啦，这位小护兵怎么不进来？"

小水笑嘻嘻地跨进门，装出严肃的神情对老蔡敬了个礼，可是一放下手，就止不住又笑嘻嘻地望着他。

"还来这一套，小鬼！"黑老蔡责备似的笑着，向他伸手，"来！"

小水跑过去。老蔡抓住他的肩膀，故意做出奇怪的表情，上下打量他说：

"怎么还是这样小呀！"

"当然啦，"小水调皮地说，"大官胖成猪，小兵就瘦成鬼啦！"

"骂得好！骂得好！"老蔡觑一眼牛刚，赞赏地笑起来，说得牛刚也笑了。

"都坐下吧，外面有姨妈照应，不用咱们分心。"老蔡说着，又拿着小烟袋对小水摇摇，"现在你可不是他的马弁，知道吗？你本来是他的参谋，现在就可以平起平坐啦。"

不知怎的，在黑老蔡面前，牛大水就恢复了从前那神气。他淳厚地笑着，侧身在炕沿上坐下来。小水也带着顽皮的笑容，望着老蔡，紧靠着站在他哥身边，一只手还搭在他哥的肩膀上。

"老蔡，"牛刚似乎急切地问，"延安失守，毛主席和党中央都安全撤退了吧？"

"怎么样，你们听到什么消息？"

老蔡眼睛里那种含蓄的微笑，使牛刚不好意思起来。

"是黄人杰从保定带来的消息，说……"牛刚忽然不说下去了。

"说什么？"

小水接下去道：

"说'共产党的老窝子给捣毁了，毛泽东可能已经被打死，正在清查'咧。"

"你们信他吗？"

"当然，我们俩谁也没信呵！"牛刚声言。

"哼，"小水也嗤之以鼻，"纯粹造谣嘛，谁信他哩！"

"可就是，还总有点不放心，是不是？"老蔡含笑地眯着眼，瞅着他俩。

他俩默认地笑了。

"是啊，"老蔡说，"敌人是惯于造谣的。这些日子，他们的电台、报纸，也没有少放空气啊！"他强调"空气"这两个字，带着愉快的嘲笑。

然后，他把毛主席亲自指挥陕北战争——最近的青化砭大捷，以及其他各战场胜利歼敌的消息，连同国内外的政治形势，简要地讲了一遍。还说：

"毛主席已经指出：全国规模的新的革命高潮正在到来，今年秋天，解放军就要举行大反攻了……"呵，牛刚他俩听了，心里是多么豁亮呀。

"最近老狐狸怎么样，又有什么新的花招？"

"嗨，土改以后，这老家伙可真沉得住气，"牛刚说，几乎是佩服的口气，"表面上你瞧他若无其事，但骨子里他可时时刻刻在准备报仇，准备'收复失地'呢。这些日子，他不断地扩大队伍、补充武器、加强战斗训练、发展特务组织（公开的和秘密的，武装的和非武装的），还在城周围构筑了那么多碉堡……你看，一切他能够做的，他都做了。据时参谋说，他确是有'雄心'的。不过他老谋深算，还要等待最有利的时机。黄人杰就是因此对他不满，认为他'故步自封'，'戡乱不力'，背地向保定参了他一本。可是老狐狸'朝里有人'，不仅他岳父是国大代表，在南京'立法院'当委员，而且他大舅子就在华北'剿总'当参谋长，小舅子更在蒋介石北平行营当少将参议，黄人杰哪能扳倒他呢？两个人暗里打了一阵官司——到现在这也是公开的秘密了。不过黄人杰的根子也硬，老狐狸终也没法赶走他。他俩倒像是不打不成相识，现在反而称兄道弟的亲热起来啦……"牛刚似乎感到扯远了，突然停顿下来。

"昨天，省里来了公事，"小水提醒说，"老狐狸升官啦。"

"什么官？"

"就这河东河西五个县的'剿匪戡乱总司令'。"

"吓，好大的官衔呀！"老蔡笑道，"这不是给老家伙套上马辔，让他非跑不可吗！"

"我也这样想，"牛刚继续说下去，"最近这儿还派来了一批校、尉级军官，都是在北平西郊由'剿总'的美军顾问团帮助训练的。好家伙，一律美式军装、美制手枪，抖兔崽子们的威风呢。不过，蒋匪把这些家伙穿插进老狐狸的队伍里来，老狐狸也并不是没有条件的，条件是很快以大批美制武器装备他。听说，这些军械的第一批已经运到保定了，马上就要发下来。什么卡宾枪啦，汤姆枪啦……据说都是美国在太平洋岛屿的剩余军事物资。可这里老狐狸他们盼望那些宝贝，已经盼得眼睛都红了。现在各大队的三八、七九等老枪已经都不当一回事了，有的还私下里故意毁弃，好准备领取新的。因此，老蔡啊，你这一次来，机会可再好没有了，我们在仓库和修械所方面，已经给你准备了不少……"

近黄昏了。牛刚打发小水，再设法跟仓库和修械所里的同志联系一下。据老蔡说，今晚十点钟，将由红叶姑娘带着另一个姑娘，到修械所去，负责找老师傅"取货"。

"你知道这另一个姑娘是谁？"黑老蔡狡黠地笑着，问小水，又因为小水要走了，便向他伸出手来。

"哼，我不知道！"小水机警地笑着，对准他手掌心狠狠打了一拳，就跑出去了。

这时，牛刚便把他们在下级军官和士兵中间开展工作的情况，简单扼要地向老蔡做一次总结性的汇报——

七个月以来，特别是蒯爱卿部长第一次进城来检查工作时，指出了"上层工作与下层工作、公开工作与秘密工作、合法工作与非法工作应该更好地结合"，"尤其要使党的力量逐渐获得更坚实更广泛的群众基础"以后，牛刚他们在下级军官和士兵中间的工作，就有了不小的进展。现在，在两个大队的基层单位里，都建立了某些单线领导的关系和规模较小的党组织。而在田八大队里，由于原来在直属警卫排的青年班长耿彪（他是牛刚他俩在城内最早吸收的党员之一）调去当了小队长，组织发展得较快。很多士兵的情绪都被鼓动起来了，最近为了欠饷问题，大有起来闹事之势。此外，不论交通队、军火仓库、修械所，还是司令部的电话总机室和电报收发室内，全都有咱们的人了……

在薄暮的光线里，黑老蔡吸着小烟袋，注意地倾听着，不时点点头，或深入地询问一下。很显然，老蔡对牛刚他们的工作是满意的，眼睛里隐藏着赞许的神色。不过，老蔡对士兵们可能闹事的问题，却有着不同的反应，他那闪耀的眼睛紧紧地瞅住牛刚，问：

"关于这件事，你自己的意见怎么样？"

立刻，牛刚觉得自己在这问题上，采取了可能是不正确的态度。

"我……"他忽然嗫嚅起来，"我怕……压制了群众的积极性……"

"要把群众的积极性引导到正确的方向去！"老蔡直截了当地说，拿着小烟袋的手对他做了个警告的姿势，"闹事或暴动，在你们军队中，在目前这样的时期，我想是利少害多的。还是不要过早地、冒险地暴露，做不必要的牺牲吧！记住：必须进一步提高群众觉悟，大力巩固和发展秘密组织，进行更踏实、更有效的斗争。条件成熟的时候，可以把队伍'拉'出去一部分或全部……"

最后，他俩迅速而慎重地，研究了常恩和田八的问题。

3

"这另一个姑娘，不是小珠还会是谁！"小水微笑地想。九点半的时候，他来到修械所。

修械所在司令部后面的古寺附近，一条偏僻的小街上。它原是私人开办的铁工厂，是城里仅有的两家小规模工厂之一。日本兵占领期间，这工厂就被警备司令部吞并，成为军械修理所了。

小水绕到修械所后门。后门紧闭着，没有警卫；照约定，也没有上锁。他拨开一个秘密的暗闩，轻轻开开门，走进一个杂乱地堆放着破铜烂铁的黑乎乎的院子。院子的一角有一间用木板和洋铅皮钉起来的小锅炉房，里面雾气蒙蒙中亮着一盏昏暗的电灯。烧锅炉的老聋子看见他来了，忙做手势叫他在里面的煤块上坐下，自己就到院子的前面去了。

一会儿，老聋子回来了。在他后面，一个瘦高条儿的老师傅弯腰钻进锅炉房来。他腰里围着个麻袋，麻袋上有许多烧焦的小洞。他那光头上的头发楂儿，和光下巴上的胡须楂儿，全发白了，但跟脸上一样，都染着黑脏。小水很熟识他，他就是打日本时曾经和小水一同爬进城去撬开城门的老铁匠，也是黑老蔡幼年时候的师傅，如今是技术高超的老锻工，一个六十多岁的共产党员。组织派他混到这儿来工作，也已经半年了。

"怎么你还在干活？"小水望着他围身的麻袋，笑嘻嘻地问。

"老规矩，今儿我又'加班'啦！"老铁匠嘻开了缺牙的嘴，语含双关地回答。

他俩坐在煤块上，虽然是当着极可靠的老聋子，但依然小声地谈着话。

一听说老蔡进城了，老铁匠就一把抓住小水的手，直问他老蔡到不到这儿来。小水说，老蔡今儿黑夜有许多事，顾不得到这儿来了，特地托他代为向老人家问好，并且托他捎给老人家一小包上好的茶叶——这是一位同志从杭州带来，送给林书记，林书记送给黑老蔡，黑老蔡又送给他的。老铁匠接了茶叶，笑得合不拢嘴，照例骂了句："吓，这拖鼻涕孩子！"

"老蔡说，一会儿红叶带一个姑娘来取'货'。"

"早准备好了，快取去吧！太多了我这儿也没那么大的'仓库'呵！"老铁匠得意地笑了。

出乎小水意料的是：不知怎的，王小龙竟知道老铁匠在这里，而且来找过他，还要求留在他这儿做工，说是不愿意再回去了。然而小龙没有组织的介绍，因此，老铁匠很生气，暗里给了他几句严厉的责骂，把他赶走了。

"这是什么时候的事？"小水很惊讶，又很愤恨，忙问老铁匠。

"就今天嘛，我刚下班，他就来了。正巧仓库送'货'来，险些儿误了事！"

"哼，现在这家伙或许还在城里呢！"小水恼恨地猜想。

后来，有两个姑娘悄悄地拨开暗闩，走进后院，来到锅炉房的门口。其中的一个弯下腰向里面探望，那齐眉的黑发下，眼睛放着明亮的光芒。她皮肤较红，两条又粗又长的辫子从肩头滑落下来，身上束着很干净的大围胸，左胁下挟着一卷包袱布，仿佛是来收衣服的样子。另一个小个儿姑娘，被她搂着肩，站在旁边；她穿着天蓝色的旧袄裤，黑黑的头发是铰短的。显然她已经望见小水他们了，她那红艳艳的圆脸蛋儿，笑出两个小酒窝儿。

"哦，小家伙，原来是你呵！"老铁匠笑呵呵地站起来，小声招呼着，向她走去。小水兴奋地红着脸，也笑嘻嘻地跟在后面。原来，不论男的女的、老的少的，全是老同志，全是老战友呵。

"车已经到了。"

"好！"

于是，连一句闲话也没说，老铁匠就领着三个年轻人，往前面去。

工厂里，人们早已下了班，回家去了，只有老铁匠等少数几个人是住在厂里的。现在，老铁匠亮着手电，领他们穿过好几间黑暗的房屋：有的屋里放着四五张钳工的大桌；有的屋里放着六七架老式的机床，那轮子上的皮带仿佛一直绕到屋梁上；还有的屋里有几炉压着煤屑的火发出暗红的光……来到一个黑洞洞的过道，过道两旁堆着些零件和原料。老铁匠让他们等着，自己去叫来了两个青年工人，和一个干瘦的管库员，然后一同往库房里去。

库房里没有开灯，可是手电一照：呵，墙上挂的、地上堆的，多少残缺或完整的枪支呀。但管库员在一只大长桌下面，扒开一堆东西，起了几块砖，揭开一个秘密入口的小门。这小门通大地窖，也通夹壁墙。两个青工照着手电下去了，从下面递上来一捆捆没有木柄的新旧枪支，全是用麻袋和麻绳紧紧包扎好的，此外，还有几麻袋步枪和驳壳枪的枪子儿。

小水他们兴奋极了。在老铁匠的指挥下，他们悄悄地往后门外搬运。直到停在附近的六辆大车上，一些伪装的货物下面全放满了，那几个化装赶脚老乡的同志，立刻就赶牲口，把大车拉走了。依照预先的约定，他们走南门出城，那儿有"关系"在值班站岗，只要几句规定的暗号一说，就可以放行了。

这里，小水他们别了老铁匠，往回走。红叶和小珠还另有任务，末了她们还要到红叶姨父的客栈里，与老蔡会合；小珠儿跟黑老蔡，要到天亮才出城。小水不便与她俩同行，在一个暗黑的胡同口，他和小珠依依不舍地分别。他俩什么话也顾不得说，只是小珠从破夹裤的补丁里，拆出一张折小的信，悄悄地塞到小水的手里。

第十九章　月儿弯弯

初三的月儿弯，

银光洒满天；

请你答应我，

更像十五那样圆！

——民歌

1

同一天黄昏。常恩经过再三的犹豫，终于下了决心，去找石瑶琴。

他知道，去年十二月下旬，当北平发生了美军强奸女学生事件后，瑶琴又和其他学校的某些教员，领导过一次大规模的学生示威游行，强烈抗议美军暴行，急切要求美军退出中国，并坚决反对美国干涉中国内政。于是，在学期终了的时候，这些领导过示威游行的教员，全被学校辞退了。最近，瑶琴好容易托人找到个职业，在城里的民众教育馆做事。——常恩计划：如果在民众教育馆找不到她，就到瑶琴家里找她去。

所谓民众教育馆，在国民党统治区，本来只是个形式。这小城里的民众教育馆，更只是一个可有可无的小摆设。它位于小小的白塔公园斜对面，是一幢两开间门面的旧式楼房。进门就是报刊阅览室，白天光线一定很暗，现在，当常恩进来的时候，两盏十五支光的电灯已经亮着了——那昏红的光丝使人联想起发高烧病人的眼睛。灯光下面，两张长方形大桌的周围，零零落落地坐着五六个学生模样的青年，在看报章或杂志。

常恩走到屋角小办公桌前面，问那年老的馆员：

"石瑶琴先生在吗？"

坐在桌后的老头，从宽边眼镜上面望着他，对他那一身漂亮的西服和大衣仿佛很怀疑：

"你有什么事？"

"我是她的朋友，特为来看她。"

"哦，对不起，她现在不能接待客人。"

"为什么？"

"嘿嘿，现在是夜校上课的时间。"老头竖起一个手指，向楼板指了一指。

常恩感觉到，室内所有的眼光全射在自己的身上了。他微红着脸，说："好，我等一等吧。"就转身走到报架前，胡乱拿了一份报纸，坐在大桌边假装看报。但他暗下发现，那几个青年也似乎并不真在阅读，却偷偷地在注意他；那老头的眼光，更似乎一刻不离地直射在他的身上。而楼上的讲课声，可能因为教室门紧紧闭着，听来既轻微又模糊，就像闷在瓮中的人语声一样。

等了一会儿，还不见有什么动静，常恩心里发闷，就放回报纸，踱出门来。天色已经黑乎乎的了。他踱到那没有围墙的小公园里，坐在黑暗的僻静处一株大杨树下的长条凳上，转过身来，一条胳膊搁在椅背上，眼望着斜对面民教馆的大门——门上那一盏暗淡的白瓷罩子灯上，也有着青天白日的党徽，但已经模糊不清了；至于楼上那旧式的木板窗，则紧紧地关闭着，只从破缝里漏出来一些灯光。

忽然，一辆自行车飞驶到民教馆门前，跳下一个约莫十五六岁、穿着污黑工装的少年，把车停在门外，就跑进去了。一会儿，他跑出来，后面跟着两个也是工人模样的青年，一个跨到车上，让那少年坐在车后面，另一个把车一推，就跟在后面跑去了。

从那少年的体态和清瘦的面形看来，常恩确认他是瑶琴的兄弟。他奇怪：聪明的阳阳怎么不再上学，倒去哪儿做工了呢？

陷在孤独中的常恩，回想起自己和瑶琴的关系，心里不免有点怅惘。自从那晚上，在瑶琴家里，常恩表示了复仇的决心以后，瑶琴对待他，就像一个大胆的初恋的少女，对待她那可爱的羞涩的情人一样，她甚至在他面前，不再掩饰自己的政治面貌。然而，事情很快就起了变化。常恩的母亲被人打死了，不仅有身上的字条，而且有邻人的证明：凶手是八路军的游击队，目的是惩罚那恶霸地主的小老婆；加以种种关于土改杀人的传说，连同宋占鳌父子的死讯，都使常恩对于母亲的"被惩罚"，竟然信以为真了。而最主要的，自然还是多年以来先入为主的成见在起作用。何况，正在那悲惨的时刻，宋司令——他二叔——对死者是何等悼惜，竟慷慨地以柏木棺材厚葬她；而对生者又何等关切，说文耀一死，宋氏的后嗣全维系在恩儿的身上了。

"即使那老爷爷说的话全是事实，那么，我那凶恶的仇人也已经死了……难道我要向旁人报仇，向有恩于我的二叔开枪吗？"

当瑶琴察觉了他的这种情绪变化后，她轻视地说：

"你真是个哈姆雷特！不，你连哈姆雷特都不如！你不过是一个糊涂虫吧！"[1]

于是，她生气地离开了他，连一眼也不回顾。

在这时期，常恩是非常痛苦的。他不知道究竟是不是自己错了，他的思

[1] 哈姆雷特，莎士比亚创作的同名戏剧作品中的男主人公，具有在复仇上犹豫不决的特点。

想开始矛盾起来。牛刚装作若无其事的样子，继续接近、了解他。在牛刚面前，常恩似乎很惭愧，但他对牛刚是信任的，并不完全隐瞒自己的苦闷。看见常恩这种情况，牛刚觉得不好明确地表示态度，只是常常劝他道：

"我看瑶琴是个好姑娘，活泼、坚强，很有头脑。而且，依我看，她心里是很爱你的。常恩，不要有顾虑，还是多找她谈谈吧，两个人总会互相了解的。世界上真理只有一个嘛，反正，大家服从真理啊！"

今天，常恩下了决心，来看石瑶琴，又怕瑶琴不见他。他仿佛等了很久，才看见民教馆的大门里，有一群工人走出来，向街两头散去了。常恩又踱到民教馆的门口去。大门已经虚掩上了，从门罅里望见：那老头站在当地，左手端个碗，右手把眼镜抬到额角上，正在鼓起腮帮子喷水雾，准备扫地呢；而瑶琴站在屋后角的小桌边，对着几个站在她面前的青年学生，浅黑的脸儿笑得容光焕发，正在轻声地说什么。常恩不便打搅她，就又走开了。

好容易等到学生们散去，常恩急忙走进门。瑶琴正要上楼，回头看见是常恩，连忙跑过来，笑着说：

"我以为你等得不耐烦，已经走了呢。"

她挟着一个小书包，陪他出门，漫步到斜对面的公园里去。

2

常恩是颀长、俊美的，瑶琴同他并肩走着，就显得矮小，而且有点粗野。她身体结实，穿着合身的、齐膝盖儿长的黑旗袍，显出好看的体形的明显轮廓。她那剪短的头发，使她像一个很年轻的姑娘；但她的言语和动作，却带着早熟的老练。

"这么晚……我不妨碍你吧？"常恩还有些不好意思地说。

"哪里话！不管怎么样，咱俩还是朋友嘛！"

瑶琴这句话，却刺伤了常恩的心。他默默地走着，好一会儿不再说话。

瑶琴也一时没话说。两个人静静地、静静地走着，在夜晚的公园里。

虽然是春季，可是公园荒芜了，遍地都是野草。四周本没有栅栏，只有成行的大树在昏暗里森然耸立。园中那不高的白塔，也显出颓败、倾圮的模样。从前展览飞禽和走兽的笼舍，现在都空寂了。这儿再也没有其他游园的人，只见苍白的月牙儿，在树梢后面孤独而痛苦地半闭着眼睛。

"我要告诉你一件事，"还是瑶琴先开口，低声而清晰地说，"最近我遇到一个熟识的同志，他从千家营来，和我谈起，在你母亲死后，虽然尸首被抬进城了，可是共产党政委——一个姓杨的女同志——去到那里，发现了这件阴谋暗杀的案件，非常气愤，就在千家营东北的松柏林里，集合附近各村的老百姓，给你母亲开了个相当隆重的追悼会，你听说过这件事吗？"

这的确出乎常恩的意外，他诧异地望着她。

"这女政委和你母亲早交上了朋友，她是了解你母亲的。当时你母亲决心要控诉恶霸，这事情不幸被特务发觉了，报到城里，于是去了一帮冒充八路军的匪徒，把你的母亲杀害了……那天，在松柏林里，在尉迟将军的古墓前，在你母亲的追悼会上，那位女政委悲痛地哭了。她一哭，许多老百姓也都忍不住哭了。他们哭，哭你母亲的遭遇，哭你父亲的遭遇，同时也是痛哭那千万个被侮辱与被损害者的遭遇啊！"

这时候，他俩刚走到单独一大间的"日本庙"门前。这庙是日本人在这儿的时候新修的。在朦胧的月光里，紧闭的庙门闪熠着新漆的棺材似的晦暗的光。

瑶琴的话，也不知常恩是信还是不信，只见他颓丧地坐在庙门前的台阶上，两肘搁在膝头，手里扭绞着几根野草。

"你知道吗？"瑶琴站在他面前，继续说，"就在追悼会上，穷人们替你初步地报了仇，杀了活阎王，给你的父母祭灵……"

"你说的是那老家伙吗？"

"正是那老恶霸，宋占鳌！"

"他是这样死的？"

"是啊！亲爱的先生，或许你不信吧？"瑶琴看着他，变得激愤起来，"或许你觉得，农民对地主老爷太残忍了吗？或许你以为，你父母的屈死算不了一回事吗？或许，你仍然相信，中国只有大贫和小贫，因而，不需要阶级斗争，因而，共产主义不适合中国的国情吗？或许，你永远相信，宋占魁是你的恩人，蒋介石是你最崇拜的伟人，因而，你将永远为他们效劳吗？——那么，好呀，请你看一看这张东西吧！"

她突然掏出一张折叠的纸，打开来，交给常恩；然后，自己蹲下来，用手电在纸上给他照着。于是，首先几个清清楚楚的字——"阮海新的口供"，立刻跳进了常恩的眼里。

哦，常恩是多么奇怪呀。他知道，阮海新是被共产党处死的；可不知道，他所以被处死的具体原因。现在，他一字一字地，把口供看完了。也不知是由于不相信呢，还是由于没看清呢，他又从头看了一遍，还仔细看了看日期，和阮海新的签名。最后，他才拿着纸，两手捧住了头。

看见了常恩这样的反应，瑶琴气坏了。她灭了手电，站起来，指着他狠狠地说道：

"好啊，常恩！原来你是这样的一个——"她想说"冷血动物"，可是没有出口，"哼，你知道吗？从前有一个孩子，父母被狼咬死了，他却被狼叼回去，狼喂他奶，把他哺养大，这孩子就变成了狼孩，从此忘记了父母，忘记了什么是人，只天天伸着脖子，龇着牙，他也要吃人！"

但是，在暗糊的月光里，她看见常恩的脸色竟那样惨白，于是，她不再奚落他了。相反，她开始后悔自己的孟浪，感觉抱歉地坐到他的身边去。

3

"唉，瑶琴，你不知道我多么难过！"常恩开始低声地、痛苦地说，一面把口供单谨慎地收藏起来，"这给我的教训太残酷了！真想不到！真想不到！……"

"其实，这也并不奇怪，这就是阶级斗争嘛！"瑶琴温柔地开导他说，"我不是跟你说过吗，在阶级社会里，不论什么人，不论什么社会行为，都是带有阶级性的。大体说来，一方面是剥削、压迫阶级，一方面是被剥削、被压迫阶级：这就仿佛是狼和人的区别一样。你的问题呢，主要就是在人和狼的生死搏斗中，看你究竟站在哪一方面啦！"

"瑶琴，我相信你是对的。我承认，我太糊涂了！请你不要轻视我、嘲笑我；我究竟应该怎么办，请你耐心地帮助我！"

"现在，事实摆在面前，这反动头子宋占魁，正是你不共戴天的仇人。可是我仍然以为，你的仇人不仅是宋占魁，而是宋占魁他们那个阶级，乃至他们这些阶级占统治地位的那个社会。所以，向他个人报仇还不是主要的，时机一到，杀他这个人还不容易吗？最主要的还是应该彻底消灭他们那个阶级，推翻那个旧社会，以便将来进一步建立根本没有阶级，没有剥削，真正能使人人富裕，人人幸福的新社会。常恩，这是个伟大的事业！可是一个人的力量是有限的，最好你还是参加到革命阵线里来。不过，在这个问题上，我知道你的思想里还有许多障碍：首先你对美蒋还抱有一定的幻想，而对于革命的阶级，革命的政党，你还不怎么了解。亲爱的常恩，因此我不忙叫你参加什么组织，我只想给你先介绍一位老师——他是一个极有学问、极有革命经验的人。他能够教导你，使你看清楚蒋介石反动派和美帝国主义的本来面目；他能够指引你，使你走上最正确、最光明的道路。常恩，你愿意吗？"

"那太好啦！他在城里吗？"

"他在城里！"

瑶琴的脸上，显现出认真的、热烈的表情。她小心地打开书包，拿出了一部装订得颇为精致的，晋察冀版的《毛泽东选集》，郑重其事地递给常恩。

一看清封面上的大红字，常恩显然就有些紧张。他偷偷向园里扫了一眼，无意识地将封面轻轻抚摩了一下，说了句"原来是他呀，太好啦"，就把书藏到大衣里面紧贴胸脯的地方去。他也不知怎么红了脸，不好意思地问了一句话——声音还放得很低：

"听说，毛泽东也许死了？"

"不，这完全是反动派的谣言！"瑶琴又严肃地补充道，"而且，毛泽东是永远不会死的，正像马克思、恩格斯、列宁一样！"

"我是说……最近的战局……"

"放心吧，常恩，"她极有信心地说，"在毛泽东思想的指导下，我们正一步步获得胜利！"她还建议他到保定去买一台较好的收音机，每天夜深人静的时候，秘密收听陕北中共中央电台的广播。

随后，她问他："你真愿意阅读毛泽东的文章吗？"

"不光阅读，瑶琴，"常恩活泼地说，"我一定拜他为师！"

听他这样保证，她热情地笑了，把自己的右手放到他背上，亲热地靠近他说：

"是啊，常恩，青年人应该追求真理嘛！现在，全中国还有多少被剥削、被压迫的人，被侮辱、被损害的人，像你的父母一样，在痛苦地活着、在悲惨地死去呀！我们难道可以接受了虚假的恩惠，恰像接受了可耻的贿赂一样，就闭着眼睛不看事实吗？

"有一件事，我还没有告诉过你，今天，我也顺便简略地给你说说吧。

"我父亲在世的时候，原是一个贫苦的小学教员，患着肺病。有一年清明节，他带着我的母亲，到东郊去上坟。他父母的坟就在三里堡村西的河这边，那古庙对面的野地里。走过古庙的时候，我母亲听到一个细小的隐隐的哭声，再听可就没有了。我父亲说一定是她的耳鸣，但母亲坚持说是一个婴儿的可怜的啼哭，拉着他一块去找。谁知就在那破庙的门里边，他俩发现一个新的蓝布包袱，里面果然是一个新生的婴儿。婴儿的小手腕上还系着一个红布白花的小口袋，口袋里有一对充银手镯、一个充银钗子，钗子上有两块翡翠，翡翠全都是假的；另外还有一只只有两钱重的金戒指和一卷零票。你可以想象到，那不得不抛弃婴儿的母亲，一定把全部的积蓄都放在里面了。而婴儿的一只耳朵上，还流着鲜血，原来是被剪了一个小小的记号……"

常恩骇然地望着她。她含着眼泪，但庄严地说道：

"你不用看我！这痛苦的烙印不但刻在我的耳朵上，也深深地刻进了我的心窝里。我相信：这世界是罪恶的、黑暗的；然而，我们有力量推翻它、改造它！"

常恩深受感动，不由得伸过手来，将她的左手紧紧地抓住。从树梢上，月牙儿探出头来，窥看着……

第二十章　送别

马上的红绸迎风飘。

年轻的英雄们上马走了。

——贺敬之

1

黎明，城门开开了。

从南门出来一长串大车，里面有一辆用两匹大骡子拉的胶皮轱辘车，车上绑满了一捆捆新的扫帚、簸箕、麻口袋、布口袋等货物。赶车的络腮胡子老乡愉快地呼吸着新鲜空气，轻轻地扬着鞭子；车栏杆上向里坐着一个十七八岁的姑娘，包着蓝色的头巾，两只晶亮的眼珠看着前面，有时不满意地看看那个枕着两手，靠着货物，懒洋洋地半躺半坐在车尾上的青年。

经过渐渐热闹起来的南关大街，前前后后新修的大岗楼、小碉堡里的驻兵，对这些大车并没有过问。车队来到田野的大路上，走了一阵，到一个十字路口，那络腮胡子老乡轻轻一拉缰绳，凌空响了一下鞭子，他那辆大车就折向东走了。

"再见啊，乡亲们！"老乡还回过头去，用充满快意的洪亮声音向人们告别。

"再见啦，快活的大胡子！"人们愉快地回答。

呵，多美的早晨呀！苹果绿色的天空，是多么高、多么辽阔；在遥远的地平线上，扇面形地放射着金亮的光芒，光线被几道变幻着的红云所隔断；另有一大块金亮的火红的云彩，竟像一只大鹏的翅膀，真是奇大无比，直扑到天心。大地醒来了，那一块块褐色的新翻的沃土，那一望无际的嫩绿的麦苗，一齐闪耀着朝露生气蓬勃的、美丽而喜悦的光辉。早起的农民们，耕高粱的、锄麦地的，穿着白色或蓝色的衣衫，在近处或远处忙碌着。

"小龙，你过来！"大胡子轻声唤道。

坐在车尾上的小龙，带着不大愿意但又不敢不服从的表情，从车上跳下，跑到前面，一跃坐到大胡子的身边。为了保持车子的平衡，那小珠姑娘自动地爬到车尾上去。她轻轻爬过货物，因为货物下面，有几箱贵重的医疗器械和药品。在车尾坐定以后，她上身转过来爬在货物上，关心地看着前面这两个人。

昨夜，当老蔡知道小龙在城里后，怕他闯出什么祸来，就吩咐叶的姨父赶快去找。谁知找来找去，却发现小龙竟是一个人游手好闲地在热闹的戏园子门前，抬头欣赏那几十盏五彩电灯泡所围绕的一幅京剧广告画。当夜，红叶的姨父把他安顿在自己所开的客店里。但黑老蔡连夜在两三个地方检查工作，也没顾得和小龙谈话，直到现在，他才有机会问道：

"小龙，你说说，你干吗要进城？"

"我……"在黑老蔡面前，小龙不敢说谎话，"我想找大水哥，在城里给我安排个工作。"

"为什么乡下不好呢？"

"不是乡下不好，你知道，是人家不要我哇！"说起来，小龙还有些恨恨。

"'人家'，是谁呀？"老蔡眯眯眼，瞅了他一下。

"哼！"

"你的工作不是没有撤销吗？"

"反正……人家用不着我！"

"谁说用不着你？"小珠再也忍不住，气呼呼地反驳道，"你装病，我们光动员你就动员了多少次？"

小龙回过头来，白了她一眼，说：

"我们不必看形式！"

"小龙！"黑老蔡严正地瞅着他，虽然还是压低着嗓音，"你不用转弯抹角，倒不如干脆直说，你不满意杨英他们，你不满意党！你不必忙着分辩，你听我说完。从区委到分区党委，我们的态度是完全一致的。我索性告诉你吧，就是在开除你党籍的时候，一时糊涂还想保留你党籍的同志，后来看见你的行为，也早已向党申述，重新表示了态度。现在，对你的思想本质，谁都看得一清二楚了。你自己想想吧，你的行为说明了什么？你不是脱离了革命，在寻找个人的出路吗？"

"寻找革命的出路！"

"哈，说得好！"小珠儿冷笑道。

"哦，原来，革命是闹着玩儿吗？"老蔡稀奇地说，"今天高兴，我就来，明天不高兴，我就走；这儿合意，我就留，那儿不合意，我就去吗？可全中国的党，以及党所领导的任何革命组织，不论在思想上，在组织上，在行动上，都是统一的呀。这儿不合意，又哪儿能合你的意呢？难道你的思想不改变，换个地方就能解决问题吗？"

小龙答不上来，只生气地别转了脸。李小珠看见，老蔡那侧影——被日出的奇异光辉所照亮的脸孔，蓬乱的胡须像透明的金丝，闪烁的眼睛像晶莹的宝石一样，带着虽然严正却又爱怜的神气瞅着小龙，慨叹道：

"唉唉，小龙啊，小龙啊，你好糊涂呀！现在你脑子里除了个人，真还有革命，还有党吗？党开除你，对你也实在是个考验呵。你要真正是一个有志气的革命者，那么即使错了就改正嘛。为党为革命，头可断，血可流，错误的思想就不可以抛弃吗？跟自己的错误作斗争，还是勇敢些吧！像你这样一脑袋的脓根子不挤掉，就算现在混过去了，日后也进不了社会主义呀！"

老蔡感慨地扬着鞭子，又低声地说道：

"党对每一个党员，以至每一个群众，都像十个指头——个个疼呵！你要真正做过党的领导工作，你就体会得深了。要不，人们怎把党比作母亲呢？老百姓说：'瓜儿不离秧，孩儿不离娘，老百姓离不了共产党。'是呀，党是我们的恩人，没有党，老百姓能得解放吗？没有党，现在的我们，会是怎样的情况？就说你吧，小龙，当初在国民党的压迫下，当了个小兵，要不解放的话，你除了受人家的践踏，又能得到什么？而现在，你们年轻的一代，只要好好听党的话，党是把你们当作宝贝，当作自己的接班人，当作未来新中国的主人翁的，在苦心教育、培养你们。难道你就忘了自己的根本，丧失了对党的血肉相连的感情吗？"

于是，老蔡不再言语了，三个人都沉在深深的思索里。终于，泪珠闪亮在小龙的睫毛上了。

前面十字路边，一个小小的席棚跟前，有两个武装的青年农民在放哨，高兴地望着黑老蔡，叫道：

"黑老蔡回来了！"

"快来吧，老蔡，有人在等你哪！"

从席棚里钻出来一个挎盒子枪的便衣同志，跟老蔡他们打招呼。黑老蔡的警卫员小赵，也笑嘻嘻地跟在后面。

老蔡停了车，跳下地去。那位同志拉他到一边，小声地报告说，蒋匪九十四军七个团兵力，进攻胜芳镇，程书记叫老蔡赶快回去。黑老蔡脸上露出欣喜的神气，仿佛说："哈，又来送死啦！"马上就叫小赵负责送东西到"茫茫口"，与同志们会合，一齐过河到分区党委指定的地点去，自己和那同志则先走一步。

临走，老蔡脱下那鼓鼓囊囊的破棉袄裤，笑着往大车上一扔，身上只穿一套黑色的紧身衣，就仿佛旧小说里的侠客一样，一支小手枪和一支驳壳枪则依然插在腰间。他接过了小赵推给他的自行车，就跟大伙儿挥手告别，还吩咐那位同志骑车先走，自己却叫小龙走过来，陪着他。他一面推车走，一面低声说：

"小龙啊，好坏两条路，这回可瞧你走哪条啦。要知道，一个人的党性不强，眼睛就不亮；眼睛不亮，就到处上当。你小心吧！千万不要太相信自己，听党的话，不会错。你想，个人的本事再大，脱离了组织能干什么呢？即使你浑身是铁，才能打出几根钉子来呀？只要你跟党走，有组织、有领导地干，钢就用在刀刃上啦。你看，小水比你参加革命早得多，可现在他就在城里当小兵，一样能起到相当大的作用。党需要你干什么，你就干什么。这样，绝不会错。要知道：人在世上炼，刀在石上磨；千锤成利器，百炼变纯钢啊。不要怕锻炼！锻炼得棒棒的，将来还是个党员，好不好？小龙，努力吧，我在等你的好消息呀！"

他伸出手来，紧紧握住了小龙的手，站着看了他几秒钟，才推车奔跑几步，纵身一跳骑到车上，还回过头来，笑眯眯地对小龙扬一扬手。车一侧歪，他急忙扶正，就箭似的射去，不一会儿，就追过前边的那位同志，没入金红的霞光里了。

2

小龙和李小珠，抄小路往东北走。小珠也不跟他说话，仿佛有什么急事似的只是匆匆地往前赶，小龙在后面紧紧地跟着。大约急行了只二十分钟，刚拐弯向东，就望见了龙虎岗的村西口。

在灿烂的东天斜射过来的耀眼的金色阳光下，那从前威武显赫的宋家大院——现在挂了红旗的区委会和区政府的大门前，聚集着许多穿新衣的老乡。他们三五成群，说说笑笑，男男女女、老老小小都有。大门对面的影壁两旁，那十几个青石桩上，都拴了戴彩球、备新鞍的骡马。连影壁南面，那广阔稀疏的杨树林里，在斜射进的宽宽窄窄金亮光柱下，也有一小群一小群穿新衣的老乡，和分散拴在树干上的带彩饰的骡马——那些从前属于地主富农，现在属于劳苦农民的骠勇牲口。而不论在村口或林间，那些被欢送的参军青年，一个个茁壮的十八九岁小伙子，更是引人注目：他们头上都包着崭新的毛巾，身上都挎着彩色的绸带，胸前都别着鲜艳的大红花，每个人的脸上都红喷喷、笑嘻嘻，像许多等待举行婚礼的新郎一样。

这一美丽的、动人的场面，很自然地使小龙深深思索起来。动员参军的运动刚开始的时候，为了参军的人数问题，他知道，在区、村干部之间是引起了多么严重的分歧呵！当时，有一部分干部，认为上级既然不限定本区的名额，那当然是对新区和边缘区的一种必要的照顾，因此本区动员参军的人数，有那么七八个也就行了，免得影响和削弱了本地区自己的武装保卫力量。而以杨英为首的一部分干部，却认为不能因上级照顾，就放松了对解放战争的大力支援；而且土改以后，群众的觉悟更为提高，支援战争的积极性必然跟着高涨，党和政府的任务就在于使群众的潜在力量得以充分发挥；况且——

"同志们！"杨英热情地说，"要没有全国解放战争的彻底胜利，能有我们这小小地区的彻底胜利吗？就像下棋一样，全国是一盘棋啊！我们的毛泽东、朱德挂了帅，自然还要有千军万马供他们调遣，才能够取得全局的胜利。所以，为全国，不就是为本区吗！我们的眼睛可千万不要只看自己的鼻尖呀！根据我和各村支部书记的具体研究，光这城东北区，可以参军的青年人数，比有些同志说的就至少还可以翻十番！而且，我们要保证：不但不减少，还要扩充和加强区、村的武装力量，至少比现有的翻一番！此外，我们建议：我们要继承祖先的光荣传统，让每个参军的小伙子，都带一匹强壮的马去！大家同意不同意？"

王小龙记得，那时候，当全区党政干部联席会上的最后决议，传到宋卯、狄廉臣、毛四儿、二混子这批人的耳朵里以后，他们是怎样深怀恶意地冷笑和讥讽呵——

"杨英是为了邀功，不要老百姓的命了！"

"参军还赔马，真不惜老百姓的血本呵！"

"她就是一贯把老百姓当作垫脚石，自己拼命往上爬！"

"不过，参军可不是赴筵席！这小小一个区，别说八十名，恐怕连十八名也完不成！"

"哼，她说的倒比唱的还好听哩，这回她放了这么大的空炮，看她怎么下台吧！"

当时，对杨英最感头痛的是二混子，因为土改以后，杨英这样大声疾呼：

"乡亲们！敌人还在我们近跟前！全中国还没有解放！帝国主义也还在加紧侵略我们……我们决不能'二十四个枕头睡觉'！我们决不能大米白面地乱吃乱花！我们必须时刻警惕着！时刻准备着！时刻处在战斗的、戒备的状态中！"

杨英，在土改以后，就大抓生产，大抓藏粮，大抓练兵，还大抓挖地道，大抓造武器——这"五大抓"，只有第三抓已经与二混子无关：自从开斗争大会那晚上他打了一枪后，虽然查无实据（他偷了"傻柱子"的子弹），但少山和高宗义还是坚决把他从民兵队开除了。其余四抓，却都是与二混子有关的：他家分了地，政府号召"不荒一寸土"，他不能不种；他家分了粮，政府号召"家家有藏粮"，他不得不藏；他也参加了部分战斗地道、战斗堡垒的修建，他也把家里的所有破铜烂铁都捐献了出来。呵，在群众的监督下，他生活得厌烦透了。因此，他又想要到外边去混混，就决心报名参军，不料又碰了一个软钉子：

"不是正正派派的贫雇农，我们不要！"

"好哇！你们挑五嫌六，连送上门来的都不要，看你们这八十个名额怎么完成吧！"

如今，王小龙一路走，一路越来越近地望着那欢送的场面。他粗粗一看，参军的青年至少在一百以上，他知道城东南地区的还不在内，不由得在心里惊叹地想道：

"哎呀，事实证明，杨英他们是大大地超额完成任务啦！"

3

这时候，咚咚咚，咚咚咚，传来十分雄伟有力的击鼓声，望得见从村街上舞来了青年女子的腰鼓队——带头的一个特别苗条的、长发飘飘的姑娘，正是高俊儿。她们都穿着镶大红花边的粉红色衣裤，二十来人跳成一个姿态，打成一个声音。那些挥动的鼓槌，那些跟着腰身旋转的红漆鼓，都在绚烂的阳光下闪闪发亮。到了区委会和区政府这边的广场上，在一阵热烈的鞭炮声中，她们就跳开了复杂形式的腰鼓舞，看起来非常雄壮，非常优美。她们很快就被人群围上了，只有她们一齐跳起来的时候，小龙还能望见。跟王小龙同行的李小珠，早已兴奋得跑了过去，不见影儿了。小龙因为穿着那套破旧的学生装，怕引起人们的注意，所以不好意思走近去，就在荷叶坑边的低矮灌木丛旁坐下来歇息，眼光却始终没有离开那热闹的大场面。

没想到新郎一般的柱子笑呵呵地过来了，拿了一块弄脏了的小包袱布浸到水坑里去洗。他那年老的妈妈也穿了土改中分到的黑缎大襟儿夹袄，笑吟吟地跟了过来，手里捧着四个大馒头，就站在他的后面。她那满头的白发显得金亮和美丽。

不知为什么，小龙有点儿羞惭，早已弯了腰，使他俩不能看见了。

"妈，"水里边那柱子的荡漾着的彩色倒影也带着笑，"你以后一个人还是别到集上去，让他常回来瞧瞧不好吗？"

小龙知道，柱子的哥哥就在千家营切面铺里当伙计，老妈妈是常去看他的。

"嗨，他哪里顾得上呀！"

"你瞧，村里人对你都那么好，小龙又住在我们家（他大概很快就回来了），难道不是跟自己的孩子一样吗！我说，你常在村里串串门子就得啦，别老往那儿跑……"

自从柱子家分到东头一家小地主的两间南屋，小龙也跟着搬去了。老人家对他就像亲妈一样，可是，小龙天天在生气，在烦躁，不仅对村里各项轰轰烈烈的群众运动漠不关心，就是对她老人家也哪里有过丝毫的关心呵！而这家人就是忠厚、善良，以致在旧社会时被人称为"傻"，可现在，谁都不再叫他俩"傻柱子""傻大妈"，却是按照他们的姓，称为"乐柱子""乐大妈"了。

"……我是说，路太远啦！"柱子已经拧干了包袱布，站起来，让妈妈把馒头放到布上。

"好吧，我听你的话！"妈妈笑着说，给他结好包袱，小心地系到他那束在小褂外面的皮带上。

"还有你……"

突然，嘹亮的军号响了。那号音是多么雄壮，多么威武呀！柱子匆忙地面对着妈妈，脸上仍然笑嘻嘻地仿佛还有许多话要说，只是时间已经不允许了。

妈妈的脸上也仍然含着笑，兴奋地，把两手放在比自己还高的儿子的肩膀上。

"去吧，孩子！好好听上级的话，把老狐狸、蒋介石彻底消灭掉，大家过好光景！"

"妈，我记住了，我一定好好听党的话，彻底消灭反动派！我走了，你可别老惦念我！"

"柱子！"那边，许多青年牵着牲口，从林里出来，来顺也牵着两匹大骡子，望着这边，在着急地喊他啦。

柱子俯向妈妈，让妈妈亲了亲，就急急地跑去了。乐大妈望着儿子，流着泪，笑脸儿迎着朝阳，慢慢地跟过去。

小龙也站起来。他望见在灿烂的金色光海里，一百多个青年牵着骡子或马儿，集合到村口的东西大道上。看来全是受过一定的军事训练的，他们很快站成了整整齐齐的一长列；更因为那许多神采焕发的面孔，以及头上的雪白毛巾，身上的彩绸、红花，骡马头上的装饰品，等等，从这边望去像都连成了一线，而显得特别庄严、齐整。

在他们对面，是他们的亲人，以及从各村来欢送的干部、群众。这些人的前面，还站着几个区、村干部。但小龙看不见杨英、秀女儿，想必她俩是到城东南区主持同样的欢送会去了。可是使小龙奇怪的是，在笑眯眯的灰发老头贺家富，和戴上了眼镜的"美男子"李玉之间，却站着一个四十来岁的干部，身穿灰制服，脸颊消瘦，眼窝略深，两只锐利有神的眼睛从队首望到队尾——哎呀，那不是张健吗！

等到全副武装的区中队，以及本村的民兵队伍，也都迅速地在杨树林跟前集合停当后，张健就像阅兵的首长似的把右手举到齐眉高，对参军的青年们兴奋地喊道：

"同志们！我代表本县的杨政委，代表本县的县委机关，也代表本县两大区的全体干部和群众，向本县劳动人民的优秀儿子，抗日胜利以来第二批踊跃参军的青年们，表示热烈的欢送！……"

哎呀，这真使小龙惊异：什么县委机关？他才离开三四天工夫，这儿就已经发生了这么大的变化啦！只听见张健简短地讲了几分钟，就结束道：

"我们一定用一切力量支援你们！好，为了保卫胜利果实，为了解放全中国，为了实现新民主主义，为了奔社会主义——共产主义，祝你们勇敢走向前线，走向胜利，走向光荣！"

　　准备送这些参军青年过河到分区党委指定地点去的丁少山，严肃地站在参军队伍的前面，举起他仅有的左拳，领导这些青年们一齐举起了拳头，庄严地、热情地，向党、向父老们宣誓。然后，全体上了马，在一面红旗的导引下，在重又吹起的军号声中，双行地穿过村庄，威武地朝着云天灿烂的大清河方向走去。粉红色青年女子的腰鼓队，一面舞，一面打着整齐有力的鼓声，跟在后面欢送。

　　区中队和民兵，则钢枪林立，精神抖擞地跟在后面。很显然，这区、村的武装队伍，虽然枪支还不够，但人数都比原来增长一倍以上了。

　　人群欢呼着，拥挤着，跟在最后面。欢送的鞭炮声又响了，随着长长的人流向东而去。不一刻，村西口再也不见一个人，只剩下小龙坐在这边水坑旁，一手支着头，陷入深深的思索里。

第二十一章　秘密的约会

告诉我，

在哪儿

可以相会？

在那条河边，

还是在那棵树下？

告诉我，告诉我，

我们何时见面？

——田间

1

是的，中共河西县委会已经成立了。上级派张健来担任县委组织部长，并指定杨英为县委书记，秀女儿为宣传部部长。县委机关暂设在宋家大院的东跨院里。事实上，杨英不但恢复了，而且多少还扩大了过去李玉所统辖的地区；她的工作，甚至已经深入到城西北和城西南地区。

杨英接到王小龙的书面检讨后，非常高兴。虽然那检讨还不深刻，但她还是尽量鼓励他。她特为在县委会给他安排了一个青会干事的位置，准备他积极工作一时期后，再恢复他青会主任的职务。

五月的一天，杨英要到城关去赴一个重要的约会，刚巧小珠不在，王小龙就自告奋勇，要求跟她去，杨英也答应了。

他俩都化装成商人的模样。杨英和王小龙一样，也穿着长袍，戴个礼帽。杨英把头发都塞到帽子里，粗粗一看，倒跟二十六七岁的男人差不多，只是鬓角和后面的头发根儿还是看得见，下巴自然是光溜溜的，连一点胡须楂儿的影子都没有。王小龙笑着说：

"政委，胡须我有办法，你等等，我去拿些东西来。"

"算了吧，"杨英不在乎地微笑着，一面穿上那双男人穿的圆口鞋，"真要弄得男不男，女不女的，一会儿谈判起来，像个什么样儿！你还是去把俊儿分到的那条绸围巾给我借来吧。"

不一会儿，小龙就把那条以前小尖头用的绸围巾借了来，杨英连嘴带脖子全围上了。

他俩走到城郊，混进南关大街。已经是上灯时分，望得见前后碉楼里都亮着灯光。这南关大街，原是城内外最热闹的街道之一；不过现在夜市不怎么红火，街上行人也不多，却到处遇得见穿"老虎皮"的匪军，尤其是茶坊酒肆里，传来那些丘八爷的玩笑、争吵、猜拳的喧声。

他俩很快拐进了一个小胡同，来到约定的地点见小水。小水领他俩转了个弯，闪进一个黑暗的门洞，和一个人说了一句什么话，就领他俩来到一间僻静的屋子。这又大又破的屋子里空无一物，只有壁洞内点着一支红洋蜡。烛光照明处，一个宽肩厚背、浓眉亮眼的男人，穿着褐色的中山装，笑嘻嘻地迎着他们，一看却正是牛刚。

热烈地握手过后，大家还是互相看着笑。然后，牛刚蹙起了眉毛，开始严肃地、小声地，给他俩就今晚即将进行的工作提供许多必要的材料和宝贵的建议。小水却不知什么时候走开了。

在整个谈话的过程里，杨英仍然戴着礼帽，只是撩起了长袍，坐在破炕的边上；牛刚的一只脚就踩在她旁边的炕沿，一只胳膊搁在腿上，另一只胳膊亲热地围着小龙的肩；三个人凑得很近。牛刚的说话低沉、缓慢而且清晰。说话的时候，他的眼睛既不看杨英，也不看小龙，却始终定定地盯在他前下方的某一点上，好像他正在集中他的思想，唯恐遗漏了什么一样。而小龙注意到，杨英的脸上始终带着一种热情的但又沉静的微笑，她那喜悦的、略带调皮意味的眼光一分钟也没有离开牛刚。她一会儿瞅着他的严肃的脸，一会儿瞧着他的漂亮服装……仿佛她关切地、很感兴趣地在研究他的一切。但是，当她小声发问的时候，她的问题却又证明：她的考虑比别人更加细致，也更加深刻。

小龙很感激牛刚对他的亲切。但他觉得，他似乎应该走出去，让这一对久未见面的夫妇单独相对地谈一谈才好。然而牛刚的胳膊围得紧紧的，谈话也一直没停顿，因此他并没有找到走开的机会。

直到谈话结束，杨英也站了起来，大家重又握别的时候，小龙才看见牛刚两手握着小梅的右手，带着忧虑的神色低声地问道：

"听说小胖病得很重？"

"肺炎！据说天天哭着要妈妈，我也顾不得去看。"

牛刚安慰她说：

"村里会照顾的，也不必着急。"

"我也不急；说实话，也没工夫着急。"杨英微笑着，被他紧握的手，连连地做着告别的摇动。从她那洒脱的外表看来，谁都不会料想到，她也曾为小胖的病，失过眠，掉过泪。

牛刚笑着说：

"不要紧，胖胖一定会原谅我们的！"

小龙想让他俩多谈几句话，特意先走一步。不料杨英并未停留，轻巧地一转身就跟着出来了。

2

小水领杨英他俩来到另一条小胡同。他凑到杨英的耳朵边，低声说：

"就在这右边，倒数第二家，门上贴白纸的。去吧，没问题。四面房上，都有我们的人。"

杨英和小龙，就深入到那条小胡同里，找到门上贴着丧事白纸的那个人家，拉了铃。亮着手电出来开门的是一个脸孔很白的瘦瘦的军官，他背后还跟着一个更瘦的、嘴脸儿有些歪斜的士兵。

"你们是谁？"军官问，用手电向他俩身上照。

"我们是保定来的特货商人。"小龙赔着笑脸儿回答。

"你们找谁？"

"我们找八爷，他老人家约我们来谈一笔生意。"

"进来吧。"

军官在前面领路，他们走过小院，来到正屋。黑暗的正屋里，桌上有一盏半明不灭的长明灯，照见黑漆的灵牌，和两支白色的熄灭了的蜡烛。军官在西边房门上轻轻敲了三下，说：

"报告队长，'保定客人'到了。"

"嗯，进来！"一个破锣似的声音从房内传出。

军官推开门，领客人进了房。杨英他俩看见，房里也很暗，那边炕上点着一盏小小的烟灯，灯旁歪着一个魁梧的大汉，下身穿着绿呢子马裤、光着一双大脚，上身只穿一件白绸子衬衫，还敞开多毛的胸脯。这人拿着烟枪正在抽吸，相貌很是粗鲁、残忍。他对面歪着一个穿白色丧服的妇女，正在给他烧烟。房间里充满大烟和香水混杂的难闻气味。杨英知道这男人定是田八，只见他略略抬一抬身，看着他俩，招呼说：

"坐吧，到八爷这儿来不用客气！"

那瘦军官已经给妇女递了个眼色，女人不声不响地走出房去，把门带上了。但那军官和跟了进来的那个士兵，却都提着手枪，在那边笔直地站立，威严地注视着来客，并没有离开的意思。

"这两位？"小龙怕谈话不便，望望他俩，向田八问。

"哈哈，都是自己人，放心吧。哈哈，坐，坐！"

但是，当杨英走上前，把礼帽脱了，围巾解了，露出端庄的女性的面貌，带着从容的微笑，像熟人似的看着他们，并坦率地在炕上坐下的时候，田八他们的脸上，显然都露出了诧异的神色。这时站在杨英后侧的小龙，趁人不注意，也早已拔出枪来，防备着。可是杨英感觉到了，回头对小龙故作惊奇地问道：

"你干吗？"又比较严厉地说，"我来谈个问题，紧张什么！"那声音虽低，却异常清脆嘹亮。

小龙无奈，红着脸，把枪掖了起来。田八也不好意思，斥责那两人道：

"混蛋！叫你们这样招待客人的吗？"又喝那士兵，"下去！快拿酒来！"

他这时才丢下烟枪，坐了起来，满脸笑容地对杨英说：

"八爷是个没心眼儿的人，请同志不要见怪！"

"好说！我姓杨的虽然跟八爷第一次见面，可是对八爷的为人，早就知道一二，要不，今天怎么会一直跑到这儿来呢？"

可不是吗？这样一说，彼此都会心地笑了，室内的空气顿时松弛下来。瘦军官插了枪，笑着招呼小龙，也都在炕边上坐下。那飞跑出去的护兵——李歪歪——又飞跑进来，后面跟着那女人。随即，小炕桌放上了，煤油灯点起了，酒啊菜的摆开了。李歪歪和女人又退出，到厨房炒菜去了。

"杨代表，我知道共产党里有人才！我就是喜欢这种光明磊落的人！今天，我田八敬您这一杯！"八爷粗声粗气地说，把一杯斟得满满的酒杯双手递给杨英。

杨英接了酒杯，眉心儿微微一蹙，轻轻一笑说：

"我本来不喝酒，可是，为了庆贺咱们友谊的开始，瞧，我干了这一杯！"说完，不顾小龙在暗里拉她，她一饮而尽，不免被烈性的烧酒呛得咳了两声。

"痛快！痛快！我陪你三杯！"田八快活地说，捧起大杯就喝，又说，"您就吃菜吧，我不再勉强您喝酒！"

于是，一面吃着，一面就谈开了。

3

……这田八的事，原是出人意料的。当初，牛刚他们花了很大工夫，想争取常恩，还争取不过来，绝没想到田八这样的人竟会有被争取的可能。可是田八和黄人杰的矛盾，却一天天发展起来。田八瞧不起黄人杰的摆臭架子、假仁假义；黄人杰瞧不起田八的土匪性儿、胡言乱行。田八对黄人杰不是瞪眼就是骂；黄人杰对田八不是冷嘲热讽，就是在背地使坏心眼儿。两个人发生过几次脸红耳赤，几乎动武的事。半年以来，田八眼睁睁地看着常恩升级加薪，接替了杨花脸第一大队长的位子，牛刚也代理了第三大队长，只有他田八未被提升。最近改为正规编制的时候，队伍扩充成四个团，从北平派来许多军官，常恩和牛刚都正式当上了团长，可是田八反而降成团副，而且凡是田八心腹的营连长们，一概都调走了，据说是"上头的命令"。这可把田八气得鼻子都歪了，牙齿咬得铮铮的，心想连老狐狸都不够朋友，狠心拆他的台，他田八在这儿就完全吃不开了。

当牛刚把田八及其部下的情况向黑老蔡汇报后，老蔡认为：即使是田八这样的人，也是可以争取。他指出必须利用反革命的每一冲突，扩大他们内部的裂痕，要争取一切可能的同盟者。因此，他当时决定，一面由牛刚他们继续向田八及其部下积极进行工作，一面趁热打铁，由中共县委出面，给田八寄一封信，试探他的态度。不料田八居然急不可待地约定地点进行谈判。为了迅速争取这部分武装，于是，杨英就亲自出马了……

现在，杨英不急于谈正事，只是跟田八聊闲天。提起黄人杰的时候，杨英微笑说：

"你们那位黄委员，倒也有意思。据我们了解，他是个'绣花枕头'，外面漂亮，肚里不过是一包草罢了。究竟他有什么本事呢？我们只听说'双枪常恩''大刀田八'，可还没听说过这位使无声手枪的党老爷打中过一次靶子。（说得田八他们都笑了。）可他牛皮倒吹得挺响啊，不是每星期一的'总理纪念周'上，他都要叫嚣一通'剿匪''戡乱'吗？嘿，蒋介石'剿匪'剿了二十多年，把共产党越剿越大了；你小小一个黄人杰，又能怎么样？现在解放军的战略，是大规模的运动战，不死守一城一地，要么不打，要打就打便宜仗，把敌人整师整旅地消灭。他国民党敢不敢公布战争的真相？据二月底确实统计，作战八个月，蒋军已被歼灭七十一万；第一战区副司令长官马法五，第二绥靖区副司令李仙洲，都被活捉了；其他军长师长等高级将领，被击毙的，被活捉的，多如牛毛。哈，他小小黄人杰竟敢在共产党面前逞能，不把人笑掉牙吗？我们毛主席说，今年秋天就要大反攻。好，等着瞧吧，那些大老蒋、小老蒋，最后被一股脑儿活捉的日子不会远啦！"

杨英这一番正气凛然的谈话，可真把两个匪徒震慑住了。为了缓和空气，杨英又轻轻一笑，转换话头道：

"不过，据我们了解，这黄委员，倒也有一种本事，那就是，欺负朋友。他不是鬼鬼祟祟跟时来运合股做私货买卖吗？可又偷偷摸摸糟蹋时来运的妻子，这算什么行为呢？古话说，朋友妻，不可欺。这位党老爷，简直连一点儿人性都没有啦。再说，他凭什么瞧不起八爷呢？听说他嘲笑八爷是河西大庙里毕业的，这算什么话！人穷不是罪，人穷志不穷！在河西大庙里住几天，反抗强权，打富济贫，并没有什么不光彩！倒是那种流氓、党棍，从小靠父母的几个臭钱，吃轻巧饭，放轻巧屁，一旦做官得势，就作威作福，表面上仁义道德，骨子里男盗女娼，才真正可耻！"

杨英的话，先是使田八他俩惊异：怎么他们内部的事，她全知道呢？接着又使他俩非常佩服：感觉到她给他们撑了腰，支持了正义。

现在，田八那凶残的兽性的脸上，越来越多地透露出了人的热情；他那喝酒喝红了的眼睛，对杨英闪耀着特殊的、心悦诚服的光辉。他感动地说道：

"哎，杨代表，你真是个明亮人，你看到我的心了！我早说嘛，共产党了不起！瞧吧，它就是行！你听我告诉你：去年秋天，我们的司令部里，有三个共产党犯人，全戴着脚镣手铐，可一齐从铜墙铁壁的司令部里跑掉了。这简直神了！冬天的一个夜里，正下大雪，宋司令的两个'腿子'，就在城里，却神不知鬼不觉地被共产党处了死刑！吓得那些头儿们，一到夜里，就不敢出门啊！就说最近吧，哎呀，有一天，一夜之间，城里的大街小巷，都贴满了共产党的标语。呵，那'蒋介石卖国十大罪状'，竟一直贴到我们的司令部里，你想惊人不惊人！所以呵，我田八早品出来了，共产党是了不起，主要它得人心。瞧吧，天下一定是共产党的！可我田八这样的家伙，共产党会要我吗？杨同志，咱们真人面前不说假话，我的确是想投八路，可心里又犯疑：我拿不准，共产党对八爷我，会怎么样？哈哈，看来你倒是个老内行，你给八爷指个明路吧！"

到这时候，杨英才把共产党对起义军人的政策，仔细交代给他俩。这是王小龙早就等得不耐烦，急于想说明的。所以杨英说后，小龙又补充。可田八对小龙的话，似乎不大爱听，只是在心里想着："这小子好像在哪儿见过面。"小龙虽有好口才，怎奈心里一急，话就说错了：

"哪怕你过去做过那么多坏事，甚至杀过那么多人……"

田八听了这刺心的话，对他反感地、不屑地瞪了一眼。

杨英忙接下去道：

"是啊，即使有罪恶，也'不咎既往'。何况，老百姓只是对老狐狸有仇恨，对八爷可没有什么，这倒请你不必介意。只是有些人认为，在解放军里，生活非常艰苦，更不能抽烟、喝酒、带家眷，你们不是这样想的吗？"

杨英故意说"家眷"，很显然，对田八来说，这不过是"姘妇"的代名词吧了。

"哈哈，这你可说到我的心眼里啦！"

"我们就是不了解……"瘦军官也带笑说。

杨英笑道：

"你们哥儿兄弟，不是讲究义气吗？不是主张有难同当，有福共享吗？好呀，你们到解放军里去瞧瞧吧，那才真是有难同当，有福共享，大家比哥儿兄弟还亲呢。尤其是共产党员，吃苦在前，享福在后，比义气可更高一层、更进一步啦。俗语说得好，不怕肚不饱，只怕气不平嘛。况且，生活是随条件改变的，环境一好转，生活也就提高啦！"说到这里，杨英又笑起来，"可是，当兵又不是出家当和尚，干吗不能抽烟喝酒带家眷呢？只要有烟有酒，又不妨碍工作，你就抽吧，喝吧；只要条件允许，你就把老婆孩子一股脑儿全带上吧。不是说吗，我们对起义军官，还要特别优待哩！"

"哈哈哈，共产党还是讲人情！"田八开心地笑着，对瘦军官说。于是，谈话就接触到起义的一些具体问题了……

第二十二章　茫茫口

个人主义，

万恶之源！

——新谚

1

那次谈判很成功。杨英就职位、待遇、眷属等问题，给田八提了三项确切的保证；田八也爽快地答应：铲除了正团长，按预定时间，把一个团的全部人枪，"拉"到大清河边的茫茫口，听候上级的命令。

到了约定的日子，一切都准备好了。晚上，田八请正团长等几位北平派来的军官，一块儿在南美大街鸿仙楼喝酒，喝过了酒，又请他们在隔壁清华园洗澡。洗澡中间，李歪歪突然把田八的双刀送来。田八举起刀，吆喝一声，先把团长砍了，吓得那些营连长们赤条条地从池子里跳出来逃命，但是毕副官和李歪歪已经把门拉上了。在电灯昏暗，蒸笼般热气腾腾的澡间里，只见刀光闪闪，两片大刀在满屋子翻飞，田八也不加分辨，连军官带百姓一个个全杀了，才出来穿好军装。他把吓坏了的老板和其他人一齐反锁在澡堂子里，然后秘密下命令，立刻集合队伍出发。可不知为什么，驻在南门城上和城里的一个连，一时未曾调到，那田八也就马马虎虎，丢下那个连，着急忙慌地开拔了。平常，由于老狐狸他们吃空额，再加歧视田八，所以这个团本来只有两个不足额的营；现在丢了一个连，就只剩一个半小营了。不过，总共也还有四五百人。

他们恰巧是沿着黑老蔡走过的道路，一直开进解放了的地区。黑暗里，队伍集结在大路边，田八骑着马，站在队伍前喊道：

"兄弟们！咱们受国民党的气，已经受够了！今天八爷我，领你们起义，闹革命，投八路去！这事儿早已跟共产党接好头。北平派来的一伙坏种，也已经给我拾掇了，谁要不跟我走，一律三八枪照相：叫他后脑海开窟窿儿！"

这突然的宣布使人惊愕，但耿彪所在的那部分早已串连好，有了充分准备，在几个骨干分子的带动下，齐声喊起进步的口号来。立刻，全体士兵都同样热烈地喊起来了。

队伍随即向茫茫口前进。走了好一阵，渐渐地发现前面有几条长长的火龙从不同的方向迎来：原来是几个村庄的老百姓举着灯笼火把、敲锣打鼓、放鞭炮、送茶水、欢呼口号，迎接起义军。

在茫茫口的村西头，火把照耀处，有一伙干部，还有整整齐齐站在大路两旁的县大队和民兵，在那里等候，看见他们来了，一齐举小旗，喊口号欢迎。田八和他的几个心腹军官都下了马，田八的姘妇和其他军官的家属也下了大车，和干部们见面。

这天，刚巧杨英和张健都不在，他俩奉紧急的密令，于昨儿半夜动身，到分区党委开会去了。田八用眼光寻找着，问王小龙：

"杨同志呢？"

"她因公到河东去了。"小龙笑着告诉他，"她是我们县上的政委。"

田八恍然大悟，也笑了起来：

"嗨，我说嘛，不像个小角儿。"

"我们都是县委的，"小龙说明着，又指着一个不太高的农民模样的粗壮军人，和一个面目俊秀的年轻女子给他介绍：一个是县大队的队长魏大猛，一个是县委的宣传部部长秀女儿——她已经和家属们拉着手，笑着在寒暄了。

从村里，又走来三个解放军的军官，以郝参谋为首，代表分区部队前来迎接起义军；他们早就在村里等候了，如今经过秀女儿介绍，都热烈地跟田八等人一一握手。

一伙人谈谈说说，就往前面走，后面跟着队伍。他们穿过村庄，越过大堤，来到大清河边宽阔的河滩上。这儿早已搭好戏台，挂了汽灯。老百姓也都汇集到河滩上来，欢迎大会马上就开始了。

郝参谋、秀女儿和其他干部们，陪那些军官上了台，坐在两旁的长凳上。队伍都调到台前，整整齐齐地坐下。他们的身边，头一次那么拥挤那么亲热地站满了老百姓。县大队和民兵们，则暗里守着自己的岗位，以防万一。主持大会的秀女儿致了简短的欢迎词，就请田团长首先讲话。不料田八爷没精打采，很疲乏，坚请这位女部长"一总讲讲就得了"。秀女儿跟郝参谋交换了一下意见，就抓紧时机，重新站到前边，向起义的官兵们开始了有力的宣传鼓动。

那八爷坐在长凳上，又是哈欠又是眼泪——原来他烟瘾大发了。但是他不得不坚持着坐在那儿。他望着穿蓝布女制服，长得异常秀丽的共产党部长，猜想她不过二十出头，听她的讲话却异常生动有力。然而八爷再也不能听下去了，他流着眼泪鼻涕，对身边的王小龙轻声说道：

"小兄弟，我得去方便一下。"

不知为什么，小龙正在生秀女儿的气，听田八这样称呼他，更像受了什么侮辱一样。但是田八不等他回答，已经站了起来，从侧面跳下台去。小龙没有明白是怎么回事，就跟魏大猛打了个招呼，两个人赶忙跟了去。毕副官和李歪歪，还有田八的姘妇，已经跟在田八后面。茫茫口的村长，也早已看出来田八要干什么，这时抢在前面带路。一伙人全往村子里去了。

2

小龙的情绪不怎么好。上次谈判回来，他觉得，虽然牛刚对他很尊重，可是自己真正到了场面上，却不过是扮演了一个极不重要的、可笑的角色，因此背地里曾经在李玉面前，发过几句牢骚。李玉十分同情地说：

"唉，小龙呵，说句笑话，我看你是高射炮打蚊子——大材小用啦！不过，你还是忍耐一时吧。反正，黄金被土埋，也永久变不了色啊！"

李玉，是在参加土改以后，奉命留下来担任副区长的，上级原想叫他在比较下层的工作中多多锻炼，彻底改造思想。而他在小龙面前，却借题发挥：

"有什么办法呢？人家用着你的时候，蛤蟆也是肥肉；人家用不着你的时候，肥肉也是蛤蟆啊。"他看了一眼小龙，又接着说，"我真不明白，这些人放着有本事的干部不用，倒去争取那些反革命匪徒，这算什么干部政策？要田八这样的杀人犯越起来革命，这不是要蛤蟆上天吗！"

小龙对李玉的话，向来奉为真理，永志不忘的。

现在，王小龙和魏大猛，跟着一伙人来到村长家，看见毕副官从漂亮的皮挂包里拿出一套精致的银质烟具，亮闪闪地摆到炕毡上。那女人点起小灯儿，歪身就烧烟。田八侧躺下来，拿个空烟枪吱吱地抽着，发红的两眼紧紧瞅住灯上的烟泡，等得很不耐烦。村长却笑嘻嘻地在一旁沏茶招待。小龙心里不悦，对大猛使了个眼色。大猛没理会，只好奇地瞧着。

"田团长，"小龙走上前去，赔笑说，"既然你参加了革命，这大烟……"

田八漠然地瞅了他一眼，也顾不得说话，捧着装好的烟枪只是抽，一时舒服得连眼都闭上了。

"八爷，"小龙见他不理睬，又尴尬地叫了一声，"我们倒不想干涉你的私事，不过这大烟……要是给老百姓知道了，很不好。"

"什么？"八爷睁大眼睛望着他。

"我是说，"小龙摆出干部的神色，教训地说，"抽毒品，会发生很坏的影响。"

田八明白了他的意思，脸上显出烦躁的表情，只顾自己抽大烟，不再理睬他。本来，对王小龙，田八在上一次就很厌恶，觉得这小白脸未说先笑，鬼头鬼脑，看起来不像是个共产党，倒像是黄人杰之流的人物。

村长看不过，一旁插嘴道：

"王干事，还是让田团长抽吧。这儿又没外人……"

"嗨！"魏大猛也粗声说，"就是要戒，也得慢慢来呀。你真是狗拿耗子，多管这份闲事！"说着就拉小龙走。

这时，小龙要一走，也就没事了。因为杨英都跟他说过：像田八这样的人，等分区部队把他们改编后，再慢慢地改造他；即使改造不好，也不要紧，只要把士兵们争取过来，他个人的问题好处理。主要是顾大局，不要破坏政治影响。怎奈小龙不听她的话！一到紧要关头，他甚至把同志们对他的一切劝告都忘了，连过去犯错误的严重教训也忘得一干二净了，倒是听信李玉，对田八这样的反革命匪徒抱成见，对自己目前的大材小用抱委屈。他原是个最爱面子的人，别人越是瞧不起他，他越是不甘服，如今碰了这么个软钉子，脸上早搁不住，也有些恼了，对直呼他为"干事"的村长责备地白了一眼，说：

"谁禁他的烟啦！我也不过劝劝他。抽大烟本来是犯法的嘛！"

"什么犯法不犯法！"田八气恼地说，"今儿老子杀了许多人，劳累够了，还不许抽口烟儿提个神？"

"杀人，"小龙勉强笑道，"这一次是我们批准的，杀坏蛋嘛！当然……"

"嘿嘿，不杀坏蛋，可来不了呀！"瘦副官搭讪着，想转移话题，缓和气氛。可是田八没好气地说：

"杀坏蛋，也杀了十来个好人，又怎么样？"

"什么！你还杀了——"小龙惊异地问，"十来个好人？"

"十来个老百姓，全叫我杀了！"田八干脆地回答。

"这你就不对了！"小龙严肃地说，"你要是真的杀了老百姓，而且杀了十来个，这可就是个了不得的错误啦！你既然参加了革命，就不能这样胡来……"

"什么！老子胡来？"田八霍地坐起，凶恶地盯着王小龙。

"抽大烟，乱杀人，都是原则问题，在共产党的领导下是不被许可的！"

"他妈的！我刚来就跟我过不去，老子毙了你！"田八跳下炕，就要拔枪。

"住手，"小龙大声喝，早已用驳壳枪对准他，"你别有眼无珠，小看了人！我警告你……"

可是魁梧的田八突然一脚踢飞了他的枪，拔出了自己的手枪。魏大猛急了，猛地推他一下，田八的子弹就射进墙里去了。小龙气坏了，急忙去拾炕边的枪，却被田八一飞脚踢倒。大猛扑上去想抱住田八，不料田八一偏身闪过，瞄准王小龙就是一枪。急得魏大猛吼了一声，回身一枪把田八打倒下，又跳过去一脚踏住他的胳膊，夺掉他的枪。吓得毕副官和李歪歪飞跑出去，炕上的女人喊起救命来……

河滩上，秀女儿的讲话正引起士兵们暴风雨般的欢呼和鼓掌，却掩盖不住接连的三声枪响。立刻，会场安静了下来，大家惊疑地望着枪声传来的方向。听得见女人呼救命，毕副官在大喊：

"兄弟们！共产党把田团长打了！快走吧！快跑呀！"砰砰地响着枪声，向西南方去了。

台上那些田八的心腹军官们，迅速起身拔枪。可是郝参谋他们眼明手快，早已拿枪逼住了他们，缴了这几个人的械。同时，耿彪他们几个人跳出来，挥手向骚乱的士兵们喊：

"不要乱！"

"我们跟定共产党！"

"弟兄们解放万岁！"

士兵们高呼着口号，秩序很快就恢复了。他们的情绪仍然很高涨，连田八带军官，都由郝参谋他们带过河去了。